아이가 태어난 직후에는

아버지가 되었다는 것이 도통 실감나지 않았습니다.

어떻게 해야 아버지가 될 수 있을까?

이야기는 바로 이러한 의문에서 시작되었습니다.

가족이 된다는 것은

과연 피로 맺어져야 하는지

아니면 함께한 시간만으로도 가능한 것인지

저 자신에게 묻고 고민하며 만들었습니다.

_고레에다 히로카즈

그렇게 아버지가 된다

SOSHITE CHICHINI NARU

by HIROKAZU KORE-EDA, AKIRA SANO

그렇게 아버지가 된다

そして父になる

고레에다 히로카즈·사노 아키라 지음

이영미 옮김

1

そして父になる

장난감 인형은 세 개뿐이었다. 아이들은 넷이나 있는데.

노노미야 미도리는 처음 방문한 그곳에서 긴장감으로 몸이 뻣뻣하게 굳어 있었다.

초등학교 입학 시험을 준비하는 학원이었다. 아들 게이타가 아직 어리긴 해도 입학하기 힘든 명문 초등학교를 목표로 삼는다면 일찍부터 보내는 게 '상식'이라고 지인들이 얘기했기 때문이다.

학군이 좋기로 소문난 미도리의 집 부근에는 '입시 학원'이 여러 개 있었다. 그중에서 평판이 좋은 학원을 골라 체험 삼아 게이타를 데려왔다.

"행동 관찰이라는 테스트 비슷한 게 있는데, 그 결과로 초등학교 합격 여부가 좌우 됩니다."

미도리와 다른 세 엄마를 앞에 두고 말끔하게 다림질한 하얀 블라우스를 입은 고상해 보이는 오십 대 여성이 말했다.

그 학원의 원장이었다.

"필기 시험도 있지만, 그것은 예비적인 의미일 뿐이고, 개중에는 필기 시험을 안 보는 학교도 있습니다."

원장이 유리 너머로 지도 교사에게 고개를 끄덕여 보였다.

그러자 유리벽으로 둘러싸인 옆방에서 놀고 있는 아이들 넷을 보살피던 운동복 차림의 삼십 대 지도 교사가 일어서더니 유리벽으로 된 다른 칸으로 아이들을 데려갔다.

아이들은 방 한가운데 놓여 있던 인형 세 개로 달려들었다. 그런데 행동이 늦어서 인형을 차지하지 못한 남자아이 하나가 울음을 터뜨렸다.

그 아이의 엄마로 보이는 여자가 나지막이 "아" 하는 탄식을 흘렸지만 곧바로 얼굴을 붉히며 고개를 숙였다.

"저것이 행동 관찰에 흔히 나오는 과제입니다. 일부러 인원수보다 부족하게 장난감을 주는 거죠. 그리고 아이들의 행동을 지켜봅니다."

울음을 터뜨린 아이는 인형을 보며 더 큰 소리로 울어댔다.

"저런 상황이면, 모두 다 어느 초등학교에도 합격할 순 없죠……."

방 안을 힐끗 본 원장의 얼굴에 살짝 놀라워하는 기색이 비쳤다.

안에서 변화가 일어났기 때문이다. 인형을 갖고 놀던 남자아이가 울고 있는 아이에게 인형을 건네준 것이다. 울고 있던 아이가 그 인형을 거칠게 낚아챘다.

"어머, 착하기도 해라. 그렇지만 저 아이도 저대로라면 합격할 수 없습니다."

인형을 건네준 아이는 미도리의 아들 게이타였다. 하얀 피부에 큼지막한 눈이 귀여웠다. 가끔 여자아이로 착각하는 사람도 있다.

게이타는 인형을 건네준 아이를 한동안 바라봤다. 그 아이는 게이타에게 눈길 한번 주지 않고 계속 인형만 갖고 놀았다. 게이타는 울지도 않고 서글픈 눈빛으로 인형만 바라볼 뿐이었다.

그 모습을 본 원장이 고개를 가볍게 끄덕이고 말을 이었다.

"양보는 훌륭한 행동이죠. 하지만 그것만으로는 합격할 수 없습니다. 학교에서 요구하는 건 다른 애들을 불러서 차례대로 갖고 놀자고 제안하는 리더십과 공감 능력인데……"

미도리는 원장의 말이 더 이상 들리지 않았다. 게이타를 꼭 안아주고 싶은 마음이 가슴 저리도록 강렬했다.

그러나 미도리는 그 자리를 떠나지 않고 억지로 원장의 말에 주의를 기울였다.

그녀는 머릿속으로 단정하게 생긴 남편의 옆얼굴을 떠올렸다.

2

そして父になる

세이카 학원 초등부의 입학 시험 날짜는 11월 첫째 주 토요일이었다.

노노미야 료타는 학원에서 실시한 부모들의 면접 예행 연습에는 일 때문에 참가할 수 없었다. 아내 미도리는 조금 불안했지만 아무 말도 하지 않았다. 남편 서재 책상에 줄곧 올려뒀던 면접 예상 질문지에 한번 훑어본 흔적이 묻어 있어서였다.

료타는 다른 사람의 시선을 끌었다. 키는 백팔십 센티미터. 나이가 마흔두 살인데도 몸무게는 칠십 킬로그램대 초반을 유지했다. 균형 잡힌 몸매라 어두운 색깔 양복을 걸치면 모델처럼 보였다. 게다가 얼굴 생김새가 수려해서 꼭 여성이 아니라도 넋을 놓고 바라볼 정도다.

무엇보다 그는 자신감이 넘쳐흘렀다. 대규모 일을 제일선에서 이끌고 있다는 강한 자부심이 그를 더욱 매력적으로 보이게 만들었다.

일단 료타에게 쏟아졌던 시선은 곧바로 그 옆에 서 있는 미도리에게 향한다. 미도리는 여전히 그런 시선에 움츠러들고 만다. 그럴 때마다 그들의 시선에 가벼운 멸시가 깃들어 있는 것 같아서다. 스스로도 촌스러운 건 자각하고 있고 잘 어울리지 않는다는 것도 안다. 료타와는 교제 기간까지 합해서 십 년 가까운 세월을 함께한 사이라 나름 많이 맞춰왔고 안정도 찾았다고 믿는다. 그런데도 품평하는 듯한 타인의 시선은 아무리 시간이 흘러도 익숙해지지 않았다.

면접관은 교장과 교감 두 사람이었다. 교장은 여성이고, 교감은 남성이다. 둘 다 오십 대였고 온화한 표정으로 료타 부부를 맞아줬다. 교장과 교감 모두 학원에서 미리 알려준 인물상과 일치했다. 미도리는 긴장이 조금 풀렸다.

교감의 질문에 게이타가 이름과 생년월일을 밝혔다.

"노노미야 게이타입니다. 만 여섯 살입니다. 생일은 7월 28일입니다."

처음에는 게이타의 목소리가 살짝 떨려서 료타 부부가 바짝 긴장했는데 금세 큰 목소리로 또랑또랑하게 대답했다.

교장이 료타에게 물었다.

"게이타(慶多) 군 이름의 유래를 알려주시겠습니까?"

"'경(慶)'이라는 한자는 외가 쪽 할머니에게 받았고, '다(多)'는 제 이름 '료타(良多)'에서 따왔습니다. 기쁨이 많은 인생을 살았으면 하는, 저희 두 사람의 소망이 깃들어 있습니다."

완벽한 답변이었다. 미도리가 료타를 힐끗 봤다. 그러자 료타도 미도리에게 시선을 돌렸다. 뜻하지 않게 두 사람은 한동안 서로를 바라보고 말았다.

"게이타 군은 아버님과 어머님 중 어느 쪽을 닮았습니까?"

미도리는 예상 질문지에 나왔던 질문이라고 생각했다.

료타는 평소와 마찬가지로 숨을 한번 고르고 나서 입을 열었다. 너무 낮지도 너무 높지도 않은, 또렷하게 잘 들리는 맑은 목소리였다.

"온화하고 남에게 다정한 성격은 아내를 닮았다고 생각합니다."

예상 질문지에는 모범 답안도 적혀 있었다. 료타는 그대로 답하지 않고, 자기 소신껏 말했다. 단, 질문지에 나왔던 '힌트', 즉 '자기가 아니라 배우자를 치켜세우면 면접관의 호감도가 높아진다'는 말은 참고했다.

미도리는 그 말에 동의하듯 조심스럽게 고개를 끄덕였다.

"게이타 군의 단점은 뭐라고 느끼시나요?"

교장이 물었다. 시선은 료타에게 향해 있었다. '어머님'이라고 지명하지 않는 한, 기본적으로는 아버지에게 하는 질문이다.

"이것도 마찬가지인데, 약간 느긋하고 대범한 성격이라 남한테 져도 별로 억울해하지 않는 면이 아버지로서 조금 아쉽게 여겨집니다."

막힘없이 술술 대답하는 료타의 말을 교감과 교장이 고개를 끄덕이며 들었다. 교감이 책상 위의 메모지로 시선을 떨어뜨리지 않은 채 뭔가를 적어 넣었다.

료타는 미동도 하지 않고 앞을 똑바로 바라봤다. 미도리는 시선 끝에 잡힌 그 옆얼굴을 살짝 살펴봤다.

단점이나 장점을 물었을 때는 '학교의 교육 방침에 따라 대답하는 게 중요하다'고 예상 질문지에 나와 있었다. 료타의 대답은 '적극적인 아이'라는 학교 방침을 염두에 둔 발언이었다.

미도리는 커다란 배에 올라탄 것 같은 안도감을 느꼈다.

교감과 교장이 시선을 짧게 주고받은 후, 고개를 끄덕였다.

그것은 좋은 징조로 여겨졌다.

"게이타 군이 좋아하는 계절 두 개를 말해주세요."

교장이 게이타에게 질문했다.

"여름과 겨울입니다."

게이타가 망설임 없이 대답했다. 면접 예행 연습 때, 완전히 똑같은 질문이 있었다.

"올여름에는 어디로 놀러 갔었나요?"

게이타는 한순간 망설이는 표정을 지었다. 분명히 연습했던 질문이었다. 혹시 잊어버렸나 싶어서 미도리가 걱정하는 순간, 게이타가 입을 열었다.

"…… 여름에는 아빠랑 캠핑 가서 연을 날렸습니다."

그 대답을 들은 료타가 미소를 머금었다.

"아빠가 연날리기를 잘하나요?"

교장의 질문에 게이타가 자랑스러운 듯이 대답했다.

"아주 잘해요."

료타가 웃는 얼굴로 고개를 끄덕였다.

그 밖에 집안일을 돕는지, 좋아하는 음식은 뭔지 등등 예행 연습에서 몇 번이나 해봤던 질문들이 나와서 게이타는 그 모든 질문에 실수 없이 대답했다.

면접이 끝난 후에는 공작 시간이 있어서 아이들만 체육관으로 이동시켰다. 이것이 바로 입학 시험에서 중시하는 행동 관찰 시간이다.

과제 내용은 비닐봉지를 각자 원하는 형태로 가공해 부풀리고 거기에 종이접기 장식을 붙여서 '생물'을 만드는 것이었다.

다섯 명씩 그룹으로 나뉜 아이들 오십 명이 체육관에서 만들기 작업을 시작했다. 부모의 견학은 허락되지 않는다.

그러나 비닐로 '생물 만들기'라는 말만 들어도 미도리는 그 내용을 예측할 수 있었다. 가위나 스틱풀이 인원수대로 준비되지 않았을 게 틀림없다. 입시 학원을 맨 처음 방문했을 때 게이타가 체험했던 행동 관찰이 진화된 형태다.

이 행동 관찰에 관해서는 거의 완벽하게 배웠다. 부족한 가위나 풀을 서로 빌려주고 빌려 쓰자는 규칙을 제안한다. 가위 같은 위험한 물건을 사용할 때의 주의 사항, '날 끝은 절대 다른 사람에게 향하면 안 된다'는 유의점을 실천하고, 위험한 행동을 하는 아이에게는 주의를 준다…….

걱정할 필요는 없을 터였다. 이런 시험을 준비하기 위해 오랜 기간 학원에 다닌 것이다.

미도리는 학원에 다니는 또래 엄마들과 도무지 친해질 수가 없었다. 구체적인 말이나 행동에 원인이 있는 건 아니다. 애매한 얘기겠지만 그것은 어쩌면 배경 같은 데서 기인할지도 모른다는 생각이 들었다. 미도리는 시골 마을의 지극히 평범한 가정에서 자랐고 거기에 만족하며 살았다. 그러나 그곳에 모인 엄마들—모두 그런 건 아니지만—은 달랐다.

아이들 오십 명의 부모들은 면접을 끝내고 널찍한 학교 로비에서 대기하고 있었다. 시험은 이틀간 치러진다. 하루에 오십 명씩 십 회. 그렇게 이틀 동안 치른다. 합격하는 아이는 고작해야 백 명 정도. 다시 말해 합격률은 약 십 대 일이다. 굴지의 경쟁률로, 전국적으로도 문턱이 높기로 유명한 명문 학교다.

료타는 유리창 너머로 운동장을 내다봤다. 도심에 자리하고 있지만 운동장은 넓다.

"변했어?"

료타의 등 뒤에서 미도리가 말을 건넸다. 미도리는 료타 바로 뒤에 있는 소파에 앉아 있었다. 면접 때문에 긴장해서 살짝 지쳐 있었다.

"벌써 삼십 년도 더 지났으니까."

료타가 미도리 쪽으로 얼굴을 살짝 돌리고 말했다. 그에게는 이 초등학교에 다녔던 시절이 있었다. 자기가 태어나기 전이라고 미도리는 생각했다. 그녀는 스물아홉 살이다.

"그런데……."

료타가 씁쓸한 미소를 지으며 턱으로 운동장을 가리킨 후 돌아봤다.

"운동장에 저런 조명은 없었어. 돈 좀 벌었단 얘기겠지?"

미도리가 허둥지둥 료타에게 주의를 줬다.

"아이 참……."

미도리는 주위의 시선이 신경 쓰였다. 학교 관계자가 어디 있을지 모른다.

료타가 냉소적인 미소를 흘린 후, 휴대전화를 꺼내서 시간을 확인했다.

꽤 무리해서 시간을 냈기 때문이다. 회사로 돌아갈 수만 있다면 한시라도 빠른 게 좋다.

곧이어 로비에 아이들 목소리와 발자국 소리가 울려 퍼졌다.
시험에서 해방된 아이들이 교사의 인솔을 받으며 돌아왔다. 부모의 얼굴을 찾아낸 아이들은 너 나 할 것 없이 뛰기 시작하며 부모의 품으로 달려들었다.

"아버님, 어머님, 오늘은 이것으로 마치겠습니다. 조심해서 가세요."

아이들을 인솔해 온 여교사가 인사했다.

"고맙습니다."

마치 지휘자라도 있는 것처럼 백 명 가까운 부모들이 다 같이 고개를 숙여 감사 인사를 했다.

인솔 교사가 자리를 뜨자 로비는 금세 시끌벅적해졌다.

"재밌었니?"

미도리가 게이타를 끌어안으며 물었다.

"응."

게이타가 천진난만하게 웃는 얼굴로 대답했다. 미도리는 학원에 다닌 효과를 실감했다. 넉넉한 시간을 갖고 학원에 보내서 게이타에게 큰 부담을 강요하지 않고 그 능력을 기를 수 있었던 것이다. 마음에 안 드는 점도 많았지만 그래도 보내길 잘했다는 생각이 들었다.

"게이타."

료타가 불렀다.

"아빠랑 캠핑 간 적 없잖아?"

"응."

이번에도 게이타는 천진난만하게 대답했다.

"그런데 왜 그런 말을 했니?"

료타의 목소리에 나무라는 기색은 없다. 재미있어하는 것 같았다.

"학원 선생님이 그렇게 말하랬어."

료타는 그 말에 웃음이 터지고 말았다.

"흐음, 그랬구나. 입시 학원이란 곳이 대단하네."

료타가 빈정거리는 투로 말한 뒤, 게이타의 머리를 쓰다듬으며 나지막이 소리 내 웃었다.

미도리가 목소리를 낮추고 게이타에게 말했다.

"그럼. 대단하고말고. '제일 좋아하는 음식은 엄마가 만들어 주는 오므라이스입니다'라는 대답도 똑 부러지게 했는걸."

미도리와 게이타가 공범처럼 소리를 죽이고 웃었다.

료타도 덩달아 웃었다. 미도리는 절대 요리가 서툰 사람이 아니다. 오히려 잘했다. 그런데도 게이타는 왜 그런지 집 근처 고깃집에서 묵은 기름으로 튀겨내는 닭튀김을 너무 좋아해서 칭찬받은 상으로 뭘 먹고 싶은지 물으면 예외 없이 그 닭튀김을 먹고 싶어 한다. 엄마가 손수 만든 오므라이스는 두 번째지만 입학 시험 면접용으로는 이게 더 유리하다고 학원에서 가르쳐 줬다.

셋이 현관 쪽으로 걸어가는데 게이타는 자기가 비닐로 만든 '귀여운 귀신'에 관해 엄마에게 열을 올리며 설명했다.

료타는 그 얘기를 들으면서 벌써 일 생각을 하기 시작했다.

료타는 학교 옆 코인 주차장에서 미도리와 게이타와 헤어졌다. 차로 집까지 데려다주겠다는 말에 료타가 바쁜 걸 잘 아는 미도리가 거절했다. 버스로 돌아가도 되고 가는 길에 저녁 장도 보고 싶다면서.

료타는 차를 몰면서 코인 주차장에서 봤던 두 가족을 떠올렸다. 같이 입학 시험을 본 가족이 틀림없다. 양쪽 아빠 모두 료타보다는 연상으로 보였다. 그리고 양쪽 아빠 모두 같은 모델의 최상급 클래스 독일 차를 타고 있었다.

료타의 차는 국산 자동차다. 국산이긴 해도 같은 가격이면 수입차도 충분히 살 수 있다. 료타가 일하는 업계에서는 잘난 척하는 수입차보다 국산 차가 더 좋은 인상을 준다. 그러나 그 두 아빠의 차보다 가격이 낮은 건 확실하다.

료타는 운전대를 꺾으며 결코 엄두를 못 낼 가격은 아니라고 생각했다.

료타가 근무하는 곳은 대기업 건설 회사인 미사키 건설이다. 초대형 종합 건설사라 불리는 일본 5대 건설 회사 중 하나였다. 최근에 도쿄역에서 그리 멀지 않은 곳에 지상 이십 층짜리 신사옥을 막 건설했고 료타가 소속된 건축 설계 본부는 신사옥 십구 층에 위치하고 있다. 도심의 랜드마크가 된 대규모 건축물 여러 개를 담당해 온 인기 부서였고 료타는 실질적인 책임자로서 그 부서를 이끌어 갔다.

료타는 지하 주차장에 차를 세우고 엘리베이터를 타면서 프레젠테이션에 온 신경을 쏟았다. 빠뜨린 건 없을 터였다. 그래도 신중에 신중을 기해야 할 정도로 중요한 일이다.

소리도 없이 올라간 엘리베이터가 부드러운 안내 방송으로 십구 층에 도착했다고 알렸다.

널찍한 엘리베이터 홀에 내려서자 사무실 문이 열리더니 다부진 체격에 양복을 차려입은 남자가 나왔다.

"엇, 들켜버렸나?"

그렇게 말하며 빙그레 웃는 남자는 료타의 상사인 가미야마 부장이었다.

료타는 걸음을 멈춰 허리를 굽히며 정중하게 고개를 숙였다.

"수고하셨습니다."

얼굴을 든 료타는 활짝 웃으며 스스럼없는 친근한 말투로 물었다.

"그런데 웬일이시죠, 토요일에?"

가미야마가 그 우락부락한 얼굴에 쑥스러워하는 미소를 머금었다.

"자네 오기 전에 돌아가려고 했는데"라며 등 뒤에 있는 사무실을 돌아봤다.

"아주 잘됐던데, 그 CG."

그것은 이번 프레젠테이션을 대비해서 만든 CG였다. 모형도 중요하지만 아무래도 CG 영상에는 압도적인 정보량을 담을 수 있다. 영상도 건물뿐만 아니라 이미지, 음악, 필요에 따라 애니메이션 효과를 넣을 때도 있다. 그 완성도에 따라 이번 프레젠테이션의 성공 여부가 결정된다고 해도 과언이 아니다.

"고맙습니다!"

료타가 인사를 꾸벅하며 말하더니 살짝 익살을 떨며 뽐내듯이 가슴을 펴 보였다.

"CG 업체, 자네 때문에 눈물깨나 흘렸겠는데?"

가미야마가 료타의 가슴을 가볍게 찌르며 말했다.

료타가 과장스럽게 기침을 해댔다.

료타는 타협을 허락하지 않았다. 명확한 비전을 가지고 그것을 밀고 나간다. 그것은 가미야마의 스타일을 따라 하는 것이다.

"세 번이나 고치라고 했으니까요."

료타의 가차 없는 단점 지적에 CG 제작 회사가 투덜거려서 약간의 분쟁이 있었다. 가미야마의 손까지는 빌리지 않고 해결했지만 어디선가 전해 들었겠지.

멀리서 지켜본다. 가미야마에게는 그런 '큰 그릇'다운 면모가 있었다.

가미야가가 힘 있게 료타의 어깨를 두드리더니 귓가에 대고 "자네만 믿어"라고 속삭였다.

그 말 한마디에 료타는 황홀해질 만큼 뿌듯한 기분에 젖어들었다.

료타가 고개 숙여 인사했다. 가미야마는 위대한 존재였다. 그가 맡아온 수많은 건축물. 그 제작 과정에서 생겨난 숱한 전설과 무용담. 미사키 건설의 기둥을 지탱해 온 인물 중 하나라고 부를 만하다. 그런 그도 쉰다섯. 다음 인사 이동에는 이사로 취임한다는 소문이 돌았다. 일선에서 물러난다는 뜻이다. 그 후계자로 지목되고 있는 사람이 료타였다. 만약 소문대로 실현된다면 그는 사상 최연소 부장이 된다.

"훼방꾼은 바로 퇴장해야지"라고 농담을 던진 가미야마가 엘리베이터로 걸음을 내디뎠다.

료타는 엘리베이터에 타려고 하는 가미야마를 쫓아갔다. 그대로 '훼방꾼'을 보낼 수는 없는 노릇이었다.

"아, 저 금방 끝나니까 지난번에 갔던 가게에서 한잔하시죠?"

얼마 전에 방문했던 요릿집인데, 내놓는 안주마다 맛이 기가 막혀서 가미야마가 극찬했던 것을 료타는 기억하고 있었다.

가미야마가 씁쓸하게 웃으며 말했다.

"미안해. 집사람이랑 긴자에서 영화 보기로 했어"라며 가미야마가 도착한 엘리베이터에 올라탔다. 그러고 보니 목에 두른 멋스러운 목도리가 '긴자 데이트'를 짐작케 했다.

"우수한 부하를 두면, 상사는 가족한테 서비스하느라 바빠진단 말이지."

가미야마의 말이 료타의 가슴 깊숙이 스며들었다. 좀처럼 남을 칭찬하진 않아도 칭찬할 때는 쑥스러움을 감추는 말을 덧붙였다.

엘리베이터 문이 천천히 닫히기 시작했다. 료타는 머리를 깊숙이 숙였다.

"부탁해."

문이 닫히는 찰나, 가미야마가 말했다. 노고를 위로하는 다정한 음성이었다.

"네. 고생하셨습니다."

료타는 이미 닫힌 문을 향해 다시 한번 고개를 숙였다.

건축 설계 본부가 자리한 십구 층은 한산하고 조용했다. 공사 현장은 토요일에도 돌아가지만 건축 설계 본부는 기본적으로 토요일과 일요일이 휴일이다. 그러나 사무실 한 귀퉁이에 있는 회의 공간은 뜨거운 열기가 감돌았다. 그곳에는 료타를 비롯해 남직원 다섯, 여직원 셋이 모여 있었다. 하나같이 젊고 패기 있는 정예 요원이다. 그들은 커다란 회의용 책상에 올려 둔 모형을 둘러싸고 있었다. 그것은 도쿄 도내 대형 터미널 역 앞의 재개발 프로젝트 건축 모형이었다. 유리를 다량으로 사용한 개방감이 있는 건물 옆에는 거대한 나선형 슬로프가 설치돼 있다. 거대한 건물 전체가 유리로 에워싸여 있어서 천공으로 치솟는 회랑(回廊)처럼 보인다. 그 바로 앞은 초록빛 공원. 쓸모없는 공간임에도 대규모 개발을 할 때는 법률상 만들어야 하는 의무가 있다.

"남쪽이 이쪽이었지?"

료타가 그 공원 모형을 보면서 모형 담당자인 남자 직원에게 물었다.

"네. 태양의 움직임은 이렇습니다."

후배 직원이 손으로 태양의 움직임을 그려 보였다. 그것을 본 료타는 한동안 생각에 잠겼다. 겨울철에도 햇볕이 확보될 게 분명했다. 생각하기 따라서는 이곳이 최고의 장소다.

"공원을 산책하는 사람이 혼자나 커플뿐이군."

공원 안에 배치된 사람 모형에 관한 말이었다.

"가족 동반 모형을 좀 더 늘립시다."

료타의 제안에 모두가 동의했다.

"강아지 산책을 시키거나……."

다른 남자 직원이 의견을 발전시켰다. 료타가 그 말에 곧바로 반응했다.

"아하, 그거 좋네. 가정적인 분위기를 좀 더 추가해 보자고."

모형에 없던 시점이다. 프레젠테이션에서는 가족 층을 끌어들이는 전략을 강조했는데 아무래도 건물에 역점을 두는 경향이 있다 보니 공원이라는 '훼방꾼'의 세부까지는 그런 의식이 반영되지 못한 것이다.

료타는 모형을 바라보며 공원에서 게이타랑 노는 모습을 떠올려봤다. 가족이 없었다면 놓치고 지나쳤을 시점인지도 모른다. 그렇긴 해도 게이타랑 공원에서 놀았던 기억을 더듬어 보니 아주 오래전으로 거슬러 올라갈 수밖에 없었지만…….

힘차게 울려 퍼지는 목소리에 료타는 현실로 되돌아왔다.

"자, 여러분, 리더가 저녁 쏠 건데, 뭐 먹을래, 피자 아니면 솥밥?"

그렇게 말하며 나타난 사람은 마쓰시타 하루나였다. 늘씬하고 큰 키에 딱 붙는 회색 정장을 입고 있었다. 나이는 서른여섯이지만 큼직큼직한 이목구비에 화려한 얼굴 생김새는 이십 대로 보인다.

그녀가 손에 들고 있는 것은 배달 메뉴다.

리더는 료타를 의미한다. 직책이 버젓이 있어도 '리더'라는 명칭으로 정착됐다.

"저녁 식사인데, 피자는 좀 아니잖아."

료타가 불만스러운 목소리를 흘렸다. 그래도 젊은이들은 일찌감치 피자로 정했는지 벌써부터 "잘 먹겠습니다"라며 하루나한테 건네받은 피자 가게 메뉴판에서 피자를 고르기 시작했다.

팀의 서브 리더인 하루나가 료타를 바라봤다. 평소와는 다른 긴 응시였다. 료타가 머뭇거리다 시선을 피하자 하루나가 코웃음을 쳤다. '가족 서비스'를 하고 온 마이홈 아빠에게 '징계'라도 내리듯이.

"경쟁률이 십 대 일이나 돼서 쉽지 않아."

미도리는 최신형 시스템 키친의 깊숙한 싱크대에서 감자를 씻으면서 휴대전화를 어깨에 얹고 귀로 누르며 마에바시에서 혼자 사는 엄마와 통화를 하고 있었다. 그 목소리에 고향 군마 지역의 억양이 살짝 묻어 있었다. 같은 고향 사람이나 구별할 수 있는 정도라 사투리라고 할 수도 없었다.

"처음에는 공립도 괜찮겠다 싶었어. 그런데 남편이 나중에 고생하느니 지금 열심히 해두는 게 낫다고 해서…… 응. 그렇지. 나도 지금은 열심히 하길 잘했다 싶지. 아직은 붙을지 떨어질지 모르지만. 앗."

집 전화기 신호음이 실내에 울려 퍼졌다.

부엌과 연결된 거실 바닥에서 쿠션에 앉아 게임을 하던 게이타가 일어서서 부엌 카운터 위에 놓인 전화기로 다가갔다.

"아빠다."

미도리가 고개를 끄덕였다. 료타가 전화하는 일은 드물다. 무슨 일이 있나 싶어 살짝 불안해진 미도리가 "다시 전화할게"라고 엄마에게 말하고 전화를 끊었다.

"여보세요?"

미도리보다 게이타가 먼저 거실 쪽에 설치된 카운터 위의 수화기를 집어 들었다.

"아빠야?"

미도리가 물어도 게이타는 입을 다물고 있었다. 료타가 건 전화가 아니면 게이타는 아무 대꾸도 하지 못한다. 미도리는 젖은 손을 닦고 수화기를 받아 들었다.

"전화 바꿨습니다."

목소리가 낯선 남성이 매우 정중한 말투로 자기소개를 했다. 영업 전화 종류는 아니었다. 미도리는 불안한 마음으로 수화기를 바꿔 잡으며 귀에 찰싹 갖다 댔다.

본사 지하 주차장에서 집까지 수도고속도로를 이용해서 가면 주말에는 삼십 분 남짓 걸려 도착한다. 교통 체증을 피하는 지름길도 파악해 둬서 평일에도 한 시간이 채 걸리지 않는다.

쾌적한 통근이라 할 만하겠지.

료타의 차가 자택 맨션 앞의 언덕길로 접어들었다. 언덕 밑에서 올려다보면 맨션이 우뚝 솟아 있다. 지상 삼십 층짜리 고층 건물에, 주변에 높은 건물이 별로 없는 지역이라 한층 두드러져 보인다.

주차장은 맨션 지하에 있다. 료타는 국내외 고급차들만 늘어선 주차장 한 귀퉁이에 차를 세우고는 전용 출입 키로 엘리베이터 홀로 통하는 문을 열었다.

간접 조명이 밝혀진 엘리베이터 홀로 향하는 통로에는 검은 대리석을 깔아놔서 또각또각 울리는 가죽구두 소리가 상쾌하게 들린다.

료타는 엘리베이터에 올라타 이십육 층 버튼을 눌렀다.

현관문을 안에서 열어주는 것은 게이타가 돕는 가사 중 하나였다. 그러나 그 도움이 실행되는 경우는 드물다. 료타가 귀가하는 시간은 대부분 게이타가 잠들고 나서였기 때문이다.

게이타가 "안녕히 다녀오셨어요"라고 인사하며 아빠가 들고 있던 외투를 받아들고 거실로 뛰어 들어갔다.

게이타는 이미 목욕을 마치고 잠옷으로 갈아입고 있었다. 잠옷 위에 미도리가 털실로 뜬 보온용 복대를 두르고 있었다. 잠이 들면 몇 번이나 이불을 걷어차서 복대를 꼭 채워야 했다.

게이타가 아빠 외투를 거실 식탁 의자 등받이에 걸었다. 곧 바로 다시 텔레비전 앞에 진을 치고 앉아서 볼링 게임을 계속하기 시작했다. 가뜩이나 큰 눈을 더 크게 부릅뜨고 게임에 열중했다.

남편을 맞으러 나온 미도리가 료타의 가방을 받아 식탁 의자에 내려놓았다.

"더 늦을 줄 알았는데."

토요일에도 쉬는 때가 거의 없다. 한밤중에 귀가하는 것도 당연시돼 버렸다. 그렇다고 해서 녹초가 되는 타입은 아니다.

양복을 벗으며 거실로 들어온 료타는 아내 말에는 대꾸하지 않고 게이타를 쳐다봤다.

"어, 피아노는 벌써 다 쳤나?"

"시험도 끝났으니 오늘은 안 해도 될 것 같은데……."

미도리의 말이 변명 비슷하게 흘러나왔다.

"당신이 그러면 어떡해. 그런 건 하루 쉬면……."

남편의 잔소리를 아내가 이어받았다.

"'사흘이 걸린다'는 말씀이시죠. 회복하는데."

미도리가 웃는 얼굴로 놀리듯이 말하자 료타도 따라 웃고 말았다.

"자, 피아노 좀 쳐볼까, 게이타."

"응."

게이타가 곧바로 게임 전원을 끄고 정해진 자리로 게임기를 치웠다. 말을 잘 듣는 착한 아이였다.

미도리는 게이타를 재촉해서 피아노 앞에 앉혔다. 아직 이른 시간이긴 하나 휴일 밤에는 작은 소음에도 민감한 사람들이 많다. 방음이 확실하게 돼 있긴 해도 전자 피아노의 볼륨을 낮췄다. 치기 시작한 곡은 '튤립'이었다. 어딘지 모르게 더듬거리는 연주였다.

"저녁은 먹고 왔지? 목욕물 받아놨어."

"피자 한 조각밖에 못 먹었어."

넥타이를 풀면서 한숨 섞인 목소리로 말했다. 도무지 저녁 식사로는 내키지 않아서 머뭇거리고 있는데 젊은 남자들이 눈 깜짝할 새에 료타 몫까지 먹어 버렸다.

"어머, 그럼 문자로라도 말해주지."

미도리는 말을 마치자마자 냉장고를 열고 저녁 준비를 시작했다.

"밥은 없고, 제일 빠른 건 우동이야. 미무라 씨가 가가와에서 보내준 우동."

"아, 그럼 그걸 먹을까. 쫄깃하게 부탁해요. 쫄깃하게."

"이제는 실수 안 합니다."

전에 받자마자 끓였을 때는 삶는 시간이 잘못돼서 면이 완전히 퍼지고 말았다.

"음, 이번에는 제대로 만들겠지만, 계란은 빼고."

료타는 갓 삶은 우동에 날계란과 간장을 섞어 먹는 걸 좋아했다.

"어? 계란은 괜찮잖아."

"콜레스테롤이 높아서 안 돼."

"한 개 정도는 괜찮아, 그치?"

료타가 게이타에게 동의를 구했다.

그러자 게이타가 피아노 치던 손을 멈추고 돌아보더니 팔을 들어 얼굴 앞에 엑스 표시를 했다.

"너무해!"

료타는 테이블에 푹 고꾸라지는 시늉을 했다. 마치 총에 맞은 악당처럼.

게이타가 재밌는지 키득키득 웃어 보이고는 곧바로 피아노 쪽으로 돌아앉아 연습을 계속했다.

"왜 안 되는데."

분명히 죽었던 악당이 되살아나더니 게이타의 등 뒤로 숨죽여 다가가서는 건반으로 손을 뻗어 튤립을 같이 연주하기 시작했다.

미도리는 아빠와 아들이 연탄(連彈)으로 연주하는 뒷모습을 부엌에서 바라보다 두 사람의 연주 소리에 맞추듯이 리드미컬하게 대파를 다졌다.

이런 시간이 조금이라도 늘어나면 좋을 텐데 생각하면서.

료타의 맨션은 방 두 개에 거실, 다이닝 룸, 부엌이 있는 구조지만 면적은 넓었다. 거실과 부엌도 여유 있는 구조라 가족 셋이 생활하는 데 좁다고 느낀 적은 없다. 부엌과 거실은 마룻바닥을 깔고 크림색 셔츠 같은 벽지 색깔로 통일했다. 천장에서 바닥까지 닿는 커다란 창문으로는 도심이 한눈에 내려다보였다. 주변에 고층 건물이 없어서 전망이 최고였다. 특히 야경은 방문객들의 감탄을 자아내게 했다.

료타가 맨션의 모델하우스를 보고 마음에 들었던 점은 한가롭고 평화로운 분위기였다. 흔히 생활의 냄새라고 표현할 법한 '편리성'이 없는 것이다. 그 분위기를 유지하는 사람은 미도리였다. 집은 모델하우스와 거의 다름없이 말끔하게 정돈돼 있다. 물론 부엌살림이 늘어났고 벽에 게이타가 그린 그림이나 사진이 붙어 있긴 해도 그 정도는 괜찮았다.

두 개 있는 방은 큰방이 침실이라 더블과 싱글 침대가 딱 붙어 있다. 거기서 가족 셋이 내 천(川) 자로 나란히 누워 잔다.

작은방 하나는 료타의 서재다.

미도리는 침실에서 게이타가 잠든 것을 확인한 후, 그림책을 덮고 침대에서 빠져나와 거실에 있는 남편에게 말을 건넸다.

"새로운 일은 잘될까, 미무라 씨?"

"그럭저럭 잘되겠지. 그 녀석은 원래 시골이 더 잘 맞았어."

료타는 거실 소파에서 프레젠테이션 자료를 검토하고 있었다. 그러나 건성으로 대답한 것은 일 때문만은 아니다. 미무라 얘기에 흥미가 없었기 때문이다.

"어쩜 저렇게 냉정할까. 그렇게 아꼈으면서."

미무라는 료타의 부하 직원이었다. 쇠퇴해 가는 고향의 임업을 돕고 싶다며 일 년 전에 퇴사했다. 성실하고 우수한 부하 직원이라 료타가 눈여겨보기도 했었다. 그만두겠다는 말을 꺼냈을 때는 꽤 많이 잡기도 했지만 미무라는 완강했다.

"그만둔 녀석까지 걱정하고 살 수 있나."

"죄송합니다. '그만둔 녀석' 얘기를 꺼내서."

미도리는 그렇게 말하며 부엌에서 커피를 끓이기 시작했다.

료타와 미도리는 사내 연애 끝에 맺어졌다. 미도리는 결혼과 동시에 회사를 그만뒀다.

"벌써 잠들었나?"

료타가 자료를 보면서 물었다.

미도리는 신경 쓰이는 얘기가 있었다. 게이타가 잠들면 바로 얘기하려 했지만 말을 꺼내기가 힘들었다. 잠깐 멈춰달라고 부탁하면 료타가 언짢아하는 걸 잘 알고 있기 때문이다. 미도리는 말을 꺼낼 수가 없었다.

"응, 아무래도 긴장돼서 지쳤나 봐."

"뭐, 우리 할 일은 다 했으니, 나머지는 게이타의 노력 여하에 달렸지."

료타는 앞으로 필기 시험이 더 남아 있는 줄 아는 것이다. 그러나 시험은 오늘로 끝이라고 전에도 분명 몇 번이나 얘기했었다. 미도리는 굳이 정정하지는 않았다.

"열심히 해. 아빠처럼 되고 싶다고."

미도리의 말에 대답은 없었다. 료타는 일에 집중하기 시작했다. 방해하고 싶지는 않았지만 부부끼리 대화를 나눌 기회가 적었다. 미도리가 다시 말을 이었다.

"최근에 좀 야무져졌지?"

"그런가?"

건성으로 하는 대답이었다.

"다이치 군한테 '그만하라'고 말할 수 있게 됐나 봐."

'다이치 군'이라는 말에 료타가 반응을 보였다. 여름방학이 끝나고 얼마쯤 지나자 "다이치 군이 괴롭힌다"고 호소했던 것이다. 유치원 선생님과 상담도 하고 '싫은 일을 당하면 그만해라고 말하기'로 게이타와 약속을 주고받았다. 그러고 나서도 한동안은 울면서 돌아오는 날이 계속됐다. 다행히 요즘에는 완전히 사라졌다.

"그럼, 다행이군. 요즘 세상에 너무 착하면 손해니까."

그 일의 경과도 료타에게 들려줬다. 물론 그때도 건성으로 대답했던 기억이 떠올랐다.

"면접 때는 장점이라고 했으면서. 가끔은 칭찬도 해줘."

료타가 얼굴을 살짝 찌푸리며 자리에서 일어섰다.

"둘 다 오냐오냐해서 어쩌려고."

그러더니 서류에 시선을 떨어뜨린 채, 도망치듯 서재로 숨어들었다.

좀처럼 느긋하게 둘이서만 얘기할 수 있는 시간이 없다 보니 그 틈을 메우려고 조바심을 내다 보면 금세 책망하는 말투가 돼버린다.

미도리는 반성하면서 커피를 내려 서재로 들고 갔다.

"똑똑."

서재 문이 열려 있어서 미도리가 입으로 노크 소리를 흉내 냈다. 그 소리가 의도치 않게 경직됐던 공기를 누그러뜨렸다.

"응?"

료타는 방 불을 끄고 책상 위의 스탠드만 켜놓고 일하고 있었다. 책상 옆에는 컴퓨터 책상이 있고 데스크톱 컴퓨터가 놓여 있다.

세 평쯤 되는 방에 책상을 둔 곳을 뺀 나머지 벽에 책장이 늘어서 있고 거기에 건축 디자인 대형서적 외에 소설이나 CD가

꽂혀 있었다. 료타는 책과 음악을 좋아해서 양쪽 다 자주 사는데, 마땅히 즐길 시간이 없어서 책꽂이에 마냥 꽂혀 있다.

서재는 거실과 마찬가지로 깔끔하게 정리돼 있고 쓸데없는 물건은 없다. 단 하나, 방 한가운데를 차지한 거치대에 세워둔 기타가 있다. 학창 시절에 료타가 애용했던 기타다. 그것 역시 연주할 시간은 고사하고 몇 년째 손도 대본 적이 없다. 그러나 애착이 깊어서 깊숙이 넣어둘 수는 없었다.

미도리는 커피 머그잔을 책상 가장자리에 내려놓았다. 커피 향이 방 안 가득 감돌자 그것만으로도 긴장이 풀리는 기분이 들었다.

"오오."

료타가 커피에 반응을 보이며 프레젠테이션 자료를 파일에 담아서 한쪽으로 치웠다.

"오늘, 바쁜데 시간 내줘서 고마워."

미도리가 감사 인사를 하며 료타 책장에 꽂혀 있는 CD를 꺼냈다. 얼굴을 마주 보며 인사하기는 쑥스러웠다.

"게이타도 기뻐했어."

"일요일 정도는 같이 있어주면 좋을 텐데."

료타는 내일도 아침부터 출근한다. 한밤중이 다 돼서야 돌아오겠지.

미도리는 CD를 책장에 돌려놓고 다시 남편을 마주 봤다.

"하긴 뭐……"라고 말하며 료타가 파일을 정리를 끝내더니 책상을 정돈했다.

"이번 프로젝트가 끝나면 시간이 좀 날 거야."

"최근 육 년간 똑같은 말씀만 하셨거든요."

미도리가 농담처럼 툭 던지자 료타는 뜻밖이라는 표정을 지었다.

"내가 그랬나?"

농담이 아니었다. 료타는 육 년 내내 휴가 한 번 제대로 내지 못한 사실을 잊고 있었다. 마치 '휴일'이라는 개념 자체를 잊어버린 사람처럼.

"그랬거든요……."

미도리는 또다시 비난하는 말투로 변할 것 같아서 입을 다물었다. 오랜만에 집에서 보내는 시간을 다툼으로 끝내고 싶지 않았다.

그러나 꼭 해야 할 말이 있었다. 미도리는 마침내 말문을 열었다. 최대한 가벼운 말투로 가장해서.

"아 참, 오늘 마에바시 병원에서 전화 왔었어."

매우 정중했던 그 전화 얘기였다.

"병원?"

"그 왜, 게이타 낳았던 곳."

"어어, 뭐래?"

"무슨 용건인지 확실하게 말하진 않았는데, 할 얘기가 있대."

"이유를 안 밝혔다고?"

"만나서 얘기하고 싶대. 무슨 일일까?"

미도리는 말을 꺼내다 불안해져 가슴 앞으로 팔짱을 꼈다.

"수혈이나 뭐에 문제라도 있었나? 성가신 일은 아니겠지?"

미도리는 분만할 때 출혈이 심해서 수혈을 받았다. 그때 동의서를 썼다. 료타는 늦게 가는 바람에 곁을 지켰던 장모가 서명했다.

"시간 낼 수 있겠어?"

입학 시험 면접도 간신히 짬을 냈다. 이제 더는 할애할 시간이 없다고 말하고 싶었다. 하지만 아내에게 불평을 쏟아낸들 아무 소용이 없다.

"어어."

료타는 감정을 죽이고 나지막한 목소리로 대답했다.

3

そして父になる

다음 날 출근해서 일정을 다시 한번 확인하고 이리저리 변통을 내보니 모레인 화요일 오후에 잠깐 시간을 낼 수 있을 것 같았다. 병원 측에서는 우리 쪽에서 지정한 장소로 찾아오겠다고 했다. 료타는 회사 옆에 있는 호텔을 지정했다. 미팅 시간은 삼십 분에서 한 시간까지라고 미리 말해뒀다.

아내에게 문자를 보내자 곧바로 답장이 왔다. 병원 사무부장이 변호사와 함께 지정한 호텔로 방문하겠다고 했다.

변호사가 동석한다면 예삿일은 아니라는 것쯤은 충분히 상상이 갔다. 역시 수혈로 인한 감염증일까. 간염은 잠복 기간이 길다는 얘기를 들은 적이 있다. 만약 미도리가 입원하게 되면 그 나름대로 대책이 필요할 텐데…….

그러나 료타의 우려는 잇달아 밀어닥치는 업무의 파도에 삼켜져서 금세 휩쓸려 가버렸다.

결국 아무런 대책도 세우지 못하고 화요일 오후를 맞았다.

화요일이 길일(吉日)인지 결혼식이 몇 개나 열려서 호텔은 떠들썩하고 북적거렸다.

료타와 미도리는 같은 층에 위치한 회의실에서 마에바시 중앙종합병원의 아키야마 사무부장과 오리마 변호사와 대면하고 있었다.

족히 십여 명은 앉을 법한 큰 책상을 사이에 두고 마주 앉았다. 실내 공기는 얼어붙어 있었다. 문밖에서는 피로연을 끝낸 손님들의 흥겨운 목소리가 희미하게 들려왔다.

료타와 미도리 둘 다 병원 측에서 얘기를 꺼낸 후로는 아무 말도 할 수가 없었다. 몇 분이 지났는지도 알 수 없었다. 다만, 김이 피어오르던 책상 위의 커피가 완전히 식어버렸다는 것만 알 수 있었다. 두 사람 다 '그 얘기'를 믿을 수가 없었다. 대체 어떻게 대처해야 할지 가늠조차 할 수 없었다.

"바뀌었다니……."

마침내 입을 연 사람은 료타였다. 오랫동안 침묵한 탓에 살짝 쉰 목소리가 나왔다. 평상시의 힘 있는 목소리가 아니었다. 어딘지 모르게 넋이 약간 나간 듯했다. 더없이 명석한 료타와는 동떨어진 음성이었다. 옆에 앉은 미도리도 그런 것을 알아차릴 여유가 없었다. 방심한 채 옆 의자에 놓여 있는 군마현의 특산물 '정처 없는 나그네'의 포장지만 뚫어지게 바라봤다. 아키야마가 선물로 들고 온 것이다.

"실수로 아이가 바뀌다니, 그건 우리 어린 시절에나 있었던 얘기잖습니까?"

료타가 묻자 아키야마 사무부장이 갸름한 얼굴을 숙이며 고개를 끄덕였다. 뭐라 드릴 말씀이 없다는 듯이.

아키야마 옆에 있는 오리마 변호사는 덩치가 크고 각진 얼굴이라 인상이 우락부락해 보이는 남자였다.

"대부분의 사고는 1960년경에 일어났습니다."

오리마가 그렇게 말한 후 얘기를 이어갔다.

"목욕시킬 때 실수로 바뀌는 케이스인데, 그 당시에는 간호사가 부족했던 것이 원인으로 여겨집니다."

아키야마가 갸름한 얼굴을 붉히고는 얘기하기 시작했다.

"저희 병원에서도 그 당시 사고를 교훈 삼아 1966년부터는 발바닥에 매직으로 이름을 쓰지 않고 이름표를 패용했고 그 후로는 지금까지 단 한 번도……."

"자 그럼, 왜 이제 와서 그런 일이……."

말문을 열었던 료타가 말해봐야 소용없다고 여기고 입을 다물었다.

"그래서 저희도 너무나 놀랐고……."

아키야마의 표현에 료타의 표정이 험악해졌다.

"가장 많이 놀란 건 우리예요!"

아키야마가 자그마한 체구를 더욱 움츠리며 고개를 숙였다.

"물론 당연히 그러시겠죠."

오리마가 중재에 나섰다.

"그렇다면 상대편 부부 댁에 있는 그 남자아이가……"

료타가 물어주길 기다렸다는 듯이 아키야마가 서둘러 얘기를 풀어놓기 시작했다.

"네. 그러니까 그게…… 초등학교에 입학하려고 혈액 검사를 했는데, 그 결과가 부모님과 일치하지 않아서……"

료타는 설명을 다 듣기도 전에 격한 말투로 되받아쳤다.

"우리는 혈액형에 아무 문제없어요."

료타가 입을 다물고 있는 미도리에게 얼굴을 돌렸다.

"그렇지?"

미도리는 그 말에 대답하려는 기색도 없이 아키야마에게 공허한 눈빛을 돌렸다.

"확실한가요?"

떨리는 목소리였다. 얼굴빛도 창백해서 금방이라도 쓰러져 버릴 것 같았다.

그러나 아키야마도 오리마도 입을 열려고 하지 않았다. 확실하다는 보장은 할 수 없는 것이다. 다만, 그럴 확률이 높다는 것 밖에.

"게이타가 정말로 우리 애가 아닌가요?"

미도리는 비명을 지르고 싶은 충동을 애써 억눌렀지만 목소리는 높고 떨리고 있었다.

아키야마가 머뭇머뭇 조심스레 입을 열었다.

"같은 시기에 입원했던 남자아이가 셋인데, 댁의 아드님이 그중 한 아이입니다. 아직 확실한 건 아닙니다. 일단은 정식으로 DNA 감정을 해야 하고…… 그러고 나서."

삼 분의 일의 확률이라는 뜻이다. 료타도 미도리도 입을 열 수가 없었다.

그날 어떻게 돌아왔는지 두 사람 다 기억이 나지 않았다.

다음 날인 수요일에 미도리가 회사에 있는 료타에게 문자를 보냈다. 세이카 학원에서 합격 통지가 와서 오늘 밤 파티를 여니 일찍 집에 와달라는 내용이었다. 기쁜 소식이니 평상시의 미도리라면 이모티콘으로 화려하게 장식해서 보냈을 터였다. 그 문자는 어딘지 모르게 냉랭했다. 료타도 그 마음은 이해할 수 있었다.

료타의 마음속 어딘가에는 게이타를 마주하기 꺼려지는 두려움이 있었다. 게이타의 얼굴을 살펴보면서 부부 어느 쪽이든 닮은 부분을 찾게 되고 게이타의 말과 행동에서 자기와 아내의 흔적을 끄집어내려 애썼다. 그러다 게이타와 자기의 차이를 발견하고 낙담하고 말았다. 게이타를 그런 눈으로 보는 자기 자신에게 혐오감이 들어서 하룻밤이 지났을 뿐인데도 너무 심하게 지쳐버렸다. 그렇다고 도망칠 수도 없는 노릇이었다.

시간 외 근무가 예정돼 있었음에도 저녁 먹을 시간에 늦지 않게 들어가겠다고 미도리에게 답장을 보냈다.

료타가 조금 늦는 바람에 준비해 둔 축하 케이크의 촛불을 켠 것은 저녁 여덟 시가 지나서였다.

케이크에는 '게이타 합격 축하해'라고 적힌 초콜릿 판이 장식돼 있었다. 초도 만 나이인 여섯 개였다.

"합격 축하해!"

료타와 미도리의 축하 인사가 끝나기가 무섭게 게이타가 촛불을 불어서 껐다.

방 불은 잠시 꺼놔서 촛불이 꺼지는 순간, 창밖으로 아름다운 도쿄의 야경이 펼쳐졌다.

"오오—!"

촛불을 단번에 끈 게이타를 보며 료타가 감탄사를 내뱉었다. 미도리와 게이타도 똑같이 따라서 흉내를 냈다.

저녁밥은 새우튀김이 메인이었다. 오늘은 닭튀김은 없다. 미도리가 손수 만든 음식들만 차려놓았다. 샐러드와 비프스튜, 그라탱…… 너무 많이 만들었다.

료타는 책상 서랍 속에 넣어둔 채 한동안 사용하지 않았던 카메라를 꺼내서 새우튀김을 먹는 미도리와 게이타의 사진을 찍었다. 한 장이 아니라 몇 장이나 찍었다. 미도리도 사진을 찍어보고 싶다고 했다. 지금까지는 카메라에 손도 대지 않았는데 게이타와 료타의 사진을 계속 찍었다. 다 같이 한껏 들떠서 떠들어 댔다. 게이타도 카메라로 사진을 찍어보고 싶다고 했고 료타가 가르쳐 줘서 몇 장쯤 찍었다.

게이타가 찍은 사진을 본 료타가 "잘 찍네!"라며 살짝 과장스럽게 칭찬해 줬다.

료타도 한껏 들뜬 채 함께 떠들었다. 그렇게라도 하지 않으면 자꾸만 시선이 게이타의 얼굴로 빨려들 듯이 집중됐다. 어떻게든 정신을 분산시키고 싶었다.

셋이서 함께 잠자리에 들었다. 침대에 와서도 료타와 미도리는 시끌벅적하게 떠들어 댔다.

아무래도 피곤에 지쳐 있던 료타가 천장을 바라보는 자세로 먼저 누웠다. 그런데도 흥분한 탓인지 쉬이 잠이 오지 않았다. 바로 옆에 게이타가 누웠다. 미도리는 게이타를 사이에 두고 반대편에 누워 있었다. 가족 셋이 함께 잠자리에 드는 게 몇 달 만일까, 료타는 생각했다. 곧바로 기억이 떠오르지 않을 만큼 오래전 일처럼 느껴졌다.

생각에 잠겨 있던 료타의 손을 게이타가 덥석 잡았다. 료타는 순간 움찔했다.

게이타는 그 손을 자기 얼굴 쪽으로 들어 올렸다. 오른손에는 미도리의 손을 잡고 있었다.

게이타는 두 사람의 손을 한데 모으더니 아빠와 엄마의 손등을 맞대고 부드럽게 비볐다.

"사이좋게 지내요, 사이좋게……."

그 순간 료타는 쑥스러움과 동시에 가슴속 깊은 곳에서 솟구쳐 오르는 온기를 느꼈다. 그런 감정은 전에도 느낀 적이 있었다. 이유도 까맣게 잊어버릴 만큼 사소한 일로 아내와 말다툼을 한 적이 있었다. 그때 아직 어렸던 게이타가 두 사람의 손을 잡고 "사이좋게 지내요, 사이좋게"라며 화해시킨 적이 있었다.

그때도 똑같은 심정이었다. 쑥스러움과 온기 그리고 약간의 당혹감.

료타는 게이타의 옆얼굴을 바라봤다. 그러다 게이타의 머리 너머로 미도리와 눈이 마주쳤다.

미도리의 눈에 눈물이 그렁거렸다.

오늘 밤은 부모가 평소와 다르다는 걸 게이타가 민감하게 알아챈 걸까. 그래서 '사이좋게 지내라'는 말을 한 걸까?

료타는 아내에게 물어보고 싶었지만 그냥 말없이 아내의 눈만 지그시 바라봤다.

마에바시 중앙종합병원의 사무부장 아키야마는 DNA 감정을 할 때, 감정인과 입회인을 자택으로 직접 파견해 줄 수도 있다고 설명했다. 업무 사정을 고려하면 료타는 그러는 편이 좋겠다고 생각했다. 웬일인지 이번에는 미도리가 완강하게 반대했다.

"흰 가운을 입은 사람들을 집에 들이기 싫다"라며 끝까지 주장을 굽히지 않았다. 미도리가 거부하는 이유의 본질이 흰 가운이 아니라는 것쯤은 료타도 알고 있었다. 부모 자식 관계를 냉정한 입장에서 '판정하는' 인간을 집에 들이고 싶지 않은 심정일 것이다.

결국 토요일 오후에 료타가 시간을 내서 도쿄 도내에 자리한 연구소로 가족 셋이 방문하기로 했다. 토요일에 회사에서 하루나에게 조금 일찍 가보겠다고 말하자 "어머, 요즘 자주 일찍 가시네. 아드님한테 무슨 일이라도 있나요?"라고 물었다. 료타는 하루나의 예리한 직감력에 당황했다. 그러나 "아니"라고 짧게 대답하며 동요를 애써 감췄다.

도쿄 도내에 자리 잡은 그 연구소는 SF영화에나 나올 법한 무기질적인 건물로 차갑고 어두운 인상을 풍겼다.

오로지 실용성에만 중점을 둔 리놀륨 바닥을 게이타를 가운데 두고 셋이 나란히 걸어갔다. 벽에는 '절전을 위해 조명을 낮췄습니다'라고 쓰여 있었다. 어스름한 복도가 너무나 음울한 분위기였다.

료타의 기분과는 달리 게이타는 아빠랑 엄마랑 함께하는 외출에 한껏 신이 나 있었다. 부모의 양손을 잡고, 몇 번이나 손그네를 태워달라고 졸라댔다.

복도에 게이타의 환호성이 울려퍼지자 우울했던 료타와 미도리의 마음이 조금은 가벼워지는 기분이 들었다.

그러나 이번 감정 결과에 따라서 게이타의 목소리가 다르게 들릴지도 모른다. 료타는 부쩍 무거워진 게이타의 몸을 들어 올리며 자기 발걸음이 무거워지는 것을 의식했다. 료타는 그런 자신을 타일렀다. 혈액형은 료타가 A형이고, 미도리가 O형 그리고 게이타는 A형이다. 아무런 문제가 없다. 실수로 아이가 바뀐 것은 다른 가족일 것이다.

DNA 감정을 하는 방은 병원 진료실처럼 생긴 곳이었다. 벽과 바닥이 모두 하얗고, 소독약 같은 약품 냄새가 감돌았다. 흰 가운을 입은 남자 두 사람과 양복을 입은 남자 한 사람. 양복을 입은 남자가 입회인이라고 했다. 요컨대 이 감정이 공정하게 행해짐을 증명하는 인물이다.

료타가 먼저 둥근 의자에 앉았고, 흰 가운을 입은 남성이 면봉으로 입안의 점막을 채취했다. 미리 양해를 구했던 대로 면봉이 입안에 들어간 순간, 플래시가 터지면서 '증거 사진'이 찍혔다. 다음 순서는 미도리였고 마지막이 게이타였다.

게이타는 병원처럼 생긴 방을 보고 긴장해 있었다. 그러나 미도리가 자기들과 똑같이 할 뿐이고 하나도 안 아프다고 달래며 손을 잡아주자 얌전히 둥근 의자에 앉아 입을 크게 벌렸다.

"어머님은 저쪽으로 가주시죠."

미도리는 감정사가 시키는 대로 료타 옆에 나란히 선 후, 남편의 손을 꽉 움켜잡았다. 료타도 아내의 손을 힘껏 잡아줬다.

면봉이 게이타의 입안으로 들어가자 플래시가 터졌다. 그 순간 게이타는 놀라서 몸을 흠칫 떨었다.

그 모습을 본 료타와 미도리는 분노를 느꼈다. 그러나 두 사람 다 그 분노의 원인을 설명할 수 있을 것 같진 않았다. 다만, 료타는 범죄자가 경찰에서 찍히는 피의자 사진을 떠올리고 있었다. 터무니없는 혐의를 뒤집어쓴 억울한 누명…….

돌아오기 전, 입회인이 감정 결과는 일주일 후에 오리마 변호사의 사무실에 도착할 거라고 로봇처럼 무표정한 얼굴로 말했다.

일주일 동안, 료타는 게이타의 얼굴을 거의 볼 수가 없었다. 정확히 말하면 잠든 얼굴만 봤을 뿐이다. 일이 바쁜 건 분명하다. 이번 건으로 일할 시간을 꽤 많이 희생했기 때문이다. 사무실에서 나오는 시간은 다른 직원들보다 늦었다.

다음 토요일에는 게이타를 친자식으로 볼 수 없게 될지 모른다는 것을 머리로는 이해하고 있었다. 그러나 애매한 이 상황에서 게이타를 마주하기가 두려웠다.

한밤중이 돼서야 집에 들어오면 미도리는 거의 말이 없었다. 몹시 지쳐 있는 것 같았다.

료타는 빗발이 내리치는 고속도로를 달리고 있었다. 11월치고는 쌀쌀한 날씨라 히터에서 따뜻한 바람이 나왔다. 그런데도 미도리는 추운 듯이 조수석에서 양팔로 자기 몸을 끌어안고 있었다. 두 사람 다 말이 없었다.

게이타는 유치원 친구 집에 잠시 맡겼다. 부부 둘이 오리마 변호사의 사무실로 향하는 중이었다. 오리마가 자택으로 찾아뵙겠다고 했지만 거절했다. 이번 제안도 미도리가 완강히 거부했다.

변호사 사무실은 낡은 빌딩 오 층에 있었다.

엘리베이터가 없어서 계단으로 오 층까지 올라가야 했다. 미도리와 료타는 둘 다 계단을 올라가며 입을 열지 않았다. 그곳까지 오는 차 안에서도 대화는 거의 주고받지 않았다. 똑같은 말만 되풀이할 것 같아서였다. "만약 게이타가 우리 아이가 아니면……"이라고. 그러나 둘 다 그 질문에 대답할 말이 있을 리 없었다.

막상 오 층에 도착하고 나니 미도리는 도망치고 싶은 심정이었다. 모든 걸 잊고 집으로 돌아가서 지금까지처럼 게이타를 키운다. 지금이라면 그것이 가능하다. 결과를 듣지 않고 지금까지 살아온 것처럼. '지금까지 살아온 것처럼', 그것이 얼마나 큰 행복이었을까.

미도리는 료타를 붙들어 세우고 싶은 충동에 사로잡혔다. 그런데 료타가 법률 사무소 문 앞에서 미도리를 돌아봤다. 그 얼굴을 본 미도리는 말없이 고개를 끄덕였다.

이것이 현실이라고 타이르는 듯한 기분이 들었다.

료타가 문을 밀며 열었다. 낡은 금속 문에서 삐걱거리는 소리가 났다.

사무실 응접실에는 큼지막한 소파가 있었고 두 사람은 그곳으로 안내받았다. 소파는 쿠션이 완전히 꺼져버려서 앉는 느낌이 최악이었다.

오리마는 "일단 결과부터 보시는 게"라고 입을 열며 연구소에서 보내온 두툼한 감정서를 료타에게 건네주고 결론 부분을 펼쳤다.

결과는 고작 두 줄도 안 되는 파란색 글씨로 기입돼 있었다.

미도리가 옆에서 몸을 가까이 붙이며 감정서를 들여다봤다.

"자료 1 노노미야 료타, 자료 2 노노미야 미도리와 자료 3 노노미야 게이타는 생물학적인 친자(親子)가 아니라고 감정하고 결론 내린다."

두 사람은 그 문장을 몇 번이나 다시 읽었다. 그 문장의 의미를 알 수 없게 될 정도로 수없이…….

그러나 거기에 적혀 있는 문장은 두 사람의 소망을 냉정하게 거절했다.

오리마는 아이가 바뀐 상대편 부모와 만나보라고 제안했다. 일정은 다음 주 금요일, 장소는 마에바시 중앙종합병원으로 예정하고 있다고.

료타의 머릿속에 회사 일이 어렴풋이 스쳐 지나갔지만 이제 더는 아무 생각도 할 수 없었다.

오리마가 제안하는 대로 모든 약속을 정하고 사무실에서 나왔다.

"차로 오셨죠? 운전 괜찮으시겠습니까? 병원 측에 청구할 테니 택시로 가시는 게……."

사무실에서 떠날 때, 얼굴이 창백해진 료타를 걱정해서 오리마가 조심스럽게 말을 건넸다. 료타는 거절했다. 내일 출근길 걱정도 걱정이지만 그것보다는 운전을 하며 조금이나마 기분을 풀고 싶어서였다.

밖으로 나오자 하늘은 개어 있었다. 저 먼 하늘이 흐릿하게 붉은 빛을 머금고 있었다. 저녁노을이다.

그러나 료타와 미도리는 하늘을 올려다볼 여유도 없이 곧장 차에 올라탔다.

운전할 때도 게이타 생각이 머릿속에서 떠나지 않았다.

료타가 브레이크를 거칠게 밟았다. 차가 크게 흔들리며 멈춰 섰다. 경보음이 울리는 걸 몰랐던 것이다. 위험했다. 그대로 계속 달렸으면 건널목 한가운데서 오도 가도 못할 지경에 처할 뻔했다. 차단기가 코앞에서 내려왔다.

긴 건널목이었다. 상하행 기차가 몇 대나 통과해 갔다.

"쿵!"

미도리는 차 안에서 울려퍼지는 큰 소리에 놀라 몸을 흠칫 떨었다.

옆을 보니 료타가 차 문 유리창을 주먹으로 있는 힘껏 내리치는 소리였다.

료타의 옆얼굴은 분노로 일그러지고 하얀 뺨이 붉게 물들어 있었다. 이제껏 이토록 격하게 분노를 드러낸 표정을 본 적이 없었다.

"역시…… 그런 거였어……."

료타가 악다문 이 사이로 쥐어 짜내듯 중얼거렸다.

그 말을 들은 미도리의 눈에서 눈물이 가셨다. 닦아도 닦아도 멈출 줄 모르고 흘러내렸던 눈물이. 료타가 한 말의 의미가 미도리의 마음속으로 서서히 침투해 갔다.

미도리는 료타의 옆얼굴을 바라봤다.

료타는 미도리의 시선을 알아채지 못했다. 오로지 분노에 사로잡혀 있었다.

료타의 그런 옆얼굴이 미도리에게는 멀게만 느껴졌다.

끔찍할 정도로 굼뜨게 하행선 전철이 부부 앞을 통과해 갔다.

맨션 주차장에 차를 세운 순간, 미도리는 문득 어떤 사실을 깨달았다. 만약 실수로 아이가 바뀌었다면 그것은 어느 시점이었을까. 산모 수첩과 당시에 찍었던 사진이 분명 집에 남아 있다. 그것을 샅샅이 살펴보면 게이타의 얼굴이 언제쯤 바뀌었는지 알 수 있을 것이다. 미도리는 그 얘기를 료타에게 했다.

출산 직후에 바뀌었다면 무의미한 일일 테고, 갓난아기의 얼굴이 변한 시간을 더듬어 봐도 역시나 무의미하고, 애당초 변화가 없다 해도 DNA 감정 결과를 뒤엎을 수는 없다고 료타는 속으로 생각했다. 그러나 집으로 들어오자마자 벽장 속에 있던 사진과 자료들을 거실로 옮겼다.

제일 먼저 펼친 것은 산모 수첩이었다. 탄생 시간은 7월 28일 오전 9시 37분, 분만 시간은 10시간 25분이라고 적혀 있었다. 미도리는 출혈 과다로 인해 분만 직후에 바로 처치실로 옮겨져서 치료와 수혈을 받았다. 출산할 때 아기의 몸무게는 2.865킬로그램이라고 적혀 있었다. 키는 49.2센티미터. 남자아이치고는 작은 편이었다.

처음 검진을 받은 병원은 전에 살았던 맨션 근처에 있는 작은 산부인과였다. 미도리가 유산 경험이 있고 그때 과다 출혈이 있었다고 밝히자 위험성이 있는 출산이니 종합병원에서 분만하길 권한다고 제안했다. 그 결과 선택한 곳이 친정이 있는 마에바시 중앙종합병원이었다.

그렇기에 마냥 기뻐할 수만은 없었고 절반 이상은 불안감 속에서 임신 사실을 받아들였다.

출산 예정일까지는 순조로웠다. 그러나 예정일 사흘 전에 입원하자마자 진통이 시작됐고 열 시간이 넘는 분만 과정을 거치다 보니 출혈 과다로 의식을 잃고 말았다.

그래도 종합병원이라 신속한 처치가 가능했다고 할 수 있다.

"처음 사흘 동안 아기 안아볼 기회를 거의 주질 않아서……."

미도리가 사진을 보면서 중얼거렸다. 슬픔이 깃든 목소리였다. 응급 처치와 그 후의 체력 소모로 미도리는 아기 얼굴을 잠깐밖에 볼 수 없었다. 더구나 모유를 간호사가 착유해서 우유병으로 먹였다.

사정이 그렇다 보니 출산 직후의 사진이 없었다. 마에바시의 친정엄마가 곁을 지켜줬다고는 해도 카메라가 없었다. 설령 있었다 해도 촬영할 만한 정신적 여유가 없었다.

"내가 병원에 간 게 31일이었지. 이게 그때 사진이지?"

날짜가 가장 오래된 사진이 7월 31일이었다. 유리벽 너머로 찍은 사진이다. 정해진 시간이 되면 신생아를 유리벽으로 가로막힌 신생아 면회실에 일렬로 죽 늘어놓았다. 그때는 작은 침대 위에 '노노미야 미도리, 아들'이라고 적힌 팻말이 있고 아기 발목에는 이름표가 채워져 있었다.

사진은 선명했다. 료타는 출산 예정일에 맞춰서 그때까지 쓰던 일안렌즈 필름 카메라를 일안렌즈 디지털 카메라로 바꿨다. 캐논 EOS의 상위 기종이었다. 흡사 오려낸 것처럼 선명하게 게이타의 얼굴이 찍혀 있었다.

"이건 게이타 맞지?"

료타가 미도리에게 사진을 보여줬다. 사진을 찬찬히 살펴본 미도리는 자신 없는 듯이 고개를 끄덕였다.

"그런 것 같아."

지금의 게이타가 그 사진에 찍힌 불그레한 얼굴에 주름이 자글자글한 갓난아기가 성장한 모습이냐고 묻는다면 명확하게 대답할 수는 없다. 게이타도 갓난아기도 유달리 눈에 띄는 특징이 없었다. 얼굴이나 손에 점이라도 있으면 좋으련만 그런 것도 없었다.

"그럼, 이 시점에서는 이미 바뀐 후일까?"

미도리가 료타에게 사진을 돌려주며 말했다. 그리고 다른 사진을 받아들었다. 나흘째, 닷새째, 엿새째……. 사진은 모두 변화가 없는 것 같았다. 또 보기에 따라서는 매일같이 얼굴이 변하는 것처럼 보이기도 했다.

그도 그럴 것이 이름표와 침대 팻말이 엄연히 붙어 있었다. 아무리 생각해도 이상했다. 지금도 여전히 실수로 바뀌는 일은 있을 수 없다는 생각을 떨쳐낼 수 없었다.

"그러니까 내가……."

료타가 미도리에게서 사진을 건네받으며 말했다.

"그런 시골 병원에서 낳아도 되겠냐고 한 거야."

질책하는 듯한 료타의 말투에 미도리는 당황했다.

"그야, 나도 거기서 태어났고, 오빠랑 여동생도 거기였으니까……."

"그렇다고 안전하다는 보장은 안 되잖아. 실제로도……."

료타가 말을 덧붙이려 하자 미도리는 울먹이는 목소리로 변했다.

"…… 하지만 당신은 바빠서 전혀……. 그래서 난 불안했고, 엄마가 다닐 수 있는 데가 좋겠다고 생각한 거야."

료타는 말을 삼키고 시선을 피했다.

"나는……."

미도리가 울면서 앨범 사진을 손에 들고 비교하기 시작했다.

"…… 왜 알아채지 못했을까…… 난 엄만데."

미도리가 오열을 터뜨리며 흐느껴 울었다.

게이타를 맡겨둔 친구 집으로 선물을 들고 찾아간 것은 저녁 여섯 시가 넘어서였다.

료타와 미도리는 평범하게 행동하려고 애를 썼다. 역시나 '평범'하지 못하고 오히려 더 시끌벅적하게 떠들어 대고 말았다.

그러나 게이타가 잠들자 두 사람은 침대 위에 앉아 아이의 얼굴을 뚫어져라 바라봤다.

닮은 곳을 찾는다.

닮지 않은 곳을 찾는다.

게이타의 뺨 위로 눈물이 떨어졌다. 미도리가 흘린 눈물이었다.

미도리는 게이타의 뺨에서 눈물을 훔쳐냈다.

미도리는 게이타의 입가에 남아 있던 하얀 치약 가루를 털어줬다.

료타는 잠든 게이타의 얼굴을 하염없이 바라봤다.

그 아이 속에 흐르는 '피'를 판별해 내려는 듯이.

4

そして父になる

료타의 차가 수도고속도로를 미끄러지듯 달려갔다. 뒷좌석에서는 미도리와 게이타가 끝말잇기를 하고 있었다. 어느새 삼십 분이 넘도록 푹 빠져 있었다.

료타는 양복 차림이었고 미도리는 정장을 입어야 할까 고민한 끝에 차분한 색깔의 스웨터를 입었다.

미도리의 친정엄마에게 줄 선물은 샀지만 상대에게 줄 선물은 여전히 고민만 하고 아직까지 준비하지 못했다.

수도고속도로를 거쳐 간에쓰 자동차도로로 들어서서 마에바시를 향해 달렸다. 운전을 하며 앞 유리창 너머로 펼쳐진 파란 하늘을 본 료타는 게이타가 태어났을 때 기억을 떠올렸다.

며칠씩이나 사무실에 틀어박혀 일했다. 마지막에는 밤샘까지 하며 완성한 자료를 들고 공모전 경쟁 프레젠테이션에 임했다. 그 일이 끝나기가 무섭게 황급히 차를 몰고 마에바시로 향했던 것이다. 그날도 쾌청했고 장마가 끝난 무더운 날이었다.

차창 밖으로 흘러가는 경치가 고양됐던 그때 기분을 떠올리게 했다. 지금과는 정반대되는 기분이다.

마에바시 인터체인지를 빠져나온 뒤, 화장실도 들르고 휴식도 취할 겸 도로변에 있는 역에 들렀다.

셋이 화장실에 갔다. 차로 돌아오는 길에 게이타가 셋이 먹을 주스를 혼자 사보고 싶다고 했다.

료타는 블랙커피, 미도리는 카페오레를 부탁했다.

게이타가 엄마랑 아빠는 차에 가 있으라고 해서 료타와 미도리는 차 안에서 게이타가 자동판매기에서 음료를 사는 모습을 지켜봤다.

애가 탈 정도로 천천히 돈을 넣고 신중하게 음료수를 골랐다. 가까스로 음료수 두 개를 뺀 모양이지만 뜨거운지 한동안 만지지 못하고 머뭇거렸다. 잠시 후 스웨터 자락을 잡아당겨서 손으로 감싸며 간신히 끄집어냈다.

료타는 게이타가 혼자 물건을 사는 모습을 처음 봤다.

게이타는 자기 오렌지주스를 주머니에 넣고 아빠와 엄마 음료수를 양손에 들고 차로 뛰어왔다.

미도리가 뒷문을 열어주자 어지간히 뜨거웠는지 캔을 시트 위로 내동댕이쳤다.

"엄마는 카페오레, 아빠는 블랙—."

"땡큐—."

료타가 감사 인사를 하고 캔을 집어 들었다. 정말 꽤 뜨거웠다. 바로 따서 마시려는데, 차에 올라탄 게이타가 스웨터 가슴 언저리를 손으로 가리켰다.

"아빠, 이거 봐."

브로치처럼 보였던 그것은 허물 벗은 매미의 껍질이었다.

"매미니?"

"응, 저기 있었어. 이젠 만질 수 있어."

철 지난 매미 허물이었다. 여름에 탈피한 껍질이 누구의 눈에도 띄지 않고 자동판매기 그늘에라도 떨어져 있었던 걸까.

게이타는 벌레를 무서워하는 아이였다. 료타는 어린 시절에 큰 돌을 발견하면 반드시 들어 올려서 밑에 있는 벌레를 확인해야만 직성이 풀릴 정도로 벌레를 좋아했다.

벌레를 무서워하는 게이타를 놀린 적이 있었다. 그게 작년 여름이었을까, 아니 그전 여름이었을까…….

허물이긴 했지만 게이타는 두려움을 극복한 걸 자랑하는 것이다. 그러나 지금은 그것을 순순히 기뻐할 수 없었다. 복잡한 심경이 감정을 가로막았다.

"건배할까?"

료타가 말하자 게이타는 자기 손으로 캔을 땄다. 어느새 혼자 뚜껑을 딸 수 있게 됐다. 료타에게는 또 다른 발견이었다.

건배의 명목은 게이타의 합격 축하다. 게이타에게는 오늘 유치원을 빠지고 마에바시에 온 이유가 '할머니랑 부처님'에게 합격 통지서를 보여주기 위해서라고 말해뒀다.

"건배— 게이타, 합격 축하해!"

료타와 미도리가 입을 모아 축하 인사를 건네며 게이타와 건배했다.

료타의 본가에는 게이타를 한 번도 데려간 적이 없다. 반면, 미도리의 본가에는 백중이나 연말, 골든 위크 같은 긴 휴가 때면 료타가 동행하지 못해도 미도리와 게이타 둘이서 가곤 했다. 몇 년 전에 남편을 먼저 떠나보내고 혼자 살고 있는 장모 사토코는 마음 편하게 도쿄에도 자주 놀러 왔다. 그래서 게이타도 잘 따랐다. 사토코는 예순일곱 살. 시원시원한 성격에 말도 솔직하게 하는 여성이었다. 매사에 조심스러운 미도리와는 대조적이라 료타는 처음에는 당황스럽기도 했다. 그래도 일 때문에 집을 자주 비우는 자기를 대신해서 미도리와 게이타의 버팀목이 돼주는 장모에게 내심 감사했다.

인사도 하는 둥 마는 둥 건성으로 끝낸 료타와 미도리는 사토코에게 게이타를 맡겨두고 차를 몰아 마에바시 중앙종합병원으로 향했다.

약속 시간보다 이십 분 전에 도착한 료타 부부는 마에바시 중앙종합병원의 회의실로 안내받았다. 오늘은 아이가 바뀐 상대편 부모와 처음으로 만나는 날이다.

약속 시간이 오 분쯤 지나자 사무부장 아키야마가 허둥거리기 시작했다.

"잠깐 알아보고 오겠습니다"라며 휴대전화를 들고 회의실에서 나갔다.

동석했던 오리마 변호사가 "바쁘실 텐데 죄송합니다"라며 사과했다.

결국 상대가 나타난 것은 약속 시간이 십오 분이나 지난 뒤였다. 회의실 밖에서 큰 목소리가 들려왔다.

"오신 것 같군요."

오리마가 자리에서 일어나서 회의실 문을 열었다.

"그래서 어제 기름 좀 미리 넣어두랬지, 아이 진짜."

복도에서 날 선 여자의 목소리가 들렸다.

"아 글쎄, 일 때문에 쇼짱한테 잠깐 빌려줬었다니까 그러네. 가득 채워서 돌려주는 게 상식이잖아……."

대답하는 남자의 목소리에는 간사이 사투리가 섞여 있었다. 그래서인지 아내에게 항변하는 말투도 어딘지 모르게 한심하고 우스꽝스럽게 들렸다.

시끌벅적하게 회의실로 들어선 부부의 모습을 힐끗 본 료타는 잘생긴 눈썹을 살짝 찡그렸다.

료타는 안으로 들어온 남자의 차림새를 살펴봤다. 화려한 무늬가 있는 낡고 후줄근한 셔츠에 주름투성이 면바지. 그 위에 걸친 블레이저는 햇빛에 색이 바랬다. 신발은 낡아빠진 운동화였다. 뒤죽박죽 조화가 안 맞는 인상이었다. 곱슬머리는 목이 가려질 정도로 길었고 빗질한 흔적도 찾아볼 수 없었다. 고개를 꾸벅꾸벅 숙이며 안으로 들어오는 모습도, 눈을 치뜨듯이 다른 사람을 쳐다보는 눈길도 료타는 영 마음에 들지 않았다.

아내 쪽은 한마디로 표현한다면 미인이었다. 큰 눈에 자그마한 얼굴, 가녀린 몸에 검은 정장을 입었지만 화학 섬유 옷이라 한눈에 싸구려라는 걸 알 수 있었다. 혹시 상복이 아닐까, 하고 료타는 생각했다. 그녀에게서는 옛날에 불량한 시절을 보냈던 냄새가 풍겼다. 금발로 염색한 건 아닌 듯했다. 그런 냄새란 저절로 배어 나오기 마련이라고 료타는 판단했다.

“죄송합니다. 기다리시게 해서. 막 나오는데 이 사람이 그 스웨터는 안 되느니 어쩌느니 잔소리를 해대는 바람에…….”

늦게 온 변명을 입속으로 웅얼거리며 머리를 꾸벅꾸벅 숙인 남자는 료타 부부의 맞은편에 섰다.

“안녕하세요?”

남자와는 다르게 아내 쪽은 당당했다. 료타와 미도리를 똑바로 바라보며 인사했다.

료타 부부도 자리에서 일어나서 인사했다.

“이쪽이 사이키 씨입니다.”

오리마 변호사가 소개했다.

“참 나, 도대체 이게 뭔 일인지…… 아닌 밤중에 홍두깨라더니만…….”

이름을 밝히며 인사를 건네는 대신 그렇게 중얼거린 사람이 사이키 유다이였다. 료타는 오십 대겠거니 짐작했는데 실제 나이는 마흔여섯이었다.

“집사람입니다. 유카리라고 합니다.”

옆에 서 있던 아내가 고개를 숙였다. 역시나 당당했다. 이 집에서 주도권을 잡은 사람은 틀림없이 아내일 거라고 료타는 추측했다. 그건 그렇고 꽤 젊다고 생각했는데 미도리보다 세 살 위인 서른두 살이었다.

“그리고 이쪽은…….”

오리마가 소개하려는 말을 가로막고 료타가 먼저 이름을 밝히며 인사했다.

“노노미야입니다.”

고개를 한 번 숙이고 옆에 있는 미도리를 소개했다.

“그리고 제 아내, 미도리입니다.”

미도리는 잔뜩 위축된 채로 간신히 인사만 했다.

료타가 준비해 온 명함을 꺼내서 유다이에게 건넸다.

"노노미야 료타입니다. 이곳에 근무하고 있습니다."

그러자 유다이가 바지 뒷주머니에 쑤셔 넣어뒀던 후줄근한 천 지갑을 꺼내 부스럭거리며 펼치더니 명함을 꺼냈다. 얄팍한 종이에 '쓰타야 상점 사이키 유다이'라고 인쇄돼 있고 그 위에 '전기 닥터'라고 쓰여 있었다.

인쇄 글씨는 번져 있었다. 컴퓨터로 인쇄한 명함이다.

"마에바시에서 전파상을 하고 있습니다."

명함 교환을 끝낸 후 각자 자리에 앉았다.

료타 위쪽으로 나란히 앉은 오리마와 아키야마가 이번 건에 관해 '사죄'했고 이어서 오리마가 "사진은 갖고 오셨나요?"라고 양쪽 부부에게 물었다.

양쪽 부부가 책상 위에 사진을 내려놓았다.

"게이타입니다."

"류세이입니다."

료타가 준비해 온 것은 사진관에서 촬영한 입학 시험용 사진이었다. 검은 블레이저를 입은 게이타가 그 큰 눈으로 앞을 똑바로 바라보고 있었다.

한편 유다이가 내민 것은 사내아이가 수영복 차림으로 수영장에서 놀고 있는 사진이었다. 얼굴은 햇볕에 까맣게 그을고 즐거워 보이는 웃는 표정이었다. 다만 햇빛이 강해서 눈을 가늘게 뜬 데다 해상도가 낮고 초점도 안 맞아서 흐릿했다. 게다가 집에서 프린터로 인쇄했는지 살짝 번져 있었다.

"그 사진은 올여름 선피아에 놀러 갔을 때 찍은 겁니다."

유다이가 사진을 가리키며 설명했다. 선피아는 다카사키에 있는 리조트 시설이다.

료타가 사진을 들고 뚫어져라 살펴봤다. 미도리도 옆에서 사진을 들여다봤다. 아무래도 사진이 선명하지 않다 보니 두 사람 중 누군가를 닮은 것 같지는 않았다. 료타와 미도리는 얼굴을 마주 보며 고개를 살짝 갸웃거렸다.

"좀 더 선명하게 나온 건 없었나?"

유카리가 주문을 덧붙이자 유다이가 허둥대기 시작했다. 재킷 주머니에서 휴대전화를 꺼내서 조작했다.

"아, 여기 있네."

유다이가 책상 위로 몸을 내밀며 료타 부부에게 휴대전화 화면을 보여줬다.

조그만 화면 속에서 동영상이 흘러나왔다. 아이들이 뒤엉켜서 놀고 있는 모습이었다. 그중에서 제일 크게 웃어대는 아이가 류세이인 듯했다. 특징적인 큰 웃음소리였다.

"…… 여기가 어디였더라?"

유다이가 아내에게 얼굴을 돌렸다.

"가라스강."

유카리가 무뚝뚝하게 대답했다.

"아, 맞다. 가라스지. 여긴 아직 곤들매기랑 산천어가 살았잖아. 상류에 댐 계획이 있긴 했어도……."

유다이가 입을 다물었다. 유카리가 눈짓으로 제지했기 때문이다.

"아, 여기, 지금 손 흔든 아입니다. 그리고 그 밑에서 뒹굴고 있는 애가 남동생 야마토고, 그 옆에서 울고 있는 애가 여동생 미유."

설명을 하는 유다이는 웃고 있었다. 촬영했을 때의 추억에 잠긴 듯이. 료타는 그 경박함을 보니 앞으로 할 교섭 걱정에 마음이 무거워졌다.

미도리는 휴대전화 화면 속에서 노는 아이들의 모습을 계속해서 응시했다. 그러나 얼굴은 선명하게 보이지 않았다.

"생일은?"

유카리가 게이타의 사진을 보면서 미도리에게 물었다.

"7월 28일이에요."

"아아, 똑같네."

한숨 섞인 목소리로 중얼거린 유카리가 말을 이었다.

"마주쳤을까요, 우리가. 여기서?"

유카리가 미도리를 빤히 바라봤다. 미도리는 그 시선에 움츠러들었는지 대답하는 목소리가 금방이라도 꺼져 들어갈 것 같았다.

"전 아이 낳고 몸이 좋질 않아 죽 누워만 있어서……."

미도리의 목소리가 차츰 작아지며 사그라졌다. 마지막에는 한숨을 내쉬었다. 료타는 그 한숨의 이유가 이해됐다.

"그날은 날씨가 아주 좋았죠. 우리 둘이 오키나와의 여름 날씨 같다고 얘기했어요. 그래서 이름을 류큐(琉球, 오키나와의 옛 이름)의 류에 갤 청(晴)을 써서 '류세이(琉晴)'라고 지었죠."

유다이는 마냥 기쁜 듯이 아이 이름의 유래를 들려줬다. 이쪽에서도 이름의 유래를 말해주는 게 좋을까, 하고 미도리가 망설이고 있는데 아키야마 사무부장이 말을 가로막듯이 입을 열었다.

"여하튼 이런 경우, 최종적으로는 부모님이 백 퍼센트 '교환'을 선택합니다."

아키야마의 말에 노노미야와 사이키 부부가 동시에 아키야마에게 얼굴을 돌렸다. 선택의 여지가 없다는 뜻일까. 난데없이 결론을 통보받은 것 같아 모두 당혹스러운 표정을 지었다.

그러자 아키야마가 내처 몰아붙이듯 말을 이었다.

"자녀분의 장래를 고려할 때, 결단은 되도록 빠른 편이 좋다고 봅니다. 가능하면 초등학교에 입학하기 전에."

"갑자기 그렇게 말씀하시면."

미도리가 떨리는 목소리로 받아들일 수 없다는 의향을 내비쳤다.

"맞아요. 4월이라니, 반년도 채 안 남았잖아요."

유카리도 동조했다. 미도리보다 낮고 단호한 목소리였다.

그러자 유다이이가 옆에서 고개를 살짝 숙이며 불만을 쏟아놓았다.

"개나 고양이도 아니고……."

그 말에 유카리가 날카롭게 반응했다.

"개나 고양이라도 무리야!"

그 사납고 매서운 태도에 유다이이가 쩔쩔매며 어쩔 줄 몰라 했다.

"아무렴. 개나 고양이라도 상식적으로는 무리예요. 그리고……."

그렇게 말문을 연 유다이이가 아내의 낯빛을 살폈다. 유카리가 고개를 살짝 끄덕였다. 료타의 상상대로 이 가정의 실세는 유카리였다.

아내의 재촉을 받은 유다이이가 뒷말을 이었다.

"그리고 당신들, 그런 말을 꺼내기 전에 먼저 처리해야 할 일이 있을 텐데?"

배상금 얘기를 꺼낸 것이다. 료타는 말없이 유다이이의 얼굴을 바라보고 있었다. 이 자리에서 병원 측이 배상금 액수를 제시할 리도 없고 돈을 밝힌다는 인상을 줘서 상대에게 약점을 잡힐지도 모른다.

무엇보다 돈을 받고 아이를 파는 것 같은 기분이 들어서 불쾌했다.

"아, 네."

아키야마가 유다이 쪽으로 얼굴을 돌렸다.

"그래서 지금 여기 계신 이 변호사님과도 그 부분을 상담했습니다만."

그러자 오리마가 책상에 손을 짚고 인사를 했다.

"부모님 심정에서는 지극히 지당하신 말씀일 겁니다. 그렇지만 이 상황에서는 일단 두 자녀분의 장래를 고려해서 원만하게 마무리 지었으면 합니다. 언론에서 시끄럽게 떠들지 않도록……."

판에 박힌 상투적인 그 말에서 의미 따윈 찾아볼 수 없었다. 료타는 그 얘기를 들으면서 앞으로 이 사태를 어떻게 헤쳐나가야 할지 고민하기 시작했다.

당연한 일이겠지만 병원 측과 몇 시간을 얘기해 본들 무슨 결론이 날 리 없었다. 병원의 실수를 책망하는 말만 되풀이될 뿐이라 아키야마는 쩔쩔매고 오리마가 중재에 나서는 식으로 다람쥐 쳇바퀴 돌듯 같은 자리만 맴돌았다.

그래도 병원 측에서 논의를 먼저 중단시킬 수는 없었을 것이다. 적당한 때를 살피던 료타가 회의를 마치자고 제안했다.

아키야마 사무부장과 오리마 변호사가 현관 앞에서 극진히 예의를 표하며 료타 부부를 배웅했다.

료타는 등 뒤로 그들을 의식하면서 약간 뒤에서 걸어오는 유다이와 유카리에게 작은 목소리로 상담을 제안했다.

"한번 만나시겠습니까? 병원 측은 빼고."

"네, 그래야겠죠"라고 대답한 유다이가 유카리에게 시선을 돌린 후 말을 덧붙였다.

"우리도 게이타 군을 만나보고 싶기도 하고."

고개를 끄덕인 료타가 양복 주머니에서 리모컨을 꺼내 자동차 문을 열었다.

"그럼, 서로 연락해서 날짜를 정하죠."

"네."

주차장에서 각자의 차에 올라탔다.

사이키 부부의 차는 경자동차였다. 연식이 꽤 오래된 왜건 타입 자동차로, 차체에 '쓰타야 상점 전기 닥터'라고 인쇄돼 있었다.

차에 올라타자 미도리가 조수석에서 울음을 터뜨렸다.

료타는 아내가 진정될 때까지 기다렸다 차를 출발시켰다.

미도리의 본가는 지은 지 사십 년이 지난 전통 일본식 단층

집이었다. 집에서 뜨개질 강습을 하는 어머니 사토코가 정기적으로 정성껏 손을 본 덕분에 깨끗하게 보존돼 있었다. 물론 실내 청소도 구석구석 말끔하게 해놓았다. 단 한 가지 문제는 너무 넓다는 점이다. 방이 여섯 개나 있다. 사토코는 틈만 나면 청소하기가 너무 힘들다며 불평을 쏟아놓았다. 식구가 가장 많았을 때는 미도리 가족 외에 조부모와 숙부 부부까지 함께 지내서 열 명이나 살았다. 그때도 비좁다는 느낌은 없었다.

앞뜰까지 차를 타고 들어갈 수 있어 자갈 밟히는 소리에 집에서 곧바로 사토코가 얼굴을 내밀었다.

"어머나, 늦었네."

사토코의 말에 료타가 운전석에서 내려 감사 인사를 건넸다.

"늦어서 죄송합니다."

사토코가 고개를 저으며 료타를 집 안으로 맞아들였다.

"아냐 괜찮아, 어차피 혼자 할 일도 없는데, 뭐. 그나저나 어떻게 됐어? 그쪽은 어때? 어떤 사람이야?"

아무래도 걱정스러웠는지 사토코가 잇달아 질문을 쏟아냈다.

"전파상 하는 사람이에요."

무뚝뚝하게 대답한 료타가 손에 들고 있던 선물 봉투를 장모에게 건넸다.

"이거 받으세요. 아까는 정신이 없어서 깜박하고 못 드렸습니다."

"아이고, 고마워라. '도라야(전통과자를 파는 유명한 상호 중 하나)'네. 이 무게로 보아 하니 양갱이지 싶은데."

"정답입니다."

사토코는 전통과자를 좋아했다. 경제적으로 여유가 없는 건 아니었다. 그래도 자기 혼자서는 비싼 물건에는 선뜻 손이 안 간다고 늘 말하곤 했다.

양갱을 받아 든 사토코는 가볍게 깡충거리며 기뻐했다.

"아이 참, 엄마도. 양갱 정도로 웬 난리야."

미도리가 나무랐다. 이제 눈물은 완전히 멎어 있었다.

"'양갱 정도'라니, 너 그러다 혼난다. 호랑이('도라'가 일본어로 호랑이라는 뜻)가 '어흥' 한다고."

사토코는 하루종일 게이타랑 놀아서 기분이 한껏 들떠 있는 듯했다.

"그만 좀 해. 게이타는 뭐 해?"

사토코가 안쪽 방을 손으로 가리켰다. 자고 갈 때 늘 쓰는 방이다. 장지문이 닫혀 있었다.

"종일 같이 게임했어. 그러더니 지쳤는지 푹 쓰러져서 잠들어 버리더라. 난 내일 근육통 때문에 고생 좀 하겠는걸."

사토코는 말을 마치고 부엌으로 갔다.

료타와 미도리는 장지문을 살며시 열고 안을 들여다봤다. 이

부자리가 깔려 있고 게이타가 잠들어 있었다. 새 다다미 냄새가 코끝을 휙 스쳐갔다.

둘이 베갯머리에 앉아 게이타의 잠든 얼굴을 바라봤다.

그 순간 미도리는 '백 퍼센트 교환'이라고 했던 아키야마 사무부장의 말을 떠올렸다. 또다시 눈물이 왈칵 쏟아졌다.

료타는 그것을 알아채지 못하고 휴대전화를 만지기 시작했다.

"그 병원, 의료 사고나 뭐로 소송당한 건 없을까?"

상대의 과실을 찾아내는 건 중요하다. 교섭에서는 어쨌든 유리하게 작용한다. 그러나 검색을 해도 걸려드는 게 없었다.

미도리가 게이타의 잠든 얼굴을 바라보며 오열을 터뜨렸다.

"이봐……."

료타가 미도리를 불렀다. 그 눈에는 정신 똑바로 차리라는 빛이 깃들어 있었다. 료타의 내면에서는 이미 전쟁이 시작된 모양이다.

"미안해."

미도리는 얼굴을 감싸고 방에서 나왔다. 분명 정신을 똑바로 차려야 한다. 운다고 해서 바뀔 것은 하나도 없다.

거실에서 사토코는 보이지 않고 부엌 안쪽에 있는 불단을 모셔둔 방에 불이 켜져 있었다.

방에 가보니 사토코가 불단에 양갱을 올리고 있었다. 양갱 옆에는 게이타의 합격 통지서가 놓여 있었다.

미도리는 불단 앞의 사토코 옆에 앉으며 눈물을 훔쳐냈다.

"지금에야 하는 얘기다만."

사토코가 미도리에게 속삭였다. 딸이 우는 모습에 놀라거나 하는 기미는 없다. 딸이 우는 것은 익숙하다.

"게이타를 본 옆집 야마시타 씨네 할머니 말이야. '둘 다 안 닮았네'라고 했었어. 그게 재작년 무렵이었나."

사토코가 향을 꽂고 합장을 올린 뒤 미도리에게도 향을 건네줬다.

미도리는 휴지로 코를 풀고 불단에 향을 피웠다.

"뭐, 저 사람이야……."

사토코가 뒤를 돌아보며 료타가 없는 것을 확인하고 목소리를 더 낮췄다.

"저 사람은 우리와는 안 어울릴 정도로 좀 잘나긴 했지만, 그 왜 결혼한 후에도 이런저런 일들이 있었잖니."

실랑이가 있었던 건 단 한 번뿐이었다. 단기대학을 졸업하고 미사키 건설에 갓 입사한 미도리와 사귀기 시작한 료타는 옛 애인과 헤어지지 않은 상태였다. 미도리가 임신했다는 사실이 밝혀진 후 실랑이가 벌어졌다. 상대 여성 역시 미사키 건설의 직원으로 미도리보다 훨씬 선배였다. 회사 안에서 대놓고 욕설을 퍼부은 적도 있었다.

결국 료타는 그 여자와 헤어지고 미도리와 결혼했다. 아이는 유산되고 말았다.

그 후 미도리는 예전 동료에게 료타가 자회사의 여직원과 친밀하게 지내는 것 같다는 얘기를 듣기도 했다. 하나같이 절반은 질투로 퍼뜨린 소문의 영역을 넘지 않았다. 게다가 게이타가 태어난 후로는 그런 소문조차 미도리의 귀에 들어오지 않았다.

"이젠 안정됐어……."

미도리는 단호하게 말했다. 떠올리는 것조차 싫었다.

"그런데 말이다, 너희를 안 좋게 생각하는 사람이 세상에는 많아. 그런 '기운'이 느껴진다고 할까."

사토코는 이따금 점쟁이 같은 말을 늘어놓는다. 미도리가 유산했을 때도 상대 여성의 '나쁜 기운' 때문에 그렇게 됐다고 말했다.

"그런 소리 하지 마. 누군가에게 미움받아서 이런 일이 벌어졌다니……."

미도리는 말문이 막혀서 소리도 나오지 않았다.

"아아, 정말 그러네. 나도 참……."

사토코도 딸을 슬프게 할 마음은 없었다. 무심코 말이 헛나오고 말았다.

사토코는 우는 딸의 등에 손을 얹고 천천히 부드럽게 쓰다듬어 줬다.

닷새 후에 공모전 프레젠테이션이 열려서 료타 부부는 그날 마에바시에서는 하룻밤을 묵지 못하고 잠든 게이타를 그대로 차에 태워 도쿄로 돌아왔다.

집을 나설 때 사토코가 웬일로 료타에게 "잘 부탁하네"라고 진지한 표정으로 인사를 건넸다. 료타는 "알겠습니다"라고 대답은 했다. 하지만 어떻게 해야 할지 여전히 전혀 갈피가 잡히지 않았다.

다음 날 토요일, 아침 일찍 제일 먼저 출근한 료타는 어제의 업무 진척 상황을 점검했다. 걱정할 필요는 없었던 듯하다. 그러기는커녕 부하 직원들은 예정보다도 서둘러서 일을 진행하고 있었다. 순조롭다고 할 수 있겠지.

하루나가 리더십을 발휘해 준 덕분일 거라 짐작하며 료타는 이른 아침 사무실에서 혼자 씁쓸히 웃었다.

하루나가 팀에 들어올 때만 해도 료타는 두세 번의 분쟁을 각오했다. 예상과 다르게 그녀의 에너지는 업무에 집중됐다. 과거의 연애에 연연하는 유형의 여자는 아니었구나, 하는 생각에 료타는 살짝 맥이 빠지기까지 했다. 헤어질 때는 잠깐이긴 해도 감정이 매우 격했기 때문이다. 하루나는 업무 능력이 뛰어났다. 분명 동기 중에서 하루나는 발군의 실력일 터였다. 그래서 깨진 사랑을 다시 불태우려는 기미도 풍기지 않고 복수하려는 마음도 일지 않는지도 모른다. 회사에서 최고의 팀에 들어왔으니 최상으로 일을 해내고 싶다고 순수하게 바랐을 것이다.

실제로 지금까지 서브 리더로서 료타를 뒤에서 지원해 왔고 발목을 잡은 적은 단 한 번도 없었다.

이번 건과 관련해서도 하루나에게는 일단 설명해야겠다고 료타는 생각했다. 앞으로도 휴가를 내야 할 일이 많아지겠지. 하루나가 어떤 반응을 보일지 상상이 가지는 않았다. 그보다 이번 건을 극복해 내는 데는 그녀의 도움이 절실했다.

가미야마 부장에게도 보고해야겠다고 생각했다. 그러다 공모전 프레젠테이션이 끝난 후에 시간을 내서 얘기하는 게 좋겠다고 판단했다.

료타의 계획은 뜻밖의 형태로 실패했다. 하루나에게 '실수로 아이가 바뀐 일'에 관해 설명하기도 전에 가미야마 부장과 얼굴을 마주했는데 부장이 "요즘 무슨 일 있나?"라고 질문을 던진 것이다. 조퇴가 잦고 휴일 출근이 줄어든 것을 보고 눈치를 챈 듯했다.

대담성만으로는 높은 지위에 오를 수 없다. 가미야마는 섬세한 배려심을 갖추고 있었다.

질문을 받은 곳은 회사 복도였다. 료타가 대답을 머뭇거리자 가미야마는 곧바로 빈 회의실을 찾아 료타를 데리고 들어갔다.

가미야마는 긴 시간을 할애해서 료타의 얘기를 진지하게 들어줬다. 가족 같은 마음으로 대해줬겠지. 물론 해결책을 제시해 줄 수는 없는 노릇이었지만 들어주는 것만으로도 료타는 마음이 상당히 편안해지는 느낌이었다.

"많이 힘들겠지만, 나도 생각을 좀 해보겠네."

가미야마의 마지막 격려의 말을 들으니 마음이 든든했다.

그 후에는 공모전 프레젠테이션을 앞두고 노도(怒濤)와 같은 닷새간을 지내다 보니 하루나도 살기등등했고 료타도 바쁜 일정에 쫓겨서 실수로 아이가 바뀌었다는 말은 하지 못한 채 지나버렸다.

공모전 프레젠테이션 장소는 주최 측인 대기업 부동산 회사의 거대한 회의실이었다. 커다란 타원형 테이블에 사람들이 칠십 명가량 앉아 있었다. 대략 절반이 클라이언트 부동산 회사 사람이고 나머지는 프레젠테이션을 하는 다섯 개 대기업 건설회사의 직원들이다.

료타 일행의 프레젠테이션은 다섯 번째였다. 이날은 료타가 더 할 일은 없었다. 프레젠테이션을 책임지고 진행하는 사람은 하루나다. 외모는 물론이고 그녀의 언변은 경쾌하고 정확해서 여자 아나운서 같았다. 다른 두 개 회사도 여성에게 진행 역할을 맡겼지만 하루나는 유독 두드러졌다.

"이 자리에서 자신 있게 더 스페셜 타워를 제안하는 바입니다!"

하루나의 목소리가 회장에 울려 퍼졌다. 힘찬 목소리였다. 그것을 신호로 회장의 조명이 낮춰졌다.

회장 정면에 있는 거대한 모니터에 CG영상이 떴다.

회장이 어두워지자 옆에 앉아 있던 가미야마가 목소리를 낮추고 물었다.

"아무래도 재판까지 가는 건가?"

아이가 바뀐 건에 관한 얘기다.

"네, 그렇게 되겠죠."

"뜻밖의 재난인데, 괜찮겠어?"

가미야마의 목소리에 료타가 민감하게 반응했다. 그 목소리에서는 다음 프로젝트에 대한 염려가 느껴졌기 때문이다. 다음 프로젝트는 다른 팀이 진행하다 틀어진 건을 이어받게 된다. 이번 안건보다 어려운 일이었다.

"네. 업무에는 지장 없도록 대처하겠습니다."

그러자 가미야마가 살며시 고개를 저으며 웃었다.

"그것보다 어떻게 할지 결정했어? 교환할 건가?"

"아니 그게……."

료타는 가미야마의 말에 대답할 수가 없었다. 일에 몰두해서 그 일에 관해 생각할 틈이 없었다. 그렇다기보다 생각하고 싶지 않아서 일에 전념했다는 표현이 정확할지도 모른다. 료타는 도망치고 있었다.

그러자 가미야마가 료타의 귓가로 얼굴을 가까이 댔다.

료타는 기대가 됐다. 가미야마에게 뭔가 아이디어가 있다고 직감했다.

가미야마가 료타의 귀에 대고 속삭였다.

"둘 다 맡아버려."

가미야마의 제안을 들은 료타는 그대로 얼어붙었다. 의표를 찔렸기 때문이다. 전혀 생각지도 못한 아이디어였다.

"둘 다……."

료타는 그저 그 말을 되풀이할 뿐이었다.

"어때, 좋은 생각이지?"

빙그레 웃는 가미야마의 얼굴을 료타가 물끄러미 바라봤다. 그의 웃는 얼굴은 매력적이라고 할 만했다. 그의 얼굴에는 수라장을 헤치고 온 남자의 만만치 않은 지략이 깃들어 있었다.

생각하면 할수록 가미야마의 제안은 매력적이었다. 게이타를 그대로 키우고 류세이도 같이 키운다. 잃을 게 없는 것이다. '욕심쟁이'라고 할 수도 있다. 그래도 사이키 집안의 경제 상황과 자녀 수를 고려하면 타협할 수 없는 조건은 아니다. 만약 료타가 잃을 게 있다면 사이키 가족에게 지불해야 할 돈이겠지. 위자료라고 할 만한 것은 아니다. 지금까지 들인 양육비로 계산해야 옳을까……. 그 부분의 금액은 변호사와 상담하는 게 좋겠지. 그렇다면 그 친구에게 상담해야지. 많이 바쁘다고는 해도 료타가 부탁하면 거절할 리가 없다. 사이키 쪽에서 고마워할 만한 금액을 제시해야 한다. 어느 쪽이든 교섭하기에 어려운 상대는 아닌 듯하다.

특히 가미야마의 제안이 료타를 매료시킨 요인은 그 근저에 흐르는 '대담함'이었다. 그것은 인간, 어른, 남자, 리더로서의 그릇의 문제다. 모든 것을 삼켜버리는 '대담함'.

나아갈 방향을 찾은 료타는 꺼져들던 숨결을 되찾은 심정이었다.

5

そして父になる

미도리가 12월 중순 무렵 토요일은 어떻겠냐고 물어서 료타는 한동안 무슨 말인지 이해할 수 없었다. 이윽고 사이키 가족과 만나는 일정에 관한 질문임을 알아차렸다. 첫 만남 직후 상대 쪽에서 다음 주 주말이라도 만나면 어떻겠냐고 타진하는 연락이 왔다.

그러나 료타가 도저히 시간을 낼 수 없었다. 마음은 당장 만나고 싶었다. 가미야마의 아이디어를 들은 후로는 료타의 마음이 가벼워졌기 때문이다.

그러나 회사 일이 패닉에 가까운 상태에 있었다. 공모전 프레젠테이션은 끝났지만 곧바로 다음 프로젝트의 인수인계가 시작돼서다. 원래부터 암초에 걸린 프로젝트였던 데다 그 문제점을 철저히 밝혀내기 위해서는 꼭 있어야 할 남자가 없었다. 프로젝트의 정체(停滯)가 방아쇠 노릇을 했는지 예전 팀의 리더가 그만 우울증에 걸려 퇴사하는 바람에 회사에 출근하지 않았다. 그래서 료타는 하루나와 상의해서 모든 걸 버리고 프로젝트를 아예 처음부터 다시 시작하기로 결정했다. 예전 팀이 반년에 걸쳐서 한 일을 몇 주 만에 완전히 새롭게 바꾸는 지난한 과정이었다.

그런데도 12월로 접어들자 서서히 전체의 그림이 보이기 시작했다.

"괜찮아. 그럼, 15일이겠군. 아무래도 우리가 그쪽으로 가는 게 좋겠지? 그러면 하루가 다 걸릴 텐데."

일을 쉬어달라는 부탁을 료타가 선뜻 기분 좋게 받아들이는 모습을 보고 미도리는 적잖이 놀랐다. 기분이 상할까 봐 좀처럼 말을 꺼내지 못했는데 쓸데없는 걱정이었다.

다음 일도 바쁘다는 말은 들었다. 역시 공모전 프레젠테이션이 끝나니 조금은 안심이 되나 보나 하고 미도리는 짐작했다. 아주 짧은 기간이긴 해도 미도리도 같은 회사에 근무한 적이 있었다. 회사 내부 사정은 어느 정도 안다. 잡무를 담당하는 직원이긴 했지만.

미도리는 다음 날 일찌감치 사이키 집으로 전화를 걸었다. 전화를 받은 사람은 부인인 유카리였다. 토요일에 마에바시로 가겠다는 뜻을 전했다. 어디서 만나겠냐고 묻자 마에바시 교외에 있는 거대한 쇼핑센터를 지정해 줬다. 미도리는 개별 룸이 있는 레스토랑 같은 곳을 예상했던 터라 깜짝 놀랐다. 거기서 간단하게 식사라도 하면서 마음 편하게 만나자는 것이다.

'마음 편하게'라는 말을 들은 미도리는 말문이 막혔다. 그러다 얼떨결에 그 제안을 받아들이고 말았다.

시간과 약속 장소를 확인하고 전화를 끊자 곧바로 남편 얼굴이 떠올랐다. 언짢은 듯이 찌푸린 표정을 짓는 얼굴이었다.

쇼핑센터는 도시에서는 상상할 수도 없는 널찍한 공간이었다. 주차장도 대규모여서 연말 쇼핑객들로 넘쳐나는 바람에 료타 부부가 차를 세운 주차장에서 쇼핑센터까지는 상당한 거리를 걸어야만 했다.

약속 장소는 '꽃 광장'이라는 곳이었다. 그곳은 오 층짜리 건물의 일 층 중앙 부근에 있는 만남의 장소였다. 한가운데에 커다란 인공 전나무가 세워져 있고 크리스마스 장식이 돼 있었다. 몇몇 벤치에는 쇼핑에 지친 가족들이 앉아서 쉬고 있었다.

그런 분위기 속에서 료타와 미도리는 버섯 모양을 본떠 만든 벤치에 나란히 앉아 있었다. 료타는 양복이 아니라 편안한 짙은 남색 재킷에 청바지 차림이었다. 미도리는 옅은 초록색 재킷에 검은 바지를 입었다.

게이타는 벤치 바로 뒤에서 작은 숲 놀이터를 발견하고는 그곳에서 혼자 공상 속 귀신들과 놀고 있었다.

"그 사람들은 왜 늦는 거야? 여기서 십오 분 거리잖아?"

료타가 혼잣말을 흘렸다.

미도리는 그 말을 못 들은 듯이 한숨을 내쉬었다. 몹시 걱정스러운 눈치였다.

"왜 그래? 만나고 싶지 않아? 우리의 진짜……."

미도리가 고개를 저었다.

"그렇진 않은데, 이대로라면 일이 휙휙 진행돼서 병원에서 한 말대로 흘러가 버릴 것 같은 기분이 들어……."

미도리가 눈물 어린 목소리로 말했다.

"뭐, 그거야."

료타는 묘하게 밝은 톤으로 말했다.

"나한테 맡겨둬."

료타는 자신감에 차 있었다. 그거야 늘 그렇지만 이번 문제는 길을 잘못 들어서 헤매는 수준의 문제가 아니었다. 미도리는 남편에게 모든 걸 맡겨버리고 싶어지는 유혹에 휩싸이면서도 동시에 마음 한구석에서 경종이 울리는 느낌을 받았다.

"아이고, 미안합니다."

귀에 익은 유다이의 간사이 억양이 들려왔다. 소리가 들려오는 쪽을 돌아보니 빨간색과 갈색과 흰색이 섞인 화려한 체크무늬 다운재킷을 입고 지난번과 같은 면바지와 운동화를 신고 나타난 유다이가 사내아이 하나를 재촉하며 달려왔다.

조금 뒤에서 부인 유카리가 작은 여자아이 손을 끌고 잰걸음으로 뛰며 그 뒤에서 뒤뚱뒤뚱 걸어오는 더 어린 사내아이에게 잔소리를 해댔다.

"아 참, 막 나오는데 이 사람이 또 이러쿵저러쿵 주문을 해대는 바람에……."

료타는 지난번과 똑같은 변명을 하는 유다이를 보며 씁쓸하게 웃었다.

유카리가 뒤처진 어린 사내아이의 머리를 손바닥으로 내리쳤다.

"빨리 오랬지!"

머리를 얻어맞은 사내아이는 웃고 있지만 그 모습을 본 미도리는 몹시 놀란 표정이었다. 적어도 미도리 주변에는 어린아이의 머리를 그렇게 세게 때리는 엄마는 없었기 때문이다.

곧이어 유다이에게 재촉을 받은 큰 사내아이가 미도리와 료타에게 인사를 하며 이름을 밝혔다.

"사이키 류세이입니다."

그 목소리에 힘이 깃들어 있어 료타 부부가 주눅이 들 정도였다.

그것뿐만이 아니다. 바로 이어서 "사이키 야마토입니다"라며 아직 기저귀도 못 뗐을 것 같은 어린 남자아이가 또랑또랑하게 인사했다. 그리고 유카리의 재촉에 네 살쯤 된 여자아이가 작은 목소리로 "미유입니다"라고 말했다.

료타가 미도리 뒤에 숨듯이 서 있는 게이타를 밀며 앞으로 내세웠다.

"자, 어서 인사 드려야지."

"안녕하세요, 노노미야 게이타입니다."

류세이 정도는 아니어도 게이타도 예상 밖으로 큰 목소리로 인사했다. 입시 학원 덕분이라고 료타는 생각했다.

"네, 안녕하세요."

유다이가 인사를 받았다. 만면에 웃음이 가득했다. 아이를 좋아하는 사람이구나, 하고 료타는 생각했다가 얼른 그 생각을 바꿨다. 자기 친자식을 처음 대면하고 있는 것이었다. 단순하게 아이를 좋아한다고 보는 건 얕은 생각이다.

"일단 뭐 좀 먹을까요?"

그렇게 말한 유다이가 앞장서며 성큼성큼 걸어갔다. 보나 마나 평소에 즐겨 찾는 장소겠지.

유다이가 안내한 장소는 키즈 파크였다. 거대한 비닐 수영장에 물 대신 공이 가득 들어찬 놀이기구, 원통 모양 비닐 풍선 안으로 아이들이 들어가서 구를 수 있는 놀이기구 등이 풍족하게 널려 있는 실내 놀이터였다. 그 옆에 가볍게 먹을 수 있는 푸드코트가 있었다.

가벼운 식사인 만큼 감자튀김, 핫도그, 팝콘, 아이스크림 같은 것뿐이었다. 음식을 튀긴 기름 냄새가 코를 찔렀다. 료타 부부는 미도리의 친정에서 점심을 먹고 오길 잘했다며 내심 안도했다. 평소 정크푸드는 먹이지 않으려고 신경 쓰는 편이라 음료수만 주문했다. 그런데 음료수도 평소 게이타에게 별로 안 먹이는 것뿐이었다. 탄산음료들은 하나같이 색소가 지독하게 짙었다. 과즙 백 퍼센트라고 자랑하는 오렌지주스도 미도리가 들어본 적조차 없는 상표였다. 그래도 그나마 그 주스가 합성착색료 같은 성분이 가장 적어 보였다. 게이타에게는 그것을 주문해 주고 료타와 미도리는 아이스 커피를 시켰다.

한편 사이키 쪽은 오후 한 시가 지났는데도 점심을 안 먹었는지 핫도그와 감자튀김 등을 인원수보다 많게 넉넉히 주문했다. 게다가 모두 다 콜라를 시켰다. 아무래도 가장 어린 야마토에게만 오렌지주스를 시켜줬을 뿐, 미유도 콜라였다.

"음료수 먼저 드릴게요."

카운터 안의 점원이 음료수로 가득한 쟁반을 건네줬다.

유카리가 사뿐하게 걸어가서 무거운 쟁반을 거뜬하게 옮겼다. 따라가서 자기 콜라를 쟁반에서 들고 뛰기 시작한 류세이에게 "뛰지 마, 류!"라며 호되게 야단쳤다. 주변을 신경 쓰지 않는 커다란 목소리였다. 그 모습에도 미도리는 깜짝 놀랐다.

"음식은 번호표 순서대로 불러드리겠습니다. 삼 번이에요."

점원이 내준 번호표를 료타가 받아서 미도리에게 건네줬다. 미도리는 게이타와 둘이서 유카리 일행을 쫓아갔다.

남은 사람은 어른 남자 둘뿐이었다.

"평소보다 살짝 사치를 부렸네."

유다이가 쑥쓰러워하는 미소를 지으며 말했다.

"육천삼백오십 엔입니다."

점원이 총액을 불러줬다.

료타가 지갑을 꺼내자 유다이가 "아니, 여긴 됐습니다"라며 료타를 밀치고 지갑을 꺼냈다.

"영수증 주세요. '마에바시 중앙종합병원' 앞으로."

그래서 '평소보다 사치를 부렸나' 하고 료타는 마음속으로 탄식을 흘렸다.

그게 끝이 아니었다. 카운터 위에 진열된 과자를 네 개씩이나 움켜쥐더니 "이것도 같이 계산해 주세요"라며 점원에게 건넸다. 점원이 계산기를 다시 두드려서 영수증에 그 금액을 덧붙여 넣었다.

료타는 그 얄팍한 수에 질려버렸다.

료타는 휴대전화를 쉴 새 없이 확인했다. 키즈 파크에서 아이들이 떠들어 대는 소리 때문에 메일 수신음이 들리지 않아서였다. 오늘은 공모전 결과가 발표되는 날이다. 부하 직원들이 회사에서 당락 연락을 기다리고 있는데 결정이 나는 대로 바로 료타의 휴대전화로 연락해 줄 예정이었다. 회사에서 꼭 처리해야 하는 일들이 산더미처럼 쌓여 있었고 공모전 결과가 어떻게 나오든 부하 직원들의 노고를 치하하기 위해 식사 자리라도 한번 마련하는 게 당연했다. 그러나 그 역할은 하루나에게 맡겼다. 료타가 결제하는 걸로 영수증을 끊으라고 지시했지만 아이가 바뀐 건은 아직 그녀에게 얘기하지 않았다. 둘이서만 얘기할 수 있는 시간을 좀처럼 낼 수 없어서였다.

그러나, 하고 료타는 생각했다. 그것은 단지 변명일 뿐이고 그녀가 어떤 반응을 보일지 몰라 두려웠던 건 아닐까, 하고 료타는 자기 자신에게 슬쩍 질문을 던졌다. 그러나 그 생각을 바로 부정하고 지워버렸다.

료타는 휴대전화를 만지는 척하면서 옆 테이블에서 핫도그를 먹고 있는 류세이의 옆얼굴을 살폈다. 휴대전화 액정 화면에 비치는 자기 얼굴과 비교해 봤다. 별로 닮은 것 같지는 않다고 느끼다가도 새침한 표정을 지으면 어딘지 모르게 낯익은 기분이 들었다. 자신의 형이나 아버지의 모습은 아니다. 그러나 분명 어디선가 본 적이 있는 얼굴이었다.

사이키 가족과 노노미야 가족은 나란히 붙은 테이블에 앉아 있었다. 사이키 가족의 아이들은 먹는 속도가 빨랐다. 게이타가 주스를 절반도 마시지 못한 사이에 류세이는 핫도그와 감자튀김, 팝콘을 다 먹어 치우고 여동생 미유가 남긴 핫도그까지 깨끗이 해치웠다.

게이타와 비교해 보니 류세이는 키가 십 센티미터가량 컸고 덩치도 훨씬 크고 탄탄했다. 사이키 부부는 양쪽 다 마른 체형이어서 그걸로 치면 역시나 가냘픈 체형의 게이타는 사이키 집안을 닮은 것이다.

“게이타는 어떤 음식을 좋아하니?”

옆 테이블에서 유카리가 게이타에게 말을 건넸다.

“닭튀김…….”

그렇게 대답하던 게이타가 쑥스러운 듯이 고개를 숙였다.

“닭튀김?”

“아뇨. 엄마가 만들어 준 오므라이스…….”

게이타가 당황해 말을 바꾸는 모습을 보고 미도리가 말렸다.

“아냐, 괜찮아. 이젠 닭튀김이라고 해도 돼.”

둘의 대화를 들은 유카리가 의아해하는 표정을 지었다.

“초등학교 입학 시험을 봤어요. 면접 대책으로 엄마가 직접 만든 오므라이스라고 대답하기로 했거든요.”

게이타가 경위를 설명하자 유카리가 웃었다. 료타는 비웃는 것처럼 보이는 표정이 마음에 걸렸다. 료타는 입학 시험 때문에 게이타에게 얼마나 투자했는지 들려주고 싶은 충동에 휩싸였다가 애써 마음을 억눌렀다.

유카리가 게이타에게 다시 말을 건넸다.

"아줌마도 닭튀김을 굉장히 좋아해. 이래 봬도 요리가 특기거든."

그러자 옆에 있던 유다이가 웃으며 놀렸다.

"어이쿠, 그건 몰랐네."

유카리가 유다이를 쿡 찔렀다. 그 힘이 상당히 셌는지 유다이가 얼굴을 찡그렸다.

"여기서 꼭 창피를 줘야겠어?"

유다이가 유카리의 반응을 흘려 넘기며 미도리에게 말했다.

"아 글쎄, 만두 같은 것만 만든다니까요."

"당신이 좋아하니까 그렇지. 이젠 안 만들어 줄 거야."

유카리가 이번에는 유다이의 머리를 손바닥을 내리쳤다. 미도리는 두 사람이 간사이 지역의 부부 만담 콤비 같다는 생각이 들었다.

"류세이는 뭘 좋아해?"

미도리가 묻자 류세이가 남동생의 팝콘을 뺏어서 입안에 털어 넣으며 대답했다.

"스키야키(일본식 소고기 전골)."

미도리가 놀라서 료타를 바라보며 말했다.

"똑같네."

료타도 유다이도 유카리도 할 말을 잃었다. 자란 환경이 완전히 달랐다. 좋아하는 음식이 같을 필연성은 없었다. 그러나 그 대답에서 '핏줄'을 의식하지 않을 수 없었다.

어른들의 침묵은 개의치 않고 류세이가 남아 있던 콜라를 꿀꺽꿀꺽 소리를 내며 다 비우더니 게이타 앞으로 다가왔다.

"놀러 갈래?"

류세이의 말투에는 아빠의 영향인지 간사이 억양이 배어 있었다.

게이타는 료타의 얼굴빛을 살폈다. 료타가 고개를 끄덕이자 게이타는 바로 류세이와 함께 놀이기구로 다가가 놀기 시작했다.

"미유랑 야마토랑도 같이 놀아줘."

유카리가 류세이에게 말을 건넸다. 남동생과 여동생이 오빠 뒤를 따라갔다. 류세이는 동생들을 놀이기구에 태워줬다. 게이타는 그 옆에서 그 모습을 즐거운 듯이 바라보며 웃었다. 이윽고 네 아이는 오래전부터 친구였던 것처럼 환호성을 지르며 놀기 시작했다.

"아이들은 빠르네요."

아이들이 노는 모습을 보면서 유카리가 한숨 섞인 목소리로 중얼거렸다.

료타는 류세이가 마신 콜라에 꽂혀 있는 빨대를 뚫어져라 바라봤다. 빨대는 잇자국에 눌려 완전히 찌부러져 버렸다. 식사 시간의 예절도 결코 좋다고 할 수는 없었다. 테이블 위는 음식 찌꺼기로 너저분했다.

“그건 그렇고, 얼마나 받을 수 있을까요, 위자료는.”

유다이가 불쑥 말을 꺼냈다. 얼굴에는 흐릿한 미소가 어려 있었다. 료타는 사태의 심각성을 모르는 사람이라는 생각에 유다이를 완전히 경멸할 수밖에 없었다.

“흠, 글쎄요. 지금은 돈 얘기보다 중요한 게 있지 않을까요? 왜 이런 일이 발생했는지도 모르는 상황이고…….”

료타의 입에서 무심코 유다이를 반박하는 말이 흘러나왔다. 지금 사이키 가족과 관계가 나빠지는 것은 도움이 안 된다고 생각하면서도 멈출 수가 없었다.

“그야 그렇지만, 나도 물론 그건 알지만…….”

얼굴을 마주한 채 비판하는 말을 듣자 유다이는 횡설수설 말문이 막혔다.

그러자 유카리가 득달같이 딱 잘라 말했다.

“하지만 그쪽에서 성의를 표하겠다고 했으니, 역시 돈 얘기 아니겠어요?”

옳은 말이었다. 현실적인 그 말 앞에서는 료타의 말이 형식적인 겉치레로 보일 수밖에 없었다.

유다이가 아내 말에 동조했다.

료타는 한동안 생각에 잠겼다가 유카리의 눈을 똑바로 바라봤다.

"댁에서는 혹시 잘 아는 변호사가 있습니까? 상황이 그렇게 흘러가면 필요할 것 같은데요."

미도리는 옆에서 조마조마한 심정으로 료타의 말을 듣고 있었다. 우위에 서고자 할 때의 말투였다. 아니, 정확히 말한다면 유카리에게 당한 데 대한 앙갚음이었다.

유카리와 유다이는 입을 다물었다. 료타의 의도는 성공했다.

"그럼, 그 부분은 저에게 맡겨주시겠습니까? 대학 동기 중에 친한 친구가 있어서요."

과시하는 듯한 료타의 말은 도전적이었다. 유다이는 답하기 곤란해 유카리의 옆얼굴을 봤다. 유카리는 유다이를 보지 않고 료타를 똑바로 쳐다봤다.

"그럼, 부탁드립니다."

유카리가 고개를 숙이자 유다이도 같이 고개를 숙였다.

료타는 만족스럽게 그들의 감사 인사를 받았다.

"아빠—" 하고 부르는 소리가 들렸다.

아이들 쪽으로 시선을 돌리니 류세이가 아빠를 부르며 손을 크게 흔들고 있었다.

"좋았어!"

어색한 분위기에서 빠져나갈 구실을 찾았다는 듯이 유다이가 힘차게 손을 크게 흔들며 대답했다. 컵에 남아 있던 콜라를 단숨에 들이켜고 트림을 하며 아이들이 있는 곳으로 달려갔다.

료타는 유다이가 마신 콜라에 꽂힌 빨대를 바라봤다. 빨대는 류세이의 것과 마찬가지로 이로 씹어서 찌부러져 있었다. 그 주변은 역시나 음식물 찌꺼기로 너저분했다. 료타는 이것은 핏줄이 아니라 환경 요인이라고 생각하며 씁쓸히 웃었다.

"전화 좀 하고 올게"라며 료타가 자리에서 일어섰다. 친구인 변호사에게 전화할 생각이었다. 일단은 주도권을 잡아야 한다. 이왕 할 바엔 빠를수록 좋다.

"닮질 않았어요, 한 아이만."

옆자리에서 아이들과 유다이가 노는 모습을 지켜보던 유카리가 나지막이 말했다.

미도리는 대답을 할 수가 없었다.

"이런 일은…… 꿈에도……."

유카리의 말에 미도리가 고개를 끄덕였다.

"입이 험한 친구가 '너, 바람 피웠지'라고 한 적이 있어요. 말이 참 심하다고 생각했는데, 그런데도 알아채질 못했어요. 오히려 더 모른다니까, 엄마가."

통명스럽고 거침없는 말투임에도 미도리는 유카리의 말에 깊이 공감했다.

"네."

유카리는 미도리와 시선을 주고받았다. 아름답고 커다란 유카리의 눈동자에 슬픔이 어려 있었다.

유카리가 핸드백에서 펜을 꺼내더니 냅킨에 휘갈기듯 글씨를 썼다.

"이건 제 휴대전화 번호예요. 상의하세요, 뭐든. 엄마끼리만 아는 게 있잖아요."

료타를 의식하는지 유카리의 목소리가 작아졌다.

"고마워요."

미도리는 냅킨에 적힌 숫자를 확인한 후 접어서 핸드백 안에 넣었다.

아이들이 있는 곳에서 커다란 목소리가 들려왔다. 류세이였다. 게이타가 울먹이는 얼굴로 류세이 앞에 서 있었다. 류세이가 게이타에게서 큰 공을 빼앗은 듯했다. 류세이는 테이블로 달려오더니 야마토가 남긴 주스를 꿀꺽꿀꺽 소리를 내며 다 비웠다.

"얘, 류! 게이타 공을 왜 뺏니! 맞을래!"

유카리가 손을 휙 올리자 류세이가 쥐새끼처럼 날쌔게 도망쳐 버렸다.

"기가 센 건 날 닮았다고 생각했는데."

유카리가 불쑥 중얼거렸다.

미도리는 공을 빼앗기고도 아무 소리도 못 하고 그저 서 있는 게이타를 바라보고 있었다.

'게이타가 기가 약한 건 날 닮은 줄 알았는데'라고 미도리도 생각했지만 입 밖에 내지는 않았다.

료타가 전화 통화를 끝내고 자리로 돌아왔기 때문이다.

불과 두 시간여 만에 아이들은 서로 완전히 친해졌다. 조금은 거친 류세이는 너무나 얌전해서 대항하지 않는 게이타를 차츰 남동생처럼 비호하는 입장이 됐다. 그 후로는 싸움도 전혀 없었고 야마토와 미유가 달리기 시합을 하다 울음을 터뜨리자 게이타가 위로해 주는 흐뭇한 모습도 보였다.

유다이는 약 한 시간 내내 아이들과 놀아주다 보니 땀으로 흥건하게 젖었다. 게이타도 유다이에게 마음을 완전히 연 것 같았다. 유다이가 이따금 외치는 "오 마이 갓!"을 흉내 낼 정도였다.

주차장까지 돌아오자 유다이는 주머니에 들어 있던 과자를 게이타에게 건네주며 "가는 길이 멀 테니 차 안에서 먹어"라고 말했다.

그 모습을 보면서 료타는 남몰래 한숨을 내쉬었다. 그 과자는 병원에 영수증을 제출할 돈으로 산 것이다.

깊이 잠든 야마토를 왜건에 태우고 가족들도 차에 올랐다. 노노미야 가족이 사이키 가족을 배웅하는 모양새가 됐다.

유다이가 차 안 운전석에서 코미디언 시무라 켄의 유행어를 흉내 내며 게이타를 웃겼다. 조수석에서는 유카리가 손가락을 귀에 대고 미도리에게 '전화해요'라는 시늉을 했다.

차가 출발하자 료타가 바로 미도리에게 물었다.

"전화하라니?"

"뭐든 상의하래."

료타의 표정이 언짢아졌다.

"상의? 왜 지시하듯이 하는 말을 들어? 정신 똑바로 차려. 어쩌면 싸워야 할지도 몰라."

"싸워?"

뜻밖의 말을 들은 미도리가 되물었다.

"으음, 나한테 생각이 좀 있어."

료타는 그 이상은 얘기하지 않았다. 꼬치꼬치 물으면 심하게 짜증을 낼 때도 있어서 미도리는 일단 입을 다물었다.

그러나 마음속에서는 불안한 예감이 소용돌이쳤다.

다음 날 일요일, 료타는 출근했고 점심시간에 잠깐 빠져나와 친구 사무실을 방문했다. 대학 시절에 같은 동아리에서 밴드를 했던 스즈모토는 현재 변호사였다. 그가 대표로 운영하는 스즈모토 법률 사무소는 도쿄 도심에서 일등 부지의 빌딩에 자리 잡고 있었다. 유능한 변호사로 소문나서 큰 사건이 발생하면 이따금 해설자로 TV 방송 같은 데서도 얼굴을 볼 수 있다.

이미 정식으로 법률 대리인을 맡아달라고 의뢰해 놓은 것과 별개로 오늘은 새로운 의뢰가 있어서 급히 찾아왔다. 미리 전화로 예약을 잡아뒀는데도 료타는 응접실에서 이십 분가량을 기다려야 했다.

평상시 료타라면 화가 나서 발길을 돌렸을 것이다. 스즈모토는 대학 시절부터 친하게 지내온 유일하다고 할 만한 친구였다. 그렇긴 해도 최근 이 년 가까이 만나지 못했다.

스즈모토가 “미안, 미안”이라며 응접실에 모습을 드러냈다.

“아, 갑자기 잠깐 기자회견을 하는 바람에.”

잘나가는 변호사 사무실에 들어오는 의뢰는 텔레비전 뉴스거리가 될 만한 사건이 많다. 스즈모토는 탄탄한 몸에 키가 크고 멀끔한 미남이었다. 학창 시절에는 료타와 스즈모토를 노린 팬들이 라이브하우스에 모여들기도 했다.

“미안해, 많이 바쁠 텐데.”

료타가 스즈모토를 배려하는 말을 건넸다.

료타의 맞은편 자리에 앉은 스즈모토가 괜찮다며 손을 흔들더니 들고 있던 영양제 계통의 젤리음료를 마셨다. 느긋하게 점심을 먹을 시간도 없었던 모양이다.

"이쪽에서는 예정대로 교섭을 진행하는 중이야. 오늘도 전화해 봤는데 오리마라는 그 변호사, 안되겠던데. 보나 마나 채무정리 일만 했겠지. 말이 안 통해."

료타가 웃으면서 고개를 숙였다.

"수고를 끼쳐서 죄송합니다."

스즈모토가 웃음으로 넘기자 료타가 본론으로 들어갔다.

"오늘 상담은 좀 다른 건이야. 사실은 어떻게든 아이 둘을 우리 쪽에서 다 맡는 방법이 없을까 해서……."

스즈모토는 놀란 듯했지만 그 표정에는 변화가 없었다. 옛날부터 혼자만 차분하고 어른스러웠다. 변호사라는 직업상 그런 기질이 더욱 강화된 듯했다.

"엄청난 생각을 하는군."

료타는 스즈모토에게 그런 말까지 듣자 더 만족스러웠다.

"그런데 이제 와서 과연 아빠가 될 수 있을까? 상대방 아이에게 말이야."

스즈모토에게는 중학교 이 학년 아들과 초등학교 육 학년 딸이 있다. 그 말에서는 무게감이 느껴졌다.

"뭐, 일단은 한동안 곁에 둘 생각이야. 핏줄이잖아. 어떻게든 되겠지."

스즈모토가 옅은 미소를 지었다.

"핏줄이라. 너, 의외로 진부하네."

스즈모토의 지적에 료타는 떨떠름한 표정을 지었다.

"사고방식이 고루하다느니 어쩌느니 하는 문제가 아니야. 아버지란 게 본래 그런 존재잖아."

그러자 스즈모토가 더 크게 웃었다.

"그게 바로 진부하단 소리야. 뭐 하긴, 넌 옛날부터 파더 콤플렉스가 있었으니까."

반론할까 하다가 료타는 입을 열지 않았다. 옛날부터 그와 논쟁해서 이긴 전례가 없었다. 료타는 스즈모토에게 유일하게 응수할 수 있는 말을 입 밖에 냈다.

"멍청한 자식."

스즈모토가 코웃음을 쳤다.

료타는 준비해 온 노트를 펼쳤다.

"나도 좀 조사해 봤어. 영국 같은 나라에서는 부모가 자녀를 키울 자격이 없다는 행정적 판단이 내려지면, 아이를 부모와 격리해서 수용하는 제도가 있는 것 같던데."

스즈모토가 고개를 저었다.

"아니, 그건 부모가 마약 중독이거나 엄마가 집에서 상습적으로 매춘을 하는 경우지."

"엄마는 툭하면 아이를 때리고 고함치고, 아빠는 일도 제대로 안 하고 집에서 빈둥거리는 것 같던데……."

"흐음, 그 정도로는 무리야. 학대라고 볼 순 없지. 친권이란 건 의외로 강해."

료타는 물러서지 않았다.

"그에 상응하는 돈을 지불하고 맡는 건 상관없겠지. 상대만 납득시키면."

"그렇지만 수긍하지 않을걸. 꼭 그렇게 무리하게 교환할 건 없잖아?"

스즈모토의 말을 가로막고 료타가 더 격하게 말했다.

"제안해 보는 건 상관없나? 내가 적당히 때를 봐서?"

스즈모토는 체념한 듯이 한숨을 내쉬며 고개를 끄덕였다.

"여전히 공격적이군. 내게 그걸 막을 권리가 없는 건 분명해."

의욕에 가득 찬 표정을 짓는 료타를 보고 스즈모토가 고개를 갸웃거렸다.

"흐음, 글쎄다……. 너에게 일단 부탁하고 싶은 건 병원과의 싸움에 집중해 달라는 거야. 변호사인 내 입장에서는 그쪽 가족과 협력해서 민사소송을 같이 진행하고 싶거든."

료타는 스즈모토의 답변을 오케이 사인으로 받아들였다. 논쟁에서는 스즈모토를 당해낼 수 없을지 몰라도 료타에게는 행동력이 있었다. 그것이 설령 공격적일지라도 강력한 무기임에는 틀림없다.

나머지는 시간문제일 뿐이라고 료타는 생각했다.

6

そして父になる

병원 측이 주최하는 합동 식사 모임은 매주 토요일에 갖기로 했다.

공모전에서 당선됐고 인수받은 프로젝트도 궤도에 오른 느낌이라 료타의 일은 어느 정도 안정돼 보였다. 그래도 매주 토요일마다 하루를 통째로 쉬려면 상당한 무리가 따랐다. 그렇다고 일을 핑계로 참가하지 않을 수도 없는 노릇이었다.

도쿄 시내에서 만나는 식사 모임이면 오후에라도 회사에 나갈 수 있을 테다. 사이키 가족에게 어린아이가 있는 점을 고려해 약속 장소를 군마 근처로 잡을 수밖에 없었다.

해가 가기 전에 두 번째와 세 번째 식사 모임을 했고 새해가 밝자마자 1월 5일에 사이타마에 있는 패밀리레스토랑에서 네 번째 모임을 가졌다. 사이키와 노노미야 가족, 병원 측에서 나온 아키야마 사무부장과 오리마 변호사 그리고 이번에는 스즈모토도 동석했다.

바닷가재 전문 레스토랑이라 가게 안에 있는 커다란 수조에서 수많은 바닷가재를 키우고 있었다. 식사를 끝낸 아이들은 수조를 구경하러 갔다.

식사를 하는 방은 파티룸이라 완전한 개별실까지는 아니어도 다른 손님의 시선은 차단됐다.

"어떠십니까?"

오리마가 아이들이 수조로 놀러 간 틈을 타서 입을 열었다. 거의 다 식사를 마친 상황에서 유다이만 바닷가재 다리를 파느라 여념이 없었다.

옆에 있는 유카리가 쿡 찌르자 그제야 간신히 접시에 다리를 내려놓았다.

"벌써 네 번째 모임이니, 이제 슬슬 숙박에 도전해 보시면 어떨까요? 아이들은 적응이 빠릅니다. 부모님도 하루하루 지날수록 그만큼 고통만 더 커질 것 같은데……."

스즈모토가 오리마의 말을 가로막았다.

"그 단계로 나아가는 건 흔쾌히 응할 수 있습니다만, 그것과 합의 얘기는 별개의 문제니까요."

오리마가 점잖게 고개를 끄덕였다.

"네, 물론 그렇죠. 사이키 씨 의견은 어떠십니까?"

오리마가 다시 한번 유다이에게 물었다.

또다시 바닷가재 다리에 정신이 팔려 있던 유다이가 황급히 고개를 들었다.

"아아, 뭐, 그런데 그 뭐냐, 이렇게 만나는 것도 나름 즐겁긴 한데…… 그치?"

유다이가 유카리에게 동의를 구했다.

유카리는 유다이를 무시하고 오리마와 아키야마에게 날카로운 시선을 던졌다. 불쾌한 속내가 확연히 드러났다.

"네 번째 만나니까 이렇게 해야 한다, 뭐 그런 지침이라도 있나요?"

"그건 그러네. 네 번 만났으니 '자, 이제 교환하자', 그건 기분 나쁘지."

유다이가 바로 유카리의 말에 맞장구를 쳤다.

오리마가 유카리의 말을 가볍게 받아넘겼다.

"예상 외로 잘 풀릴지도 모르죠. 어쨌거나 핏줄이 통하는 사이니까요. 하룻밤 같이 묵으면서 긴 시간을 함께 보내면 실감할 수 있을지도 모릅니다. 그러면 지금 느껴지는 저항감은 줄어들 것으로 봅니다."

오리마의 말에는 시골 변호사 나름의 경험에 근거한 설득력이 있다고 료타는 생각했다. 힐끗 옆에 있는 미도리를 보니 창백한 얼굴로 고개를 숙이고 있었다.

그러자 유카리가 반론했다.

"야마토랑 미유도 있어서 서두르고 싶진 않아요."

유카리의 말에 모두가 고개를 끄덕였다.

"아무렴, 서두르면 안 되지."

유다이가 마치 농담처럼 우스꽝스러운 소리로 말했다.

"이런 상황에서 장난치지 마."

유카리가 작지만 날카로운 목소리로 유다이를 나무라자 "분위기 좀 부드럽게 풀려고"라며 유다이가 변명했다.

그들의 대화를 무시하고 오리마가 료타에게 시선을 돌렸다.

"노노미야 씨 생각은 어떠십니까?"

"일단 주말에만 해볼까요? 토요일 하룻밤 묵거나."

미도리는 료타의 말을 듣고 몸을 떨었다. 그러나 아무 말도 하지 않았다.

"빠바바바방!"

난데없이 실내로 뛰어 들어온 류세이가 손에 들고 있던 바닷가재 다리를 총 삼아 어른들 모두에게 총탄을 퍼부었다.

어른들은 모두 "으윽" "당했다" 등등의 신음을 흘리며 총에 맞은 시늉을 했다. 특히 유다이는 테이블에 푹 고꾸라져서 신음을 흘렸다. 료타 혼자만 어정쩡한 반응을 보였다. 료타는 총알을 피했던 것이다.

류세이가 쓰러지지 않는 료타를 겨냥하고 "빠앙!" 하며 총을 쏘려는데 유카리가 매섭게 고함을 쳤다.

"중요한 얘기하는 중이니 저기 가 있어!"

류세이는 곧바로 물러났다.

그 자리에 교대하듯 야마토가 들어오더니 역시나 손에 들고 있던 바닷가재 다리를 권총 삼아 어른들을 쏘고 다녔다.

"팡, 팡, 팡."

또다시 어른들은 총에 맞아 몸을 뒤로 젖히는 시늉을 했다. 료타가 옆을 보자 미도리는 고개를 숙인 채 꼼짝도 하지 않았다. 뭔가를 거절하듯 딱딱하게 몸을 잔뜩 굳히고.

피아노 학원은 전국적으로 운영하는 체인점 중 하나로 역 앞 임대 빌딩의 한 모퉁이에 있었다.

게이타를 교사에게 맡긴 미도리는 대기실에서 기다리기로 했다. 유리벽 너머로 수업을 구경할 수 있어서 평소에는 잡지를 읽으며 이따금 게이타의 모습을 바라보곤 했는데 오늘은 미도리의 마음이 딴 데 가 있는 분위기였다. 잡지도 손에 들지 않고 게이타에게 주의를 기울이지도 않았다. 수업 중에 게이타가 미도리를 찾아 두리번거리는데도 알아채지 못하고 벽의 한 점만 뚫어져라 바라보며 꼼짝도 하지 않았다.

잠시 후 미도리의 몸에서 힘이 쭉 빠졌다. 얼굴을 감싸며 울음을 터뜨렸다. 눈물을 감추려고 애를 써도 소용이 없었다. 봇물이 터져버린 눈물은 끝도 없이 흘러내렸고 차츰 오열이 새어 나왔다. 이제 더 이상 자기 자신을 제어할 수 없었다.

조금 떨어진 곳에서 아이의 바이올린 수업을 기다리고 있던 여자가 미도리의 이상을 알아채고 말을 건넸다. 미도리는 도무지 울음을 그칠 수가 없었다.

미도리는 게이타의 손을 잡고 맨션으로 향하는 언덕길을 걸어가고 있었다. 이제 미도리의 눈에 흐르던 눈물은 말랐다. 게이타의 손에서 전해지는 온기가 마음속 우울함을 조금은 덜어줬다. 그러나 그것이 어딘가로 사라져 버리지는 않았다.

"피아노, 재밌니?"

미도리가 묻자 게이타는 잠깐 생각에 잠긴 표정을 지었다.

"억지로 계속할 건 없어."

그 말을 들은 게이타의 얼굴이 한순간 환해졌다. 역시 피아노는 재미없었던 것이다. 그러나 게이타는 금세 그늘진 표정을 지었다.

"근데 아빠가……."

입학 시험을 준비할 때 학원에서 공부 외에 다른 것도 배우는 게 좋겠다고 하자, 료타가 바로 피아노를 가르치자고 말했다. 료타도 초등학교 사 학년 때부터 피아노를 배웠는데 집안 사정이 여의치 않아 그만뒀다. 미도리는 료타가 아들에게 대신 '한풀이'를 하려는 심정은 아닐까 생각했다. 어쨌든 료타는 미도리와 달리 음악적 감각이 있었다. 학창 시절 기타 치는 데 열중했었고 노래 실력도 거의 프로급이라 미도리도 갓 사귀기 시작한 무렵에는 그에게 완전히 매료됐다.

다시 말해 피아노는 게이타가 원해서 배우기 시작한 게 아니었다. 그리고 지금 이 상황에서는 게이타의 피아노 실력 향상이 더딘 것도 료타에게 특별한 의미가 있을 거라고 미도리는 짐작했다.

“아빠도 화 안 낼 거야.”

지금의 료타라면 그만두고 싶다는 게이타의 말을 듣고 포기할 것 같았다.

그러나 게이타가 고개를 저었다.

“아냐, 괜찮아. 아빠가 좋아하니까.”

게이타가 갑자기 어른스러워 보였다.

“발표회 때 얘기니?”

게이타가 첫 발표회에서 과제곡을 거의 실수 없이 연주해 냈을 때, 료타는 웬일로 크게 기뻐했다. 그날 밤에는 별로 즐기지도 않는 술까지 마시고 게이타와 몇 번이나 함께 연주했던 기억이 떠올랐다.

“그때 엄청 칭찬해 줬어.”

게이타가 자랑스러운 듯이 말하면서 웃는 얼굴로 미도리를 바라봤다.

“그러네. 그럼, 조금 더 해볼까?”

“응.”

게이타의 웃는 얼굴을 보니 미도리는 다시 마음이 조금 가벼워지는 느낌이었다. 그러나 그런 기분도 금세 날아가 버렸다.

토요일인 내일은 게이타가 사이키 집에서 처음으로 하룻밤을 묵는 날이다.

그날 저녁, 료타는 일찍 귀가했다. 외근하러 나갔던 곳에서 바로 퇴근해서 여섯 시 조금 전에 집에 도착했다.

미도리가 만들어 준 저녁을 먹고 목욕을 하고 잠잘 준비를 다 마쳤는데도 아직 일곱 시 반이 안 됐다.

"게임이라도 할까?"

평소에는 절대 하지 않는 말을 꺼낸 료타가 자동차 경주 게임을 시작했다. 물론 료타가 이 게임을 본격적으로 해보는 건 처음이었다. 그런데 게임이 재미있는지 오히려 료타가 더 빠져 버렸다.

"앗, 안 돼! 에이, 끝났네."

료타가 무심결에 큰 소리를 냈다. 조종하던 자동차가 미끄러져서 낭떠러지로 굴러떨어져 버린 것이다.

옆에서 게임 조종기를 조작하던 게이타는 까르륵까르륵 웃어대며 한껏 신이 나 있었다.

아빠 차를 추월한 데다 일 위로 골인했던 것이다.

미도리는 미소 띤 얼굴로 그 모습을 지켜보며 게이타가 하룻밤 묵고 올 준비를 하고 있었다. 잠옷, 칫솔, 좋아하는 책, 돌돌 말아서 들고 갈 수 있는 연습용 작은 전자 피아노…….

자기가 관여할 수 없는 곳에서 쓰일 물건들. 게다가 단순한 여행과도 다르다. 일손을 잠깐 멈추고 생각에 빠져 있는데 미도리의 휴대전화가 울렸다. 발신자를 보니 유카리였다.

"내일은 잘 부탁드려요. 응. 그렇죠, 그렇죠. 저도 그렇게 생각해서. 게이타는 국수는 괜찮아요. 생선회는 아직 안 먹였어요. 류세이 군이 싫어하는 음식은……. 아, 그렇군요. 대단하네. 좋아하는 건? 후후. 게맛살, 응, 마요네즈. 응, 알았어요."

내일 만날 시간을 확인하고 전화를 끊었다.

유카리는 점심에는 아이들이 좋아하는 국수와 참치 카르파초 샐러드, 저녁에는 만두를 해줄 생각이라고 말했다. 한편 류세이는 편식을 전혀 안 해서 "주면 뭐든 다 잘 먹는다"고 유카리가 말했다. 다만, 특별히 좋아하는 음식은 마요네즈로 버무린 게맛살이라고 했다. 게다가 "진짜 말고 싸구려 가짜 게맛살을 더 좋아해요"라면서 유카리가 미도리를 웃겼다.

짧은 통화에도 유카리와 마음이 통한 것 같은 기분이 들어서 조금은 편해졌다.

료타는 자동차 경주 게임을 접고 주사위로 하는 게임으로 바꿨다. 그러면 게임을 하면서 티 나지 않게 대화를 할 수 있어서였다.

"으음, 게이타……"

료타가 입을 열었다.

"응……"

게이타는 화면을 뚫어져라 바라보고 있지만 대답할 여유는 있었다.

"내일 아침에는 열 시에 집에서 출발하자."

내일 류세이의 집에 간다는 얘기는 미도리가 미리 해뒀다.

"응."

게이타는 여전히 화면을 보면서 대답했다. 차라리 그러는 편이 충격을 덜 받고 받아들일 것 같은 기분이 들었다.

"아, 하얀색 차례다."

다음은 게이타 차례였다. 게이타 순서가 끝나길 기다렸다 최대한 자연스럽게 들리도록 말했다.

"그리고 내일은 그냥 류세이 집에서 자고 와."

"…… 응."

게이타의 표정에 불안이 스쳐 지난 것처럼 보였다.

"괜찮겠니?"

"응."

게이타는 여전히 화면을 보고 있었다. 게임을 멈추고 아이의 속마음을 제대로 듣는 게 좋겠다는 생각이 들었다. 그러나 게이타는 동의했다. 굳이 겁을 줄 필요는 없을 것 같았다.

"이건 네가 강해지기 위한 미션이야."

"응."

게이타의 얼굴을 힐끗 바라봤다. 대답은 하지만 그 얼굴에는 아무런 감정도 드러나지 않았다.

"정말 알겠니? 미션은 네가 강해져서 어른이 되기 위한 작전 같은 거야."

"응."

아마도 이해했겠지, 료타는 게이타의 얼굴을 보면서 생각했다. 모든 걸 말로 이해시키기는 불가능하다. 아이는 실제로 움직여 가면서 세상을 배우고 받아들이는 존재다.

다음 날 아침에는 열 시가 조금 넘어서야 가까스로 출발할 수 있었다. 원인은 미도리였다. 지난밤 료타가 확실하게 못을 박았는데도 아침부터 몇 번이나 눈물을 내비치며 화장실에 틀어박히는 바람에 완전히 늦어버렸다. 료타는 게이타에게 미칠 영향도 고려해 강하게 뭐라고 할 수도 없는 노릇이라 늦장을 부리다 일찌감치 출발할 예정이 틀어졌다.

마에바시 인터체인지를 벗어났을 때는 점심시간이 조금 지난 무렵이었다. 딱 두 시간이 걸리고 말았다. 룸미러로 뒷좌석을 힐끗 쳐다보니 게이타는 열심히 피아노 연습을 하고 있었다. 미도리는 그 옆에서 눈물을 머금고 게이타의 머리를 쓰다듬고 있었다. 사랑스러운 듯이. 머리를 쓰다듬는 횟수가 마에바시에 들어선 후로 더 빈번해졌다.

료타는 미도리의 감상적인 기분이 게이타에게 전염돼 버리면 곤란하다는 생각에 조마조마했지만 입을 열면 말투가 곱지 않을 것 같아 침묵을 지켰다.

내비게이션의 안내에 따라 밭 사이로 난 한 줄기 길을 직진해서 달려갔다. 농한기라 밭에는 사람들 모습이 보이지 않았고 민가도 드문드문해서 살풍경하기 이를 데 없는 경치가 이어졌다. 큰 구조물은 송전선을 지탱하는 철탑뿐이다.

그런데도 차를 몰고 달려가자 차츰 민가가 늘어나며 시가지다운 면모로 바뀌어 갔다.

"목적지에 도착했습니다. 음성 안내를 종료합니다."

내비게이션에서 멘트가 흘러나왔다.

운전하던 료타가 왼편에 나타난 집과 내비게이션의 지도를 비교해 보며 그 앞에 있는 가게가 틀림없는 '쓰타야 상점'인 것을 확인했다.

그러자 가게 앞에서 아이 모습이 보였다. 류세이였다.

팽이를 돌리며 놀고 있었는데 료타의 차를 발견하자마자 허둥지둥 집 안으로 뛰어 들어갔다.

쓰타야 상점의 외관을 본 료타는 너무나 낡은 모습에 질려서 혼잣말을 흘렸다.

"어허, 참 나, 아무래도 이건 좀……."

외벽은 하얀 페인트로 칠해져 있었다. 햇볕에 군데군데 페인트가 벗겨진 바람에 본바탕이 훤히 드러났다. 벌써 몇 년째 손을 본 적도 없겠지. 전광 장식도 전혀 없어서 쓰타야 상점이라는 간판이 없으면 창고나 다를 바 없었다. 최근에 그려 넣은 듯한 무지개무늬가 있었는데 그 자리만 겉돌게 새로워서 오히려 더 초라해 보였다.

차고가 옆에 있고 거기에 눈에 익은 경자동차가 서 있었다.

료타는 차를 가게 앞에 세웠다.

그러자 출입구 새시가 열리고 유다이와 유카리 그리고 아이들이 모습을 드러냈다.

료타 가족도 차에서 내려 사이키 가족과 마주 섰다.

"안녕하세요?"

이번에도 큰 목소리로 먼저 인사한 아이는 류세이였다.

게이타도 료타의 재촉을 받고 인사했다.

오래 있을 필요는 없었다.

"그럼, 잘 부탁드립니다."

료타가 그렇게 말한 뒤, 게이타를 유다이 쪽으로 밀었다. 유다이와 유카리는 바로 게이타의 어깨에 팔을 두르며 집 안으로 데리고 갔다.

"뒤에 타라"라고 료타가 말하자 류세이도 스스로 문을 열고 차에 올라탔다.

울거나 소란을 피우면 어쩌나 걱정했는데 순조롭게 풀렸다.

우는 사람은 미도리뿐이었다. 필사적으로 눈물을 참기는 했지만 확연하게 우는 얼굴이었다.

미도리는 잠시 망설이는 듯하더니 조수석에 앉았다.

차가 출발했다. 미도리는 사이드미러로 뒤쪽을 쳐다봤다. 그러자 집 안에서 게이타가 뛰어나왔다. 미도리가 "아" 하고 나지막한 소리를 흘렸다.

게이타가 서글픈 얼굴로 달려가는 차를 배웅했다. 그 뒤에 유카리와 유다이가 나타나 걱정스러운 얼굴로 차를 배웅하다가 잠시 후 게이타를 데리고 집으로 들어갔다.

도쿄까지 오는 차 안에서 류세이는 무척 즐거워 보였다. 혼자서 줄곧 게임에 푹 빠져 있었고 실수라도 하면 "오~ 마이 갓!"이라며 아빠에게 배운 잘못된 영어를 큰 소리로 내뱉어 료타 부부를 놀라게 했다. 료타와 미도리가 말을 건네도 짧게 답했다. 토라진 분위기도 아니다. 게임에 집중한 것 같았다.

그래도 미도리가 "배 안 고프니?"라고 묻자 "햄버거 먹고 싶어요"라고 힘차게 대답했다.

료타는 고속도로 휴게소에 들렀고 셋이서 햄버거와 주스로 점심을 먹었다. 류세이는 먹는 속도가 빨랐고 음식 찌꺼기도 많이 흘렸다. 콜라 빨대는 이로 씹어서 뭉그러뜨렸다.

게이타는 점심으로 국수를 먹었다. 전갱이튀김은 절반도 못 먹었다.

점심을 다 먹고 나서 야마토와 미유와 함께 텔레비전을 보면서 놀았는데 세 시에 간식을 먹은 뒤 둘 다 잠들어 버려서 혼자 집 안을 탐색했다.

방이 몇 개 있고 모두 다다미방이라 외할머니 집과 비슷했다. 방마다 물건들로 넘쳐났다. 어질러져 있다는 인상은 없었다. 신문이나 옷가지들도 단정하게 개어져 쌓여 있었다.

게이타는 밖에도 나가봤다. 집 주위를 빙 둘러 벽이 세워져 있고 집과의 경계선에 모래놀이 장난감과 바람 빠진 공 등이 떨어져 있었다. 뒤뜰은 조금 넓었다. 잡초가 나 있고 역시나 고장 난 세발자전거 같은 게 방치돼 있었다.

그중에서도 게이타의 흥미를 끈 것은 개집이었다. 손수 만든 개집이 아니라 플라스틱으로 된 낡은 집이었다. 원래는 하얬을 텐데 비바람을 맞아 갈색으로 그을려 있었다. 개집 안을 들여다보니 여기도 역시 모래놀이 장난감이 가득했다.

개는 없고 개의 흔적조차 없었다. 개집에는 '지유우지(ちゆう

じ)'라고 사인펜으로 적혀 있었다.

이 집에서 자란 유카리가 중학생 시절에 키웠던 잡종견 이름이다. 실제로는 '주지(ちゅうじ)'인데 '유(ゆ)' 자를 크게 써버린 것이다.

주지는 버림받은 개였다. 나이는 불분명했는데 십 년 넘게 이 집에서 살다가 류세이가 태어난 해에 죽었다. 유카리는 주지가 류세이를 지키고 죽었다며 이 개집을 절대 없애려 하지 않았다.

개집뿐만이 아니다. 집 안에 물건이 넘쳐나는 이유 중 하나는 유카리에게 있었다. 하나하나 추억이 담긴 물건이라 좀처럼 버릴 수가 없었기 때문이다. 류세이가 탔던 세발자전거는 뒷바퀴가 돌아가지 않았어도 미유와 야마토가 물려받아 탔던 자전거인 만큼 애착이 커서 버리기 힘들었다. 그런 까닭에 지금도 야마토가 억지로 타고 다닌다.

물론 경제적인 사정도 이유이기는 하다.

게이타는 유다이의 '일터'에도 가봤다. 게이타는 '일'은 무엇보다도 중요하다고 배웠기 때문에 가까이 다가가기가 두려웠다. 야단맞을 것 같았다.

그래서 '일터'로 들어서는 출입문 새시 유리 너머로 안을 살짝 들여다봤다.

거기에는 강철로 된 책상 하나가 있고 그 위에는 게이타가 본 적도 없는 기계가 수북이 쌓여 있었다.

그 책상을 에워싸듯 강철 선반이 늘어서 있고 수많은 전기 부품이 진열돼 있었다. 그곳은 매장도 겸하고 있지만 창고처럼 보였다.

책상 위에서 무슨 '일'을 하고 있던 유다이가 게이타가 들여다보는 것을 알아채고 손짓으로 불렀다. 유다이의 얼굴에서는 '일'의 엄중함은 찾아볼 수 없었다. 얼굴 가득 미소가 깃들어 있었다.

게이타는 여전히 머뭇거리다가 유다이가 "들어와"라고 몇 번이나 손짓한 뒤에야 겨우 새시 미닫이문을 열었다.

"으음, 스파이더맨이 거미인 거 아니?"

게이타와 얼굴을 마주한 유다이가 대뜸 물었다.

"아뇨."

게이타가 고개를 흔들자 유다이가 재미있다는 듯이 웃었다.

게이타는 유다이가 일하는 게 아니었다는 걸 알아차렸다. 책상 위에 펼쳐져 있는 것은 신문이었다.

길가로 난 출입문 새시가 열리더니 사람이 들어오는 기척이 느껴졌다.

"닥터, 날이 춥네."

안으로 들어온 덩치 큰 남자는 머리가 긴 브라질 사람이었다. 이 부근에는 대규모 공장이 몇 개 있어서 공장에 일하는 외국인을 종종 마주친다.

“오오, 나베 씨, 잘 지내나?”

유다이는 그를 ‘나베 씨’라고 불렀다. 본명은 모른다. 한 번 듣긴 했는데 너무 길어서 외울 수가 없었다. 일본인 아내의 결혼 전 성이 와타나베였다는 말을 들은 후로 그의 이름은 ‘나베 씨’가 됐다.

“잘 지내죠.”

나베 씨는 말이 서툴긴 해도 일본어를 거의 다 이해했다.

게이타는 놀란 눈으로 그 외국인의 거대한 덩치를 바라보고 있었다.

“게이타, 추우니까 거기 문 좀 닫아.”

유다이가 시키는 대로 게이타가 뒤쪽 새시를 닫았다.

“어쩐 일이야?”

유다이가 나베 씨에게 물었다.

“전구 사러 왔어요, 화장실.”

“화장실이라, 육십 와트면 될까?”

유다이가 일어서서 선반 앞으로 손을 뻗었다.

“LED로 할래? 그럼 자주 교환 안 해도 되는데. 에너지도 절약되고.”

유다이가 손에 든 것은 한 개에 삼천팔백 엔이나 하는 전구였다.

나베 씨가 황급히 손사래를 쳤다.

"그렇게 밝은 걸 끼우면, 소변도 안 나와요."

서로 농담이란 걸 아는 사이다. 얼굴을 마주 보며 큰 소리로 웃어젖혔다.

"변소는 사십 와트면 되겠지. 백구십 엔."

유다이가 선반에서 전구를 집어서 건네주자 나베 씨가 주머니에서 동전을 꺼내서 유다이의 손에 내려놓았다.

유다이는 책상 위에 있는 작은 금고에 돈을 넣고 거스름돈을 꺼냈다.

"닥터, 다음 주 일요일에 시간 있어요? 아침 여섯 시."

나베 씨의 말에 유다이가 고개를 갸웃거렸다.

"아직도 야구 하나? 체력 좋네, 그 나이에……."

나베 씨는 축구 강국인 브라질에서 와서 야구 규칙도 전혀 몰랐는데 필사적으로 배웠다. 로마에 가면 로마의 법을 따르라는 말을 실천하는 셈이다.

게이타는 나베 씨가 몇 살일까 추측해 봤다. 큰 덩치에도 깜짝 놀랐지만 그 긴 머리도 그렇고 오렌지색과 파란색이 뒤섞인 화려한 운동복도 난생처음이었다.

"닥터, 투수 시켜줄 테니까 와요."

"안 돼. 난 한발 앞서 오십견이 와버렸어. 어깨가 이 이상은 안 올라가."

"아직 젊은데 그러네."

일본인 같은 답변을 하는 나베 씨에게 유다이가 거스름돈을 건넸다.

"나베 씨, 힘내."

"응, 그럼 또 봐요!"

"고마워요."

나베 씨는 손을 들어 인사하고 돌아갔다.

게이타는 나베 씨와 유다이가 '친구'라고 생각했다. 장난을 치고 입을 크게 벌리고 껄껄 웃었다. 그 모습이 굉장히 신기했다. 어른에게는 '친구'가 없는 줄 알았다. 엄마랑 아빠도 '친구'가 없었기 때문이다.

그때 부엌 쪽에서 야마토의 큰 목소리가 들려왔다. 지지직거리는 소리에 이어서 마늘 냄새가 풍겨왔다.

그러더니 곧이어 계단을 쿵쿵 내려오는 발소리가 들렸다. 가게 안에 있는 계단은 이 층으로 연결돼 있었다. 그곳에 유카리의 아버지인 소타쓰의 방이 있었다. 허리도 굽고 나이도 많아 보이는 것과 달리 이제 갓 일흔이 됐다. 아내는 십 년 전에 먼저 세상을 떠났다.

"만두 굽나?"

나지막이 중얼거리긴 해도 그 목소리는 어딘지 모르게 즐겁게 들렸다.

"네, 만두예요."

유다이가 대답하자 부리나케 부엌으로 갔다.

게이타는 소타쓰를 따라갔다.

부엌에서 유카리가 만두를 굽고 있었다. 그 발치에는 야마토와 미유가 앉아 있었다.

유카리가 손가락을 꼽으며 아이들과 함께 숫자를 세고 있었다. 만두가 다 구워지는 시간을 재고 있는 것이다.

"십오, 십육, 십칠, 십팔……."

야마토도 미유도 큰 소리로 같이 셌다. 이윽고 야마토가 십팔까지 세다가 탈락해 버리고 미유에게 장난을 쳐서 싸우기 시작했다.

게이타에게는 너무 시끌벅적한 부엌 풍경이었다. 평소에는 엄마가 조용히 입을 다물고 식사 준비를 했다. 게이타는 그 시간에 대체로 피아노 연습을 했다. 이따금 게임을 해도 좋다고 허락해 줄 때도 있었다.

게이타가 놀라서 바라보고 있자 유카리가 게이타를 보고 빙그레 웃으며 윙크를 해줬다. 게이타는 윙크의 의미를 알 수는 없었다. 그래도 엄마가 보고 싶어서 서글펐던 마음이 조금은 누그러진 기분이 들었다.

저녁식사 풍경은 게이타를 더욱 놀라게 만들었다. 둥근 테이블을 다 같이 빙 둘러싸고 앉아서 밥을 먹는 스타일은 낮에 이미 경험했다. 그런데 테이블 위에 놓여 있는 것은 주스와 콜라와 맥주뿐이었다. 그리고 간장이 듬뿍 담긴 작은 접시.

게이타 집에서는 보리차나 생수 외에는 마실 수 없다. 이 집에서는 밥을 먹기 전에 아이들이 "잘 먹겠습니다"라는 말도 없이 음료수부터 꿀꺽꿀꺽 마셨다. 물론 게이타 앞에도 오렌지주스가 준비돼 있었다.

게다가 "만두! 만두! 만두!"라고 큰 소리를 지르며 테이블을 두드리는 사람은 아이들이 아니라 유다이와 소타쓰였다. 아이들도 그대로 따라 했다. 게이타의 집에서는 절대 금지된 '까부는 행동'이었다.

"자 여러분, 오래 기다렸어요."

부엌에서 나온 유카리가 엄청나게 큰 접시를 들고 테이블로 다가왔다. 접시에는 만두가 족히 오십 개는 쌓여 있었다. 테이블에 쿵 하고 내려놓자 수증기와 함께 먹음직스러운 만두 향기가 코끝을 간질였다.

"잘 먹겠습니다."

그렇게 말한 사람은 유다이뿐이었다. 아이들도 유카리도 소타쓰도 아무 말 없이 아직 뜨거운 만두에 간장을 듬뿍 뿌려서 우적우적 먹기 시작했다.

게이타는 어이가 없었다. 집에서는 자기가 먹을 양을 접시에 담아줬다. 게다가 여기선 아무도 밥을 먹지 않았다. 만두만 먹었다.

허겁지겁 먹던 유다이가 너무 뜨거웠는지 "우웩" 하는 소리와 함께 입안에 들어 있던 만두를 테이블 위로 뿜어냈다.

집에 아빠가 있을 때 그런 행동을 했다간 밥도 안 줄뿐더러 호되게 야단을 맞을 거라는 생각에 게이타는 잔뜩 긴장했다.

그런데 모두 같이 웃었다. 마치 유다이가 마술이라도 보여준 것처럼 즐거워 보였다.

큰 접시에 수북했던 만두가 순식간에 줄어들었다.

"얘 뭐해, 빨리 안 먹으면 다 없어져."

유카리가 웃는 얼굴로 게이타에게 말했다.

게이타는 배가 몹시 고픈 것을 그제야 알아차렸다. 머뭇머뭇 젓가락을 뻗어 만두 하나를 집었다. 간장에 찍어 입안에 넣으니 맛있었다. 마늘과 부추 향이 입안 가득 퍼졌다. 집에서 먹던 만두보다 강한 맛이 났고 굉장히 맛있었다.

게이타는 허둥지둥 입에 남은 양을 밀어 넣고 곧바로 다음 만두로 손을 뻗었다.

유카리가 그 모습을 보며 흐뭇하게 웃었다.

료타 집의 저녁식사는 꼭 순조롭게 진행됐다고 할 수는 없었다. 메뉴는 류세이가 좋아한다는 스키야키였다. 고급 차돌박이를 넉넉히 사왔는데 조리법이 문제였다.

식탁 위에 올린 스키야키 냄비에 굵은 설탕을 녹이고 그 위에 고기를 구워서 간장을 뿌린 다음 갓 구운 고기를 미리 풀어 둔 계란에 찍어 먹는다. 료타가 좋아하는 교토풍 스키야키다.

류세이는 내내 기분이 좋더니 이때는 표정이 어두웠다.

“이건 스키야키가 아닌데.”

류세이는 냄비에 배추와 실곤약과 파를 고기와 함께 넣고 보글보글 끓여 먹는 간토풍 스키야키를 먹고 싶었던 것이다.

스키야키의 ‘야키’가 구이라는 뜻이니 구워 먹는 게 옳은 방법이라고 료타가 어른스럽지 않게 반론을 하자 류세이는 더욱 토라져 안 먹겠다는 말까지 꺼냈다.

그러나 미도리가 “불고기라 생각하고 한번 먹어봐”라고 달래자 가까스로 기분을 풀었다.

“계란을 풀어 찍어 먹으면 더 맛있어.”

료타가 권했다. 미도리가 구운 고기를 접시에 올려주자 류세이가 젓가락으로 집어서 입안에 넣었다.

“앗, 뜨거!”

너무 급하게 입에 댔다 화상을 입을 뻔했다.

“맛있지?”

료타가 웃으면서 물었다.

"아직 못 먹었는데. 뜨거워서."

"아아, 그러네."

그 말에는 료타도 웃고 말았다.

류세이가 입김을 몇 번이나 불어서 식힌 후에 고기를 입에 넣었다.

오물거리는가 싶더니 눈 깜짝할 새 한 점을 다 먹어버렸다.

"맛있다."

류세이가 환하게 웃으며 말했다. 그것은 지금껏 경험한 적이 없는 맛이었다. 류세이는 미도리가 고기를 굽는 옆에서 낚아채듯 게걸스럽게 먹기 시작했다.

료타와 미도리는 은밀히 시선을 주고받으며 안도의 미소를 머금었다.

류세이는 족히 이 인분은 먹어 치우고서야 가까스로 안정을 찾은 것 같았다. 미도리가 채소를 끓이는 동안 료타가 그동안 마음에 걸렸던 점을 류세이에게 말했다.

"류세이, 잠깐만."

료타가 류세이 옆에 있는 의자를 빼서 나란히 앉더니 류세이 앞에서 젓가락을 쥐어 보였다.

"네 젓가락질이 좀 잘못됐어."

류세이는 분명 주먹으로 움켜쥐듯이 젓가락질을 했다. 미도리도 마음에 걸리기는 했다.

"자 봐, 이렇게 잡는 거야."

료타가 류세이에게 젓가락 쥐는 방법을 보여줬다.

미도리는 류세이가 혹시 반발하지는 않을까 걱정스러웠지만 얌전하게 고개를 끄덕이며 배웠다.

그러나 좀처럼 잘 따라 하지 못하는 류세이를 보다 못한 료타가 류세이의 손을 잡고 젓가락 쥐는 방법을 지도했다.

미도리는 통증과도 같은 강렬한 위화감을 느꼈다.

지금까지 단 한 번이라도 게이타에게 젓가락질을 가르쳐 준 적이 있었나? 게다가 저렇게 정성을 다해 손까지 잡아가며…….

미도리의 얼굴에서 핏기가 싹 가셨다. 그러나 류세이도 료타도 그 순간을 알아채지 못했다.

그 뒤로도 류세이가 식사 중에 "콜라 마시고 싶다"는 말을 꺼내자 미도리가 곤란해하다 사러 나가려고 했다. 그때 료타가 "집에서는 콜라 못 마셔"라고 딱 잘라 말했다. 류세이는 한동안 부루퉁한 표정을 짓다 결국 그 말을 받아들였다.

개구쟁이에다 기가 세긴 해도 그런 점에서는 역시나 아직 여섯 살이었다.

류세이는 혼자 목욕하는 건 처음이라고 말했다. 그러나 그것이 결코 싫은 게 아니고 오히려 기뻐 보였다. 평소에는 아빠와 동생들과 같이 목욕했다고 했다. 류세이는 목욕탕에 가득한 게이타의 장난감을 갖고 노느라 아주 오래도록 목욕을 즐겼다. 욕조 속에서 발견한 젓가락과 채소 장난감으로 료타에게 배운 젓가락질을 연습했다.

류세이가 목욕하는 동안 료타는 혼자 서재에 있었다. 이미 몇 년이나 꺼낸 적이 없는 것을 들고 있었다. 본가에서 이 집으로 들고 온 유일한 물건이라고 해도 좋다.

여권이었다. 이 맨션으로 이사 왔을 때, 짐 정리를 하면서 이 여권 하나만 책상 서랍 깊숙이 넣어뒀다.

거기에는 사진 몇 장이 끼워져 있었다. 자기 어린 시절의 스냅 사진이다. 아직은 집에 여유가 있었을 무렵의 유물. 잃어버린 것들이 존재하는 유일한 사진. 언제나 똑같은 웃는 얼굴로 찍힌 어머니. 그중 한 장을 골랐다. 아직 초등학교에 들어가기 전의 자기 모습. 사진 속의 영원한 여름 속에서 곤충 채집망을 들고 밀짚모자를 쓰고 빙그레 웃고 있는 자신. 그 사진과 류세이의 사진을 비교해 봤다.

닮았다. 놀라울 정도로 닮았다. 그날, 마에바시의 쇼핑센터에서 류세이의 얼굴을 처음 봤을 때, 누군가와 닮았다는 생각이 들었던 것은 이 사진 때문이었다.

당연하다면 당연한 일이겠지. 그러나 료타는 흥분됐다. 멀리 떨어져 살아도 외모가 영락없이 닮아가는 '핏줄'의 힘에.

그것은 분명 외모만은 아닐 터였다. 정신 구조에까지 영향을 미치지 않을 리가 없다.

료타는 스키야키와 관련해 자기 의견을 강하게 주장한 류세이의 모습을 떠올렸다.

류세이는 게이타 대신 침대 위 료타와 미도리 사이에서 잠들었다. 류세이는 지나치게 푹신한 침대를 불편해했다. 그건 아주 짧은 시간뿐이었다. 금세 빨려들 듯이 잠들어 버렸다. 아무렇지 않게 보였지만 류세이도 정신적으로 피곤했구나, 하는 생각이 들었다.

미도리는 그 옆에 몸을 눕히며 게이타를 생각했다. 제발 울지 않게 해달라고 기도하는 심정으로 기원했다.

게이타는 울 여유도 없었다. 가족 다섯 명이 세 평쯤 되는 다다미방에 꽉 차게 펼친 이부자리에서 포개지듯 잠들었다. 바닥에 깐 요는 딱딱하고 위에 덮는 이불은 무거웠다. 게다가 맨 먼저 잠들어 버린 유다이가 코를 요란하게 골아서 시끄러웠다.

그래도 유카리가 옆에 재워준 덕분에 가까스로 조금 안심하고 잠들 수 있었다. 엄마 얼굴은 떠올리지 않으려고 애썼다.

그러나 게이타는 한밤중에 잠이 깨고 말았다.

화장실에 가고 싶었기 때문이다. 한동안은 여기가 어딘지 알 수 없었다. 이불에 뒤엉키듯 잠든 유다이 가족을 보자 마음이 불안해졌다. 그러나 오줌을 참을 수 없을 만큼 급해서 괴로웠다. 게이타가 자리에서 일어나서 닫혀 있던 장지문을 열었다.

그곳은 캄캄한 암흑의 세계였다. 게이타는 한참을 헤매다 다시 방으로 돌아올 수밖에 없었다.

"왜 그러니, 게이타? 오줌 마렵니?"

유카리가 말을 건넸다. 게이타가 고개를 끄덕이자 유카리가 빙긋 웃었다. 유카리가 함께 가준 덕분에 게이타는 간신히 화장실에 갈 수 있었다. 유카리는 화장실 문을 그대로 열어뒀다.

"아줌마도 어렸을 때는 무서워서 아빠한테 같이 가달라고 했고, 여기 문은 그냥 열어뒀거든."

유카리가 그렇게 말하며 웃었다.

다음 날 아침, 맨 먼저 일어난 사람은 소타쓰였다. 아직 날이 밝지도 않았을 때부터 일어나서 하늘이 희부옇게 밝기 시작하자 잠옷 위에 겉옷을 걸치고 가게 앞 청소를 시작하며 물을 뿌렸다. 매일 아침 하는 일이다. 비가 오는데도 할 때가 있다. 최근 몇 년, 이따금 가벼운 치매 증상이 나타나곤 했다.

다음으로 일어난 사람은 유카리와 유다이였다. 유카리가 아침밥을 준비하고 유다이가 찻잔을 준비해서 차를 끓였다. 그 일이 끝나자 유다이는 느긋하게 신문을 읽기 시작했다.

자반연어와 낫토, 된장국과 밥. 그것이 아침밥이었다. 시간이 있을 때는 채소절임도 준비하지만 파트타임 일이 있는 날은 거기까지 손을 쓸 여유가 없다.

아침 준비를 끝낸 유카리가 불단용 공양 그릇에 밥을 수북이 담았다. 어머니가 돌아가신 지 십 년, 매일 아침마다 하는 일과다. 아침 독경을 마치고 아이들을 깨운다. 유카리 가족의 침실은 불단도 겸하고 있었다.

아이들을 깨우는 것은 유카리에게 가장 행복한 시간이었다. 아직 덜 깬 아이들이 잠에 취해 어리둥절한 모습이 너무나 사랑스러웠다. 그런 아이들을 온갖 수단을 써서 조금씩 기분 좋게 깨우는 과정이 즐거웠다.

그런데 그날은 방 앞에서 걸음이 멈췄다.

방에 게이타 혼자만 깨어 있었다. 혼자 일어나서 장지문에 뚫린 구멍으로 바깥 경치를 내다보고 있었다.

그 뒷모습이 왠지 모르게 외로워 보였다.

유카리는 게이타의 마음이 상상이 갔다. 잠에서 깨 엄마가 없는 걸 알아채고 외로워진 것이다. 창밖 저 멀리 있는 엄마의 모습을 찾는 거겠지.

류세이도 틀림없이 도쿄에서 잠이 깨서 마음이 불안하겠지, 하는 생각을 하자 가슴이 옥죄어 들었다.

"게이타."

유카리가 이름을 부르자 게이타가 뒤를 돌아봤다. 울고 있으면 어쩌나 걱정했는데 울지는 않았다. 그 큰 눈으로 유카리를 바라봤다.

"이거 불단에 좀 올려줄래?"

게이타는 말없이 유카리 앞으로 오더니 그릇을 받아들고 불단에 올렸다.

"종 울려도 돼요?"

유카리는 게이타의 그 말이 뜻밖이었다. 도쿄에 사는 료타 같은 엘리트의 자녀는 불단을 본 적도 거의 없을 거라고 단정 짓고 있었다.

"음, 부탁해."

그때 유다이가 하품을 하며 들어왔다.

게이타는 불단 앞에 무릎을 꿇고 앉아서 종을 울리고 합장을 했다.

"어라, 해본 적이 있구나?"

유다이도 의외라는 듯이 게이타에게 물었다.

"응, 할머니 집에서."

유다이는 납득이 갔다. 료타는 도시 엘리트처럼 보였다. 반면 미도리는 어딘지 모르게 친정이 마에바시라는 말을 듣고 이해가 갔다. 아직 시골 냄새가 몸에 배어 있는 것이다. 그런 점이 유다이 눈에는 더 좋게 보이긴 했지만.

유다이가 불단 앞에 앉자 야마토와 미유도 일어나서 나란히 옆에 앉았다. 그 뒤에 유카리도 무릎을 꿇고 앉았다.

유다이가 종을 울리자 다 함께 손을 모았다.

"할머니, 게이타예요. 잘 부탁드립니다."

유다이가 유카리의 어머니에게 보고했다. 십 년 전에 장모가 세상을 떴을 때 유다이는 아직 이 집에 없었다. 유다이가 태어난 곳은 시가현이었다. 전문대학에 다니기 위해 나고야로 나왔고 자동차 정비공과 반려동물 가게를 거쳐 식당을 열었던 적도 있다. 그러나 결국 다 망해버려서 빚만 떠안았다. 이리저리 흘러 다니다 군마 땅으로 들어와서 전기 계량기 검침원이라는 직업을 얻었다. 파란만장한 인생이었고 그사이 이혼도 한 번 했다.

마에바시로 온 지 이 년 후에 검침하러 들렀던 지금의 사이키 집에서 열다섯 살 연하인 유카리를 만났고 그렇게 인연이 맺어졌다.

유카리는 그 지역에서도 유명한 미인이다. 고등학교 시절에는 유카리가 타는 마에바시 오시마역발 오전 여덟 시 전철에만 유독 남학생들이 몰려 혼잡해지는 전대미문의 사태를 일으켰다. 유카리는 살짝 삐딱한 구석이 있는데도 '료모선(線)의 그대'라는 우아한 호칭으로 인근 지역에 알려졌다. 졸업 후에는 보육사 자격을 땄는데도 마에바시 시내에 있는 인쇄 회사에서 사무직으로 일했다. 물론 구애하는 남자는 셀 수 없을 정도로 많았다. 그러나 그녀는 희한하게 뜬소문이 전혀 없었다. 그런데 갑자기 '흘러든 뜨내기'인 유다이를 남편으로 결정하고 결혼해 버려서 주위를 깜짝 놀라게 했다. 게다가 연달아 아이를 셋이나 낳았다.

유카리를 옛날부터 알았던 사람들은 하나같이 딱히 내세울 것이 없는 유다이의 어떤 점이 좋았느냐고 물었다. 그러면 유카리는 성가시다는 듯이 "전문가가 아닌데도 전기 공사를 잘해서"라고 대답했다.

두 사람의 만남은 특이했다. 사무직으로 일했던 유카리가 휴일에 고장 난 게임기를 고치려고 아버지의 작업대에서 땜질기를 들고 격투를 벌이고 있던 날이었다. 때마침 찾아온 검침원 유다이가 도와준 계기로 교제를 시작했다. 물론 단순한 검침원이니 제대로 된 전기 지식이 있을 리 없었다. 어린 시절부터 기계를 만지고 노는 걸 좋아해 잘 다뤘을 뿐이다.

그 후로 유카리는 한 달에 한 번 오는 검침을 속으로 은근히 기다리게 됐다.

유다이는 아침부터 느긋하게 시간을 보내고 있었다. 아침을 다 먹은 후에도 밖에 나갈 기미가 없고 가게 청소도 하지 않고 책상 위에 신문을 펼쳐놓고 라디오만 들었다. 일요일이라 휴업하는 것도 아니다. 밖에 걸어둔 간판에는 '연중무휴'라고 쓰여 있었다.

신문을 다 읽은 유다이는 게이타와 야마토, 미유와 놀아줬다. 가게 앞 도로에서 공 던지기 놀이를 한 후에 바로 옆 공원으로 가서 그네를 탔다.

게이타가 난생처음 가장 높은 높이까지 그네를 굴렀을 때, 유카리가 휴대전화를 걸어 유다이를 불렀다.

아이들과 유다이가 가게로 돌아가자 손님 한 팀이 기다리고 있었다. 중학생쯤 돼 보이는 오빠와 여동생이었다. 무선 조종 자동차가 고장 나서 움직이지 않으니 고쳐달라고 했다. 유다이는 한참 동안 무선 조종 자동차 본체와 무선 조종기를 이리저리 만지작거리더니 자동차 본체를 분해하기 시작했다. 이윽고 머리에 두르는 루페를 장착하고 기판(基板)을 들여다보다가 땜질기를 집어 들었다.

게이타는 그 모습이 굉장히 멋져 보였다.

야마토와 미유도 흥미진진하게 책상 옆에 붙어 서서 아빠의 손놀림을 뚫어져라 바라봤다.

"뜨거워서 위험해. 손대면 안 된다."

유다이가 아이들에게 주의를 주며 땜질 인두를 가열한 후 떨어져 있던 자동차 배선을 연결했다.

땜질기에서 하얀 연기가 피어올랐다. 그 순간 게이타가 지금껏 한 번도 맡아본 적 없는 냄새가 났다. 땜납과 송진이 열에 녹아내리는 냄새였다.

"이 정도면 고쳐졌겠지?"

유다이가 루페를 벗으며 말했다.

"건전지, 건전지."

야마토가 빠르게 중얼거리며 빼뒀던 건전지를 유다이에게 건네줬다. 옆에서 보조로 돕는 심정이다.

유다이가 자동차에 건전지를 넣고 바닥에 내려놓았다. 무선 조종기를 손에 들고 전진 단추를 눌렀다.

자동차가 새된 금속음을 내며 달리기 시작했다. 야마토가 그 뒤를 쫓아 뛰어갔다. 유다이는 능숙한 솜씨로 자동차를 조종하며 간발의 차이로 야마토를 따돌렸다. 야마토는 짜증을 내다 급기야 울음을 터뜨렸다.

유다이가 웃자 게이타와 미유, 손님들도 함께 웃었다.

미도리는 거실 소파에 앉아 뜨개바늘을 놀리며 뜨개질을 하고 있었다. 친정엄마에게 배워서 실력은 상당한 수준이었다. 류세이와 게이타에게 줄 목도리를 뜨고 있었다. 2월 밸런타인데이까지 삼 주가 남았다. 시간 안에 마칠 수 있을 것이다. 서두를 필요는 없었다. 그렇다고 달리 할 일도 없었다.

료타는 그날 아직 어둑한 이른 시간에 일어나서 출근했다. 류세이와 단 둘이 지낼 자신이 없던 미도리가 회사를 쉬어달라고 부탁했다. 료타는 토요일에 쉬어서 밀린 일을 정리해야 하고 꼭 참석해야 하는 파티도 있다고 했다. 지난번 공모전에서 당선된 프로젝트를 축하하는 모임이었다. 리더인 료타가 빠질 수 없는 자리라는 건 미도리도 익히 알고 있었다.

류세이는 여덟 시가 넘어 혼자 일어나서 밖으로 나왔다. 몹시 까칠한 표정이었다.

아침밥으로 계란프라이와 채소절임, 미역과 두부를 넣고 끓인 된장국, 마요네즈로 버무린 게살 반찬을 차려줬다. 채소가 조금 부족한 듯해서 마요네즈게살무침에 양파라도 넣을까 하다가 그만뒀다. 아이들은 어쨌든 채소를 먹으라고 강요하면 싫어한다.

류세이는 마요네즈로 버무린 게살을 먹으며 "신맛이 난다"고 말했다. 마요네즈 회사가 달랐던 걸까, 다음에는 유카리에게 꼭 물어봐야겠다고 미도리는 생각했다. 미도리는 마치 종기를 다루듯이 류세이를 대했다.

식사가 끝나자 류세이가 밖에서 놀고 싶어 해서 공원으로 데리고 나가봤다. 한동안 뛰어다니고 한쪽 구석에서 흙장난도 했지만 놀러 나온 다른 아이들이 없어서 집으로 돌아왔다.

게이타나 유치원 친구들에게 인기 있는 곳은 역 앞 빌딩에 있는 아동관이었다. 공작실도 있어서 일요일마다 뭔가를 제작하는 이벤트도 열렸고 놀이방에는 게임기와 장난감이 골고루 갖춰져 있었다. 다른 무엇보다 그곳은 안전했다.

그러나 미도리는 류세이를 그곳에 데려갈 마음은 없었다. 그곳에는 보나 마나 게이타의 친구들 엄마가 있을 것이다. 류세이를 소개할 방법도, 게이타가 어디에 갔는지 설명할 방법도 없었다.

들어오는 길에 강이 있어서 한동안 강물을 바라보기도 했다. 류세이는 별다른 흥미가 없어 보였다. 미도리는 아는 사람과 마주치기 싫어 류세이를 재촉해 집으로 돌아왔다.

집에 온 류세이는 게이타의 장난감을 갖고 놀기 시작했다. 처음에는 실로폰을 치며 놀다가 금세 싫증을 내고 내동댕이쳤다. 이어서 나무 공을 떨어뜨려 때구루루 굴러가는 경쾌한 소리를 들으며 놀기 시작했다. 미도리는 그 소리를 들으며 뜨개질을 시작했다.

미도리는 새삼스레 게이타와 지냈던 시간을 떠올렸다. 입학시험 학원에서 했던 피아노 연습. 그것만으로도 유치원에서 돌아온 후의 시간은 메워졌다. 일요일에도 료타가 집에 없을 때가 많아 둘이서만 놀 때가 자주 있었다. 그럴 때는 둘이서 텔레비전을 보거나 책을 읽곤 했다. 분명 대화를 주고받는 적은 거의 없다. 그렇다고 해서 어색함을 느낀 적은 없었다.

그런데 류세이와 단 둘이 이 조용하고 정돈된 집 안에 있자 숨이 막히는 듯한 감각이 느껴졌다.

미도리는 류세이 탓이 아니라고 생각했다. 료타가 없기 때문이다. 료타의 차가 있으면 어디든 놀러 갈 수 있다. 아무도 자기들을 모르는 장소로.

점심은 류세이가 먹고 싶다고 해서 라면을 끓여 먹었다.

식사를 마치고 그릇을 정리하던 미도리는 평소와 달리 조바심이 났다. 료타가 집에 없다는 사실은 이미 받아들인 지 오래다. 료타가 열심히 일해준 덕분에 여유로운 생활이 유지되는 것이다. 그러나 미도리는 도심의 상급지에 있는 맨션을 원하지 않았다. 다소 교외 지역에 있더라도 조금 더 넓고 게이타의 방이 있는 맨션에서 살고 싶었다. 그러나 이 맨션을 매입한 사람은 료타다. 회사에서 대출한 돈을 보태 샀다. 삼십 대에 이루기에는 어려운 일이겠지.

멋진 엘리트 남편에 최고급 맨션, 고급차, 비싼 옷……. 미도리는 그런 분위기에 자연스럽게 녹아들 수가 없었다.

물론 료타도 고가의 물건을 살 때는 미도리에게 의견을 듣는다. 하지만 그것은 '확인'일 뿐이었다. 료타가 거의 모든 것을 결정하고 그것을 승인한다. 그렇다고 해서 큰 불만은 없었다. 료타가 하는 일은 늘 옳다. 료타가 시키는 대로 하면 큰 실수는 없었다.

그에 반론할 만한 지혜도 경험도 재력도 자기에게는 없었다.

그렇게 '가정'은 잘 풀려왔다. 그때까지는…….

미도리는 설거지를 마친 후, 다시 뜨개질을 시작했다. 류세이는 창밖 경치를 내다보며 이따금 설명해 달라고 했다.

"저기 보이는 큰 건 뭐예요?"

"저 가느다란 거?"

"응."

"도쿄 스카이트리."

"아하."

침묵.

"우리 집은 어느 쪽이야?"

"저쪽이겠지."

"아하."

침묵.

이윽고 류세이는 아무 질문도 하지 않게 됐다. 입을 다물고 집의 각 방향을 내다봤다.

그제야 미도리는 간신히 알아차렸다.

"게임할래? 아줌마는 게임은 못 하는데, 혼자 할 수 있겠니? 소프트웨어도 여러 가지 있거든."

류세이는 시큰둥한 표정을 지었다.

"소프트웨어가 뭐야?"

"기계 하나로 여러 게임을 할 수 있나 봐. 그런 것 같아."

그러자 류세이가 고개를 저었다.

"됐어. 게임은 나도 있어."

류세이는 자기 가방에서 빨간 휴대용 게임기를 꺼냈다. 그것은 일본의 유명 메이커에서 만든 게임기가 아니었다. 비슷하지만 달랐다. 게이타의 친구가 갖고 있는 최신 게임기에서는 입체 영상도 나오는데 류세이의 게임기는 달랐다. 게다가 줄곧 같은 게임만 했다. 커다란 입처럼 생긴 동그란 생물이 미로 같은 곳을 지나가며 뭔가를 덥석덥석 먹어 치우는 게임이다. 미도리가 어린 시절에 오락실에서 본 것 같은 기분이 들었다.

분명 소프트웨어를 갈아 끼울 수 없는 구형 게임기다.

그래도 류세이에게는 저게 보물이겠지, 하고 미도리는 생각했다. 자기 가족과 이어질 수 있는 마법의 게임.

미도리는 다시 뜨개질에 집중했다.

료타는 이른 아침부터 업무를 시작한 덕분에 점심 무렵에는 그럭저럭 가닥이 잡혔다. 오후에는 공모전 당선 축하 모임이 대회의장에서 열려서 점심을 거르고 곧장 회의장으로 갔다. 그곳에는 이미 료타 팀의 구성원들이 모여 있었다. 역시나 료타가 맨 마지막으로 도착했다. 다시금 회장을 둘러보니 공모전을 위해 애써준 사람들의 숫자가 새삼 놀라웠다. CG 제작 회사는 전 직원이 온 모양이다. 그 밖에도 측량이나 입지 조사 등을 맡은 회사까지 넣으면 백수십여 명이나 관련돼 있었다.

공모전 경쟁에서의 당선은 그 사람들의 생활에까지 영향을 주는 것이다.

료타는 부하 직원이 술잔을 반강제로 권하며 따라주는 맥주잔을 받아들고 말았다. 네 시에는 여기서 출발해 마에바시까지 운전해야 한다. 술은 마실 수 없었다.

사이키 가족의 딸 미유가 차멀미가 심해 삼십 분 이상은 이동할 수 없다고 해서 료타가 군마 방면으로 가기로 했다. 료타는 평소 운전을 좋아해서 딱히 고생스럽지는 않았다.

그러나 고생해서 승리를 거둔 프로젝트 축하 모임에서 술을 못 마시는 건 아무래도 좀 고역이었다.

사장의 인사가 시작될 모양이다. 얘기가 길기로 유명한 사람이다.

"미도리, 괜찮아?"

의미 없는 사장의 긴 인사말 도중에 말을 걸어온 사람은 하루나였다. 오늘은 산뜻한 색깔의 파란색 바지 정장을 입고 있었다.

료타는 그 말에 고개를 갸웃거렸다.

"굉장히 힘들었을 텐데?"

왠지 살짝 비아냥거리는 듯한 하루나의 말투를 그제야 알아차렸다. 너무 바쁘다 보니 결국 그녀에게는 이번 건에 관해 한마디도 설명하지 못했다. 그녀가 그 얘기를 알고 있다면 출처는 한 군데뿐이다.

"부장님한테 들었나?"

하루나가 고개를 끄덕이고 목소리를 낮췄다.

"너무 여기저기 떠들지 않는 게 좋을걸."

"일단 연락은 해둬야 하니까."

가까스로 말을 받아쳤다.

"나한테는 연락이 없던데."

이번에는 도무지 받아칠 말이 없었다.

하루나가 곤혹스러워하는 료타의 얼굴을 보며 웃었다.

"옛날부터 좀 맹한 애인 줄은 알았지만."

하루나가 무슨 말을 하려는 건지 아직은 알 수 없었다.

"보통은 알아채지 않나? 다른 아기를 안겨주면. 안 그래? 엄마잖아."

료타는 또다시 할 말을 잃었다. 되받아칠 수 없어서가 아니다. 얼마든지 변명할 수 있었다. 미도리는 과다 출혈로 사경을 헤맸었다. 그러나 료타는 입을 다물었다. 이제 이 얘기는 그만하고 싶었다. 역시 하루나에게는 얘기하지 않길 잘했다는 생각도 들었다.

때마침 사장의 긴 인사가 끝나자 료타가 손뼉을 쳤다. 뒤이어 단상에 올라가는 사람은 가미야마 부장이었다.

"이제 맥주도 적당히 따뜻해진 것 같으니……."

사장의 긴 애기를 가볍게 야유하며 회장에 모인 사람들에게 웃음을 이끌어 냈다.

료타도 소리 내어 웃었다. 그러나 하루나는 여전히 료타의 얼굴을 바라보고 있었다. 시선을 돌리자 도전적인 표정을 지었다.

"상당히 심술궂은 표현을 쓰는군."

가볍게 농담처럼 던질 생각이었지만 목소리가 굳어 있었다.

"엄마가 될 수 없었으니까, 난."

하루나는 노련하게 농담 같은 말투로 받아쳤다. 비아냥거리는 말인데도 매력적이었다.

료타가 곧바로 받아쳤다. 그 건에 관해서는 대등하다.

"그럴 마음도 없었잖아, 애초부터."

"그런 당신도 아빠가 될 마음은 없었잖아."

이렇게 가벼운 말씨름을 주고받다 보니 옛날로 돌아간 듯했다. 분명 두 사람 사이에 심각한 문제는 없었다.

헤어질 때 조금 다퉜던 이유는 료타가 양다리를 걸쳐서 하루나의 자존심에 상처를 입혔기 때문이다. 게다가 상대는 하루나와는 대조적으로 순종적이고 아무것도 모르는 젊은 여자였다.

게다가 임신까지 했었으니까.

그때 하루나는 탕비실에서 정성껏 차를 끓이고 있던 미도리에게 말했다. “난 너처럼 안 되려고 애쓰며 살아왔어”라고.

“그런데 말이야.”

하루나가 의미심장하게 가미야마 부장에게 시선을 던졌다. 웬일로 인사가 길어지고 있었다.

“내 질투쯤은 귀엽게 봐줄 수 있는 수준이지. 제일 무서운 건 남자의 질투야.”

료타는 그 말에 숨겨진 의미를 물어보려 했다. 어느새 하루나는 협력 회사 자리로 옮겨 가서 술을 따라주며 큰 소리로 웃고 있었다.

“오 마이 갓!”

류세이가 게임하다 실수하며 그 말을 입에 담은 게 세 번째였다. 시간으로 치면 두 시간. 거의 침묵을 지키며 게임에만 푹 빠져 있었다.

계속 목도리를 뜨던 미도리는 차츰 그 손놀림이 느려졌다. 피곤했던 건 아니다. 류세이의 존재가 원하든 원치 않든 게이타를 떠올리게 했다.

류세이는 세 판을 끝으로 마침내 게임기 전원을 껐다.

“지금 몇 시예요?”

류세이가 존댓말로 미도리에게 물었다. 미도리는 그 말투에 가슴이 아파왔다. 류세이도 분명 어색한 것이다.

"두 시 사십오 분."

게이타도 류세이도 아직은 시계를 정확히 읽지 못한다. 그러나 네 시가 되면 료타가 돌아와서 차에 태우고 집에 데려다준다는 것만은 절대 잊지 않고 있었다.

"아, 아직 멀었네."

류세이가 혼잣말처럼 중얼거리고는 또다시 게임기 전원을 켰다.

또다시 전자음이 울렸다.

"갈까?"

미도리가 중얼거리듯이 말했다.

"어?"

류세이의 얼굴이 환해졌다.

"집에 갈래?"

"응!"

류세이는 대답과 동시에 게임기를 가방 속에 처넣더니 곧장 현관으로 달려갔다.

미도리까지 설레는 기분이었다. 그러나 곧이어 언짢아하는 료타의 얼굴이 떠올랐다. 미도리는 그 얼굴을 밀어내고 외출할 준비를 하기 시작했다.

도쿄역으로 가서 신칸센을 타고 다카사키로 향했다. 료모선으로 갈아타고 마에바시 오시마역에 내린 것은 다섯 시가 지난 시각이었다. 약 두 시간이 걸리는 여정이었다. 류세이는 기분이 좋아 차 안에서도 얘기를 많이 했다. 특히 신칸센 '맥스(Max)'를 처음 타본 게 어지간히 기뻤는지 그 흥분이 심상치 않을 정도였다.

미도리는 류세이를 너무 집 안에만 가둬둔 것 같아 죄책감을 느꼈다.

류세이는 마에바시 오시마역 플랫폼에 내려서는 동시에 달리기 시작하더니 계단을 성큼성큼 뛰어올라갔다.

"다녀왔습니다!"

계단을 다 올라선 류세이가 개찰구 너머에서 기다리고 있던 유다이와 유카리에게 돌진했다.

"어서 와."

찰싹 매달리는 류세이를 유카리가 꼭 끌어안았다.

야마토와 미유도 류세이를 뒤에서 끌어안았다.

게이타는 유다이 옆에서 개찰구 안쪽을 바라보고 있었다.

게이타의 모습을 알아챈 미도리는 걸음이 빨라졌다. 개찰구를 빠져나가 거의 넘어질 듯이 무릎을 꿇으며 게이타를 끌어안았다.

"엄마."

게이타가 속삭이는 듯한 목소리로 불렀다.

미도리는 '미안해'라고 할 뻔하다 가까스로 그 말을 삼켰다.

"말 잘 들었니?"

미도리가 게이타에게 물었다.

"응."

커다란 게이타의 눈이 기쁜 듯이 반짝였다. 류세이처럼 온몸으로 기쁨을 표현하지는 않았다. 그러나 미도리는 알 수 있었다. 게이타가 지금 무척 기쁘다는 걸.

"미안해요, 여기까지 오게 해서."

유카리가 류세이를 끌어안으며 사과했다.

"아니에요. 여긴 제 고향인걸요."

"아하, 그렇지."

유카리가 대답하자 유다이가 뒤에서 개찰구를 살폈다.

"어라? 료타 씨는 같이 안 오셨네."

미도리의 얼굴에 그늘이 졌다.

"아니, 무슨…… 중요한 회의가 있는 것 같아서."

미도리는 엉겁결에 거짓말을 하고 말았다. 차마 파티라고 말할 수는 없었다.

"엄청 좋아하나 보네, 일을."

유다이가 혼잣말처럼 중얼거렸다. 항상 어딘지 모르게 익살스러운 유다이였지만 그 말은 미도리의 가슴에 와서 박혔다.

"당신도 좀 료타 씨를 보고 배웠으면 좋겠네."

유카리가 남편을 놀렸다.

"바보 같긴, 난 아직……."

"아, 네네. 아직 마음을 안 먹었을 뿐이죠. 하지만, 이젠 슬슬 마음을 먹어야지, 안 그러면 인생 다 끝나버릴 텐데."

"당신 맘대로 끝내지 마. 아직은 좀 남아 있습니다."

미도리는 웃고 말았다. 역시나 부부 만담 콤비 같았다.

미도리가 게이타의 손을 잡자 게이타가 얼굴을 찡그렸다. 살펴보니 양쪽 손에 밴드가 붙어 있고 핏물이 번져 있었다.

"손이 왜 이래?"

미도리는 가슴이 오그라드는 느낌이었다. 게이타에게 이렇게 피가 나올 정도로 상처가 나게 한 적은 없었다.

"아아, 그거. 좀 전에 집 근처 공원에서."

유카리가 아무 일도 아니라는 듯이 말하더니 류세이에게 뭘 하며 놀았냐고 물었다.

"괜찮니?"

미도리가 걱정스럽게 게이타의 손을 감싸며 얼굴을 들여다봤다. 혹시 다른 상처는 없나 하며.

"달리기 시합하다 넘어졌어."

게이타는 얼굴에 웃음을 머금고 있었다.

그러나 피가 번진 게이타의 밴드를 본 미도리는 그 자리에서 당장 밴드를 뜯어내고 상처를 확인하고 싶었다.

"피가 좀 나긴 했지만, 금방 멎었어요."

유카리가 걱정하는 미도리의 기색을 알아채고 말을 건넸다.

미도리는 유카리에게 얼굴을 돌리지 않고 고개만 끄덕였다.

17시 45분에 출발하는 료모선을 타고 다카사키로 향했다. 유카리가 미리 알아봐 준 덕분에 18시 21분에 출발하는 신칸센을 갈아탈 수 있을 터였다.

료모선 전철 안은 한가했다. 이미 해는 졌어도 창밖의 경치는 미약하게 남은 석양빛으로 반짝였다. 어딘지 모르게 쓸쓸한 분위기였다.

게이타는 평소보다 말이 많았다. 사이키 집에서 느낀 문화충격을 미도리에게 알리고 싶어서 마음이 급했다.

"어머, 그래. 넷이 같이 목욕했어?"

미도리는 대꾸하면서도 머릿속으로는 당혹스러워하는 게이타의 모습을 떠올렸다. 그러나 그 얘기를 하는 게이타는 즐거워 보였다. 그 모습이 미도리에게는 슬픔을 안겨줬다.

"근데 좁아. 우리 집 반밖에 안 돼."

게이타는 미도리의 마음을 헤아리는 것처럼 말했다. 너무 즐거웠다고 말하면 엄마가 상처라도 받는다고 믿는 것처럼.

"류세이네 엄마는 어떤 사람이야?"

미도리가 묻자 게이타가 한동안 생각하다 대답했다.

"처음에는 무서웠는데, 사실은 다정해."

"그렇구나."

미도리는 주체할 길 없이 기분이 가라앉는 느낌이었다. 게이타는 이렇게 유카리와 정이 들어버리는 걸까? 류세이는 과연 나를 유카리에게 뭐라고 얘기할까?

"게이타……."

"응?"

"이대로 우리 둘이 어딘가로 가버릴까?"

미도리는 무심결에 그런 말을 내뱉고 말았다.

"어디?"

"먼 데로."

"먼 데 어디?"

"아무도 모르는 곳."

게이타는 또다시 입을 다물고 생각에 잠겼다.

"그럼, 아빠는 어떡해?"

미도리는 말문이 막혔다.

노노미야 가족은 삼각형이었다. 료타와 미도리와 게이타가 그리는 삼각형은 이등변삼각형이다. 미도리와 게이타가 연결된 밑변은 짧다. 아주 짧다. 그리고 꼭짓점인 료타는 너무나 먼 곳에 있다. 그래도 좋았다. 비뚤어졌어도, 불안정해 보여도 그것이 노노미야 가족이었다. 미도리는 그것을 의심해 본 적이 없었다. 그러나 게이타를 류세이로 '변경'한다면 그 삼각형은 붕괴된다. 료타는 붕괴라는 생각조차 없다. 삼각형을 유지하는 게 가능하다고 믿고 있다.

"아빠는 일해야 하잖아……."

미도리는 솔직한 속마음을 입 밖에 냈다.

료타는 류세이를 바래다주는 역할에서 벗어난 덕분에 파티가 끝난 후에도 업무 시간을 충분히 갖고 밤 여덟 시 반에 맨션 주차장으로 차를 몰고 들어섰다.

평소처럼 엘리베이터 홀까지 이어지는 통로를 우렁찬 발소리를 내며 걸어갔다.

인터폰을 누르자 대답이 없었다. 전철을 타고 왔으면 늦어도 여덟 시에는 돌아온다는 계산이 나온다.

료타는 직접 현관문을 열었다.

집 안은 휑하니 비어 있었다. 그런데 현관에 게이타의 신발이 있었다.

료타는 그제야 알아차렸다. 목욕탕에서 게이타의 노랫소리가 희미하게 들려왔다. 웬일로 미도리도 같이 목욕을 하는 모양이다. 박자가 살짝 어긋난 목소리가 화음을 맞추고 있었다.

만 다섯 살이 돼 입시 학원에서 지도를 받은 후로는 게이타 혼자서 목욕을 했다.

료타는 양복을 벗고 넥타이를 풀었다.

식탁 의자에 앉자 깊은 한숨이 흘러나왔다. 요즘 들어 지금까지는 몰랐던 피로가 느껴지기 시작했다. 집에 돌아와서 일단 자리에 앉으면 일어서기도 귀찮았다.

거의 꿈쩍도 안 하고 멍하니 앉아 있는데 목욕탕 쪽에서 소리가 들렸다.

목욕이 끝난 모양이다.

"나 왔어."

료타가 말을 건넸다.

"다녀오셨어요."

목에 수건을 건 게이타가 모습을 드러냈다. 벌써 잠옷을 입고 단단하게 복대까지 감고 있었다.

그 뒤에서 미도리가 나왔다. 잠옷 위에 카디건을 걸치고 있었다.

"밥은?"

"파티에서 남은 음식으로 대충 때웠어."

"그랬구나."

"왜 목욕을 같이 해?"

료타가 묻자 미도리가 웃었다.

"게이타가 손을 다쳐서 혼자 못 씻는대."

미도리는 대답하며 게이타 앞에 무릎을 꿇고 손을 소독해 줬다. 원래는 상처용 강력 밴드를 붙여주고 싶었지만 설명서에 시간이 지나면 효과가 없다고 쓰여 있었다.

"밴드 붙이자."

상처는 걱정했던 만큼 깊지는 않았고 유카리의 말대로 피는 다 멎어서 탕에 담가도 출혈은 없었다.

"류세이 집에서는 이걸 반창고라고 불러."

미도리는 웃음이 터지고 말았다.

"그 상처, 그 집에서 낸 거야?"

료타가 물었다. 질책하는 말투였다.

"응."

미도리가 쌀쌀맞게 대답했다.

"어떻게 된 거야?"

"놀다가 넘어졌대."

"제대로 지켜보지 않았단 얘기네."

"별일 아니야."

"별일이 벌어진 후에는 늦어."

미도리는 대답하지 않았다.

"그쪽에서 사과는 제대로 했겠지?"

미도리는 말없이 고개를 저었다.

"아이한테 상처를 내놓고 미안하다는 말 한마디 없다니, 대체 무슨 경우야?"

료타가 점점 열을 올리며 말했다.

미도리는 밴드 포장지를 쓰레기통에 버리면서 말했다.

"그럼, 같이 갔으면 좋았잖아. 지금 와서 나한테 화내면 어쩌라고."

차가운 목소리였다.

료타가 입을 다물어 버렸다.

"자, 이제 됐다, 아빠한테 안녕히 주무시라고 인사해야지."

료타가 "안녕히 주무세요"라고 말하고 침실로 들어갔다. 미도리는 침실 입구에서 게이타가 잠자리에 드는 것을 확인한 후 거실로 돌아왔다.

"파티는 잘 끝났어?"

"어어, 뭐……."

미도리가 료타의 말을 가로막았다.

"나에 대해서 다들 뭐라고 안 해?"

"어어……."

료타는 대답할 말을 찾았다. 하루나의 말이 뇌리를 스쳐 지나갔다.

"엄마라면 당연히 알아야 하니 어쩌니, 하루나 씨라면 이러쿵저러쿵 말했을 것 같은데."

"아냐……."

료타는 또다시 말을 머뭇거렸다. 미도리는 그 모습에 짜증이 났다.

"당신도 실은 그렇게 생각하지?"

"그런 생각한 적 없어."

"거짓말. 속으로는 내 탓이라고 생각하면서……."

미도리가 또다시 무슨 말을 하려는 순간, 침실에서 게이타가 나왔다. 손에는 작년에 고장 나서 움직이지 않는 로봇 장난감을 들고 있었다.

잠든 줄 알았던 게이타가 난데없이 모습을 드러내자 두 사람은 험악해진 표정에 황급히 미소 가면을 덮어썼다.

"왜 그래?"

료타에게는 구원의 신이었다. 목소리가 부드러워졌다.

"다음에 류세이 집에 언제 가?"

"다음 토요일에. 왜?"

"이거 가져가도 돼?"

"물론 되지."

미도리의 목소리가 살짝 쉬어 있었다.

"류세이 아빠, 장난감 고칠 수 있어."

게이타의 말에 료타가 반응하며 깔보듯이 가볍게 농담을 내뱉었다.

"그럼, 내친김에 벽장에 넣어둔 히터도 고쳐달라고 할까?"

미도리는 귀를 틀어막고 싶었다.

사이키 집에서는 이틀 연속 만두로 저녁을 차렸다. 류세이가 미유에게 어젯밤 메뉴를 전해 듣고는 만두가 먹고 싶다고 강력하게 주장했기 때문이다. 유카리도 유다이도 반대하지 않았다.

두 사람은 볼이 미어지도록 만두를 욱여넣은 류세이의 모습이 보고 싶었다.

그날은 유다이가 만두를 먹으면서 맥주를 너무 많이 마신 바람에 깜빡 잠이 들어버려서 목욕 시간이 늦어졌다.

반쯤 정신이 나간 멍한 상태로 세 아이를 씻기고 목욕탕에서 나와 침실로 들어가려는 순간, 유다이는 동작을 멈췄다. 평소 엄마가 머리를 털어주는 게 싫었던 류세이는 늘 도망 다니기 일쑤였는데 가까스로 붙잡아 머리 위에 수건을 덮은 유카리가 그대로 멈춰버렸기 때문이다. 그러더니 류세이를 힘껏 끌어안았다.

혹시 울면 어쩌나 긴장했는데 유카리는 금세 원래 모습으로 돌아와 수건으로 류세이의 머리를 탈탈 털어줬다.

류세이는 또다시 소리를 지르며 도망쳤다.

"자, 이제 다 같이 잘까."

그렇게 말하는 유다이의 목소리에서 유카리는 아주 살짝 감도는 쓸쓸함을 느꼈다.

유카리는 '이대로 괜찮을까' 하는 마음에 걱정스러웠다. 그러나 그런 속내를 유다이에게 직접 말로 표현한 적은 없다. 유다이는 입만 열면 농담만 해대서 그 속을 알 수가 없었다. 그러나 유다이의 마음속 깊이 자리 잡은 삶에 대한 신념 같은 것은 흔들림이 없었다. 표층은 솜사탕 같지만 그 심지는 강인했다. 그러나 결코 고집스럽지는 않다. 대범하게 모든 것을 포용한다.

유카리가 누구에게도 말하지 않은 유다이의 큰 매력이었다.

그렇지만 마음속의 불안은 사라지지 않았다. 이번 문제는 너무 크다는 생각이 들었다.

7

そして父になる

토요일에 집을 바꿔 재우기 시작한 것이 열한 번째가 됐다. 그렇게 빠짐없이 매주 주말마다 만나다 보니 아이들은 완전히 친구가 됐다. 방침을 조금 수정해 일요일에는 조금 일찍 집을 나서서 마에바시나 사이타마에 있는 쇼핑센터나 공원에서 만날 약속을 잡고 가족 동반으로 노는 시간을 가지기로 했다.

그러는 게 부모의 마음이 더 편했다. 료타는 변함없이 바빠서 토요일에 마에바시까지 오가는 것만으로도 시간이 빠듯해 일요일 가족 모임에는 거의 참석하지 못했다.

애당초 료타는 가족 동반으로 교류를 다지는 데는 회의적이라 적극적으로 하고 싶지 않은 눈치였다.

자연히 미도리가 전철이나 버스로 목적지까지 데려가게 됐다. 미도리는 그게 더 마음 편하고 좋았다.

병원 측 변호사인 오리마가 아이들이 초등학생이 되기 전에 교환하라고 권했다. 미도리도 유카리도 그건 너무 성급하다고 생각했다. 설령 그 과정이 몇 년이 걸릴지라도 서두르는 일만

큼은 피하고 싶었다.

유다이도 거의 같은 생각이었다. 다만 료타는 확실한 의사 표시를 피하는 것 같았다. 미도리에게는 료타가 얘기를 더 진행하고 싶어 하는 것처럼 보였다.

그렇게 생각하면서도 미도리는 마음속 한구석으로 료타에게 기대를 걸었다. "나한테 맡겨"라고 했던 말에. 료타는 선언한 말은 끝까지 해내는 남자였다. 그러기 위해서는 노력을 아끼지 않았다.

혹여 걱정이 있다면 료타가 지금까지 이뤄온 것은 거의 다 회사 일과 관계됐다는 점뿐이다.

열두 번째 바꿔 재우기 일정이 연기됐다. 그날은 류세이의 입학식이 있었다.

하루 전인 금요일, 4월 5일은 게이타의 입학식이었다.

3월로 접어들자 따뜻한 날이 이어졌고 3월 말에는 벚꽃이 벌써 만개해 버렸다. 료타의 맨션 근처에는 도심에서도 손꼽히는 벚나무 가로수가 강가를 따라 나 있어 해마다 북적거리는데 꽃잎이 많이 떨어져 버렸다. 그래도 아직은 벚꽃이 조금 남아 있었다.

미도리의 친정엄마 사토코가 전철 첫차로 도쿄에 와서 아침부터 시끌벅적했다.

"엄마, 오늘 주무시고 갈 거죠?"

미도리가 침실에서 게이타에게 블레이저 형태의 초등학교 교복을 입히면서 료타와 거실에 있는 엄마에게 물었다.

"아니, 내일 뜨개질 수업이 있어서 가야 해. 그리고 여긴 호텔 같아서 마음이 편치 않아."

료타를 눈앞에 두고 사토코가 거리낌 없이 말했다.

미도리는 한숨을 내쉬었다. 료타가 화내지 않으면 다행인데.

양복을 입고 나갈 채비를 완벽하게 갖춘 료타와 사토코는 나란히 서서 창밖에 펼쳐진 경치를 바라보고 있었다. 미도리의 걱정과는 반대로 료타는 사토코의 말을 듣고 웃었다. "호텔 같아서 마음이 편치 않다"는 말이 료타에게는 칭찬으로 들렸다. 그런 집을 원했으니까.

그러나 거실에는 호텔 방에는 없는 것들이 늘어났다. 공부 책상이다. 집 안의 분위기를 해치지 않기 위해 어린아이 것 같은 책상으로 고르지 않았다. 심플하지만 비싼 친환경 소재의 책상과 의자다.

인터넷에서 검색해 주문한 사람은 료타였다.

"전쟁 중에는 아주 흔했어."

사토코가 료타에게 충고하려 했다.

료타도 창밖을 바라보며 말없이 그 얘기에 귀를 기울였다.

"수양아들이니 양자가 당연시됐던 시대가 있었지. '낳은 정보다 기른 정'이라는 말도 있잖아."

사토코는 '교환'에는 반대하는 것이다.

"아직 그러기로 결정한 건 아니니까요."

료타가 차분한 목소리로 말했다.

"그렇지만 그 뭐냐, 자네, 그쪽과 만나고 있잖아? 만난다는 건 그런 방향으로 가고 있다는 뜻 아닌가?"

사토코가 열을 올리며 얘기했다.

"그런 일은."

료타의 목소리 톤이 한 단계 높아졌다.

"응."

료타가 사토코를 보며 이야기를 이어갔다.

"저희 둘이 신중하게 의논해 결정하겠습니다."

료타의 말에는 참견은 허락하지 않겠다는 단호함이 있었다.

"아이고, 미안해서 어쩌나. 노인네가 괜히…… 쓸데없는 참견을 했네."

사토코가 말하면 독특한 유머가 느껴져서 싫은 소리처럼 들리지 않았다.

"아뇨, 아닙니다, 귀중한 의견으로 귀담아들었습니다. 고맙습니다."

료타도 살짝 장난스럽게 대답하며 목례를 했다.

"그렇게 말해주니 고맙습니다."

사토코도 정중하게 고개를 숙였다.

"준비 다 됐어요!"

미도리가 침실에서 나왔다. 그 뒤에서 교복을 입은 조그만 신사가 모습을 드러냈다.

"짜잔!"

미도리가 감탄사를 내뱉으며 게이타를 앞으로 내세웠다.

게이타는 수줍어하면서도 기쁜 듯이 웃었다.

"어머나, 어느 나라 왕자님이신가, 사진 좀 찍자."

사토코가 최근에 갓 마련한 디지털카메라를 꺼냈다. 익숙치 않은지 좀처럼 잘 찍지 못했다. 료타가 도와주려고 하는데 인터폰이 울렸다.

미도리가 수화기를 집어 들자 모니터 화면에 전혀 뜻밖의 얼굴이 나타났다.

"에고, 와버렸네요."

모니터 안의 유다이가 쑥스러워하며 말했다.

"안녕하세요?"

미도리가 인사를 하고 료타에게 알렸다.

"사이키 씨야."

료타는 당황스러웠다. 사전에 아무 연락도 없었기 때문이다.

오늘 유다이는 양복 차림이었다. 그러나 평소에 양복이 익숙하지 않은 탓인지 억지로 입은 것 같은 위화감이 들었다.

"안녕하세요, 병원에서 신칸센 차비를 내준다고 해서."

현관으로 들어오면서 마중하러 나간 료타에게 갑작스럽게 방문한 변명을 늘어놓았다.

료타는 의아해하는 표정으로 인사도 건네려 하지 않았다.

"아 참, 이거."

유다이가 미도리에게 선물을 건네줬다. 군마현의 유명 특산품 과자인 '정처 없는 나그네'였다. 병원 측과 도쿄에서 처음 만났을 때, 병원에서 가지고 온 것과 똑같은 과자다.

"고맙습니다."

선물을 건네받은 미도리가 유다이에게 슬리퍼를 내줬다.

슬리퍼를 신고 거실까지 들어온 유다이가 집을 둘러보며 감탄사를 내뱉었다.

"우와, 여기구나. 류세이한테 듣긴 했는데, 진짜 호텔 같네. 정말 대단하네."

유다이가 교복 차림의 게이타를 발견하고는 그 앞에 웅크려 앉았다.

"오오오, 엄청 잘생겼네. 어라? 어느 나라 왕자님 같은데, 안 그래요?"

미도리는 웃고 말았다. 유다이가 사토코와 똑같은 말을 해서였다.

“안녕하세요, 처음 뵙겠습니다. 저는 게이타의……”

사토코가 유다이에게 인사를 하자 유다이가 일어서서 고개를 숙였다.

“아아, 할머님이시죠. 마에바시에 사시는. 처음 뵙겠습니다. 젊으시네요.”

“어머나, 추켜세워도 드릴 게 아무것도 없는데.”

“에이 뭐야, 그럼 칭찬하지 말걸.”

농담을 주고받으며 웃었다. 두 사람 사이에 울타리는 존재하지 않는 듯했다.

“전파사를 하신다면서요?”

“아 네, 파는 거라곤 고작 전구 정도지만.”

“으음, 나도 혼자 사는 데다 나이가 들어서 이래저래 걱정이 많아요. 그래서 가스 말고 전기로 바꿔볼까 생각 중이었어요.”

“아, 그러시면 제가 가겠습니다. 마에바시 어디쯤이신지……”

두 사람은 완전히 오랜 친구 사이처럼 스스럼없이 얘기를 나눴다.

미도리는 유다이의 대범함을 보며 엄마와의 공통점을 발견했다.

학교로 가는 길에는 벚나무 가로수가 늘어서 있다. 안타깝게도 이미 꽃잎이 다 떨어져서 벚꽃은 거의 남아 있지 않았다.

유다이는 조심스러워하는 건지 조금 뒤쪽에서 비디오카메라로 료타와 미도리 사이에서 걸어가는 게이타를 촬영하며 따라왔다.

그것이 마음에 걸린 사토코가 말을 건넸다.

"자신은 좀 없는데, 버튼을 누르면 찍히는 거죠? 내가 들고 있을 테니까 같이 찍지 그래요?"

"아니, 괜찮습니다."

유다이가 단호하게 거절했다. 여기까지 올 때는 나름의 각오가 서 있었다. 그래도 결코 료타와 미도리 사이에 끼어드는 행동만은 하지 않겠다고 마음속으로 결심했던 것이다.

"아, 게이타, 그건 뭐니?"

게이타가 웅크려 앉아서 뭔가를 집어 드는 모습을 보고 유다이가 재빨리 카메라로 게이타의 모습을 찍었다.

"아, 꽃잎이구나."

미도리가 말했다.

"보여줘, 이쪽으로 보여줘."

유다이가 그렇게 말하며 가까이 다가가서 게이타를 정면에서 촬영했다.

"꽃잎."

게이타가 대답하며 손바닥에 올린 벚꽃 꽃잎을 손으로 가리켰다.

유다이는 그 꽃잎을 근접 촬영한 후에 게이타의 얼굴을 클로즈업으로 잡았다.

"역시 내가 찍어야겠어. 유다이 씨도 같이 찍으세요."

사토코가 마음에 걸려서 유다이에게 말을 건네자 유다이가 황급히 손사래를 쳤다.

"아뇨, 괜찮습니다. 이렇게 하면 저 혼자서도 충분히 찍을 수 있어요."

유다이가 팔을 뻗어서 자기 얼굴을 촬영해 보였다.

"그렇게 해도 찍히나요?"

"네, 이젠 됐어요. 충분합니다."

유다이가 조심스러워한다는 것은 료타도 알고 있었다. 그래도 왠지 거슬렸다. 료타는 불쾌한 듯이 유다이를 바라봤다.

유다이는 게이타가 다니는 초등학교의 비좁은 운동장을 보고 한탄했고 사토코도 그 말에 동조했다. 그러나 료타가 그 주변 땅값을 알려주자 둘 다 말문이 막혀버렸다.

료타는 이 학교에 입학할 때 내야 하는 금액까지 모조리 유다이에게 알려주고 싶었다. 그러면 유다이를 확실하게 주눅 들게 할 수 있겠지. 교섭을 유리하게 진행하는 데는 유리한 조건이 될 게 분명했다.

그러나 료타는 입을 다물었다. 그 말은 꼭 오늘이 아니라도 얼마든지 할 기회가 있을 것이다.

"노노미야 게이타 군."

교실에서 젊은 여자 담임 선생님이 게이타의 이름을 불렀다.

"네."

게이타가 큰 목소리로 대답하며 손을 들었다.

입학 시험 경쟁에서 이기고 들어온 아이들뿐이라 하나같이 또랑또랑하게 대답했다. 울음을 터뜨리거나 대답을 못 하는 아이는 한 명도 없었다.

대답을 마친 게이타가 부모가 있는 쪽을 돌아보며 손을 흔들었다.

료타는 그 모습을 카메라에 담았다.

옆에서 비디오카메라로 찍고 있던 유다이가 게이타에게 손짓을 해줬다.

료타는 그 모습을 보기 흉하다고 느꼈다. 아버지가 할 행동은 아니라고.

"참 신기하단 생각이 든단 말이죠."

유다이가 료타에게 작은 목소리를 말을 건넸다. 그것마저도 불쾌했다. 아들의 경사스러운 자리에서 부모가 사적인 대화를 하다니.

그러나 유다이는 개의치 않고 얘기를 이어갔다.

"나는 게이타의 얼굴을 보고 '류세이'라는 이름을 지었잖아요? 그런데 지금의 게이타는 딱 '게이타' 느낌이 나는 얼굴이잖습니까."

료타는 대답하지 않았다. 유다이의 말은 모호하고 명료하지도 않았다. 그러나 그 느낌은 료타도 어렴풋이 느낄 수 있었다. 인정하고 싶지 않았을 뿐이다.

서로 바꿔서 자는 날은 그 후로도 순조롭게 이어졌다. 유카리가 골든 위크에는 양쪽 가족이 함께 여행을 가보면 어떻겠냐고 제안했다. 이번에도 료타의 업무 상황이 여의치 않아서 평소 하던 대로 하룻밤만 묵었다.

사건이 일어난 것은 막 장마가 시작된 무렵으로 집을 바꿔서 자는 스무 번째 날이었다. 토요일에 하룻밤을 묵고 다음 날인 일요일에는 가족들이 맨 처음 만났던 쇼핑센터에 다시 한번 가기로 했다.

이번에는 료타도 시간을 내서 함께했다. 스무 번째라는 횟수도 그렇고, 이제 슬슬 때가 됐겠지, 하고 은근히 기대하는 마음도 있었다.

료타는 키즈 파크 한구석에 있는 스낵코너 앞에 앉아 아이스커피를 마시면서 얘기를 풀어나갈 방법을 이래저래 고민했다.

료타 앞에는 장난감 로봇이 놓여 있었다. 한참 전에 게이타가 유다이에게 수리해 달라고 가져갔던 것이다. 망가진 부품을 구하기 어려워 유다이가 직접 만들어야 했기에 시간이 오래 걸려서 오늘에야 간신히 돌려받았다.

료타가 전원을 켜자 로봇이 걷다가 돌더니 가슴에 달린 장갑(裝甲)을 열고 불꽃을 내뿜으며 공격했다. 꼼짝도 못 하던 로봇인데 완벽하게 고쳐졌다.

게이타가 웬일로 크게 기뻐하자 료타는 은근히 질투가 났다.

아이들은 공으로 가득한 풀장에서 유다이와 한껏 떠들어 대며 놀았다. 그 옆에서 미도리와 유카리가 무슨 얘기를 나누고 있었다.

"료타 씨! 잠깐만요. 료타 씨, 바통 터치! 교대 좀 합시다!"

풀장 안에서 아이들 밑에 깔린 유다이가 료타에게 도움을 요청했다.

료타는 손을 내저으며 거절했다.

그러자 미도리와 유카리가 유다이를 대신해 풀장으로 들어갔다.

유다이가 비틀비틀 걸어와서 료타 옆자리에 털썩 앉았다. 얼굴은 땀으로 흠뻑 젖어 있었다. 숨결은 거칠어도 표정은 즐거워 보였다.

"야하, 정말, 못 당하겠네, 안 돼. 너무 힘들어. 최소한 마흔까지만 아이를 만들었어야 하는데. 몸이 당해내질 못하겠어."

유다이는 얼음이 다 녹아버린 콜라를 꿀꺽꿀꺽 마셨다. 빨대는 질겅질겅 씹은 잇자국이 남아 변변치 않은데도 힘차게 빨아들였다.

처음 말을 꺼내기에는 둘이 있을 때가 좋을지도 모른다고 료타는 생각했다. 주도권을 잡고 있는 사람은 유카리여도 유다이를 먼저 구슬려 놓으면 얘기가 원만하게 풀릴지도 모른다. 무엇보다 유다이는 이쪽 편으로 끌어들이기 쉬운 남자다.

료타가 막 입을 떼려고 하는 순간, 유다이가 먼저 기선을 제압했다.

"료타 씨는 나보다 젊잖습니까. 아이랑 보내는 시간을 좀 더 갖는 게 좋아요."

유다이는 잡담하는 투로 얘기했다. 그것은 불평이기도 했다. 류세이와 함께 시간을 보내는 방식에 불만이 있었던 거겠지. 그러나 이쪽의 불만은 그보다 몇 배나 컸다.

료타는 화를 누르고 의식적으로 가벼운 말투로 받아쳤다. 이 얘기는 빨리 마무리 지어버리자.

"뭐, 다양한 부모상이 있어도 좋지 않을까요."

유다이가 또다시 말을 이었다.

"목욕도 같이 안 한다면서요?"

그것은 입학 시험 때문이라고 말하려다 그만뒀다. 혼자 목욕하기 전에도 료타가 게이타랑 같이 목욕한 적은 몇 번밖에 없었다. 그 부분을 지적당하면 아프다.

"우리는 혼자서도 뭐든 할 수 있게 키우자는 방침입니다."

료타의 대답을 듣고 유다이가 웃었다. 료타는 그 웃음이 마음에 들지 않았다.

"흐음, 방침이라. 그렇다면 뭐 어쩔 순 없지만, 아무리 그래도……."

유다이가 다시 꾸르륵꾸르륵 소리를 내며 콜라를 마신 뒤에 말을 이었다.

"그런 걸 귀찮아하면 안 돼요."

그 말은 료타의 가슴을 찔렀다. 반발심을 느낀 것은 반론이 있었기 때문이 아니다. 속마음을 들킨 것 같은 기분이 들었기 때문이다.

유다이가 웬일로 진지한 표정으로 얘기를 계속했다.

"이런 얘기는 하고 싶지 않지만, 난 최근 반년간 애들을 바꿔 재우면서 지금까지 료타 씨가 게이타와 함께 보낸 시간보다 더 오래 함께했어요."

난폭한 말이었다. 지금까지 육 년을 줄곧 지켜보기라도 한 듯한 일방적인 편견이다.

자기도 모르게 거친 목소리가 나올 뻔한 것을 참고 잠깐 뜸을 들인 후에 받아넘겼다.

"시간이 다는 아닐 텐데요."

료타는 은근슬쩍 경제력을 문제시했다.

"무슨 소립니까. 시간이에요, 아이들은 시간이라고요."

유다이가 끝까지 주장을 굽히지 않았다. 그러나 료타도 물러서지 않고 맞받아쳤다.

"내가 아니면 안 되는 일이 있어요."

유다이가 료타를 똑바로 바라봤다. 료타도 그 시선을 맞받아 쏘아봤다.

"아빠 역할도 대체할 수 없는 일일 텐데."

유다이가 타이르는 듯한 목소리로 말했다.

료타는 가까스로 씁쓸한 미소를 지었다. 그러나 그것으로 마음이 풀리지는 않았다.

료타는 빨대를 씹고 있는 유다이의 얼굴을 바라봤다. 유다이는 료타에게 부드러운 미소를 지어 보였다.

료타는 되받아칠 말을 찾지 못해 시선을 피했다.

중요한 얘기를 꺼낼 타이밍은 완전히 놓쳐버렸다.

"어이, 빨리 와. 안 오면 놔두고 간다!"

유다이가 아이들에게 소리쳤다. 돌아가자는 말을 몇 번이나 했는데도 아이들은 키즈 파크에서 떠날 줄을 몰랐다.

유카리와 미도리가 테이블 위를 말끔하게 치웠다.

"완전히 형제처럼 보이네요."

유카리는 기뻐 보였다.

"정말 그러네요."

미도리도 동의했다.

료타는 옆에서 두 사람의 모습을 바라보며 위기감을 느꼈다. 더 이상 질질 끌면 안 되겠다고.

"아, 돈가스카레 하나 포장해 주세요."

유다이가 스낵코너에서 새로 주문을 했다.

료타가 의아해하는 표정을 짓자 유다이가 설명했다.

"집에서 저 사람 아버님이 식사도 못 하시고 기다려서요."

"아아, 그렇군요."

"반쯤 노망이 들어서 어린애가 돼버렸어요. 애들 넷을 키우는 거나 다름없죠."

유다이의 말을 듣고 유카리가 재빨리 받아쳤다.

"다섯 명이지, 애는. 나 혼자서는 정말 감당이 안 돼."

"어, 다섯 번째는 나야?"

미도리는 부부 만담이 또 시작됐구나 생각했다.

그때 료타가 꽤 재미있다는 듯이 웃으며 끼어들었다.

"그럼, 많이 힘드시겠네요. 자, 둘 다 이쪽으로 양보해 주시겠습니까?"

공기가 얼어붙었다.

"뭐요? 둘 다라니, 그게 무슨 소리지?"

유다이가 확인했다. 농담이겠거니, 하고.

"류세이랑 게이타 말입니다."

료타는 여전히 웃는 얼굴에 밝은 목소리로 대답했다. 마치 그러면 아무도 상처받지 않는다는 듯이.

"그 말, 진심으로 하는 건가?"

유다이의 표정이 험악해졌다.

"네, 안 됩니까?"

료타가 여전히 웃는 얼굴로 대답하는 동시에 유다이가 손을 치켜올렸다. 손바닥으로 료타의 머리를 내리친 것이다. 퍽 하고 나지막한 소리가 울렸다. 때리려던 마음을 중간에 접었기 때문에 어중간하게 내리치고 말았다.

유다이가 분노로 온몸을 부들부들 떨며 말했다.

"무슨 소릴 하나 했더니……."

유카리도 료타에게 따지고 들었다.

"어떻게 그런 실례되는 말을……. 지금 뭐 하자는 거죠!"

료타는 흐트러진 머리칼을 쓸어 올리고 자세를 바로잡았다.

"으음, 좀 갑작스럽게 들릴지도 모르겠지만, 아이의 장래를 고려하면……."

유카리가 득달같이 추궁했다.

"우리 애들이 불행하다는 말인가요?"

유카리의 얼굴이 벌겋게 물들어 있었다. 그 옆에서 유다이도 분노를 주체하지 못해 주먹을 움켜쥐고 있었다.

료타는 두 사람을 보고 한숨을 내쉬며 조용히 입을 열었다.

"많이 생각했습니다. 그래서 확실하게 준비했어요. 어느 정도의 액수를 드릴 수 있도록……"

유다이가 유카리를 밀쳐내고는 료타의 멱살을 와락 움켜쥐었다.

"돈으로 사겠다는 거야? 자식을 돈을 받고 팔라는 소리냐고? 어? 돈으로 사고팔 게 따로 있지!"

료타가 유다이이 손을 뿌리쳤다.

"당신 입으로 말했잖습니까. 성의는 돈이라고."

내뱉듯이 던진 료타의 말에 유다이가 다시금 멱살을 움켜쥐려 했다. 유카리도 가세하려 했다.

미도리가 그 사이로 비집고 들어가 유다이와 유카리에게 고개를 숙이며 사과했다.

"죄송합니다! 우리 이 사람이, 말이 너무…… 으음…… 심했어요. 아이들도 보고 있으니 이 정도만…… 죄송합니다!"

료타는 떨떠름한 얼굴로 고개를 옆으로 돌리고 말았다.

유카리와 유다이는 아이들이 놀이를 멈추고 이쪽을 물끄러미 바라보는 것을 알아차렸다.

"져본 적이 없는 녀석은 정말로 남의 마음을 헤아릴 줄 모르는군."

유다이는 그렇게 말하더니 돈가스카레 값을 치르고 유카리와 함께 아이들 쪽으로 가버렸다.

료타는 여전히 납득이 안 간다는 표정으로 사이키 부부의 뒷모습을 노려봤다.

료타는 쇼핑센터 조금 앞에 있는 길가 역에서 차를 세웠다. 평소 장모님 댁에 가는 도중에 들르는 장소다.

게이타는 오백 엔짜리 동전을 들고 평소와 마찬가지로 자동판매기에서 오렌지주스를 사러 갔다.

"어떡할 거야?"

미도리가 입을 열었다. 비난하는 듯한 말투였다.

"아아……."

분명 다른 방법이 있었을 것이다. 상대를 무시한 데다 너무 서두른 게 실패의 원인이다.

"그런 곳에서 농담처럼 말을 꺼내다니, 믿을 수가 없어. 누구라도 화내는 게 당연해."

"잠깐 기다려봐, 지금 생각 중이니까."

료타가 얼굴을 찡그리고 생각에 잠겼다.

미도리는 그 옆얼굴을 보면서 그제야 뭔가를 알아차렸다. 그것이 전에 료타가 말했던 '나한테 맡기라'는 의미였다. 그 말에는 분명 악마적인 매력이 깃들어 있었다. 사이키 가족의 마음을 짓밟는 악마. 잃는 것 하나 없이 모든 걸 얻어내는 매력으로 넘쳐흘렀다.

미도리는 료타의 발언에 반발하면서도 동시에 마음속 한구석에서는 그 악마적 매력을 잊을 수가 없었다.

그런 유혹에 빠져버린 자기 자신에 대한 혐오감도 솟구쳐 올랐다. 미도리는 료타를 비난했다.

"어렵게 사이가 좋아지던 참인데……."

이걸로 모든 게 수포로 돌아가겠지. 그러나 동시에 미도리는 마음이 조금 가벼워지는 느낌도 받았다. 사이키 가족과 결정적으로 사이가 틀어져 버리면 교환 얘기 자체가 소멸돼서…….

그 순간 료타가 난데없이 믿기지 않는 말을 불쑥 내뱉었다.

"내가 왜 전파상 따위한테 그런 말을 들어야 하지?"

미도리는 어이가 없어서 더는 아무 말도 할 수가 없었다.

차 문이 열리고 게이타가 캔커피를 건네줬다. 이제 캔커피도 아이스커피밖에 없다. 여름이 코앞으로 다가온 것이다.

"엄마, 카페오레, 아빠는 블랙."

"고마워."

부부는 입을 맞춰 동시에 게이타에게 감사 인사를 했다. 얼굴에 덮어쓴 미소가 어색하게 굳어갔다.

두 사람은 다음 약속을 떠올렸다. 이틀 후인 화요일에는 사이키 부부와 다시 얼굴을 마주해야 했다. 1월에 제출한 소장(訴狀)에 의거해 그날 마에바시 재판소에서 심리가 열린다. 그 자리에 노노미야 쪽과 사이키 쪽이 증인으로 출석할 예정이었다.

법원 앞에서 스즈모토 변호사와 만나기로 약속한 시간은 심리가 시작되기 삼십 분 전이었다. 사이키 부부도 같은 시간에 올 예정이었는데 역시나 그날도 늦었다. 미도리는 마음이 조금 놓였다. 이대로 오지 않고 모든 게 사라져서 원래대로 돌아가면 좋을 텐데.

"음, 너무 긴장하진 마세요."

스즈모토가 미도리에게 말을 건넸다.

"지난번에 연습했던 대로 말씀하시면 됩니다. 입학 시험 면접이나 다를 바 없어요."

스즈모토가 너무 바빠서 전화로 '연습'했던 것이다. 병원 측 변호사인 오리마가 하는 심문에 답변해야 한다.

"노노미야, 너 미야자키라는 간호사 기억나니?"

갑작스러운 스즈모토의 질문에 료타가 고개를 갸웃거렸다.

"기억 안 나는데. 당신은?"

료타가 미도리에게 물었다.

"아니. 얼굴을 보면 떠오를지도 모르지만."

"그 간호사가 무슨 증언이라도 하나?"

료타가 불안해져서 물었다. 간호사의 존재에 관해 병원 측에서 단 한 번도 언급한 적이 없었다.

"뭐, 보나 마나 병원 측에서는 당시 근무 상황에 잘못은 없었다는 점을 설명해 두고 싶겠지."

스즈모토의 말투로 추측하건대 별 대단한 일은 아닌 듯했다.

그쯤에서 유다이와 유카리가 도착했다. 허겁지겁 뛰어온 유다이가 늘 그렇듯이 핑계를 댔다.

"막 나오려는데 이 사람이 또 다림질이 어쩌고저쩌고하는 바람에……."

그러자 유카리가 남편을 쿡 찔렀다.

"제발 부탁이니 지금은 시시한 농담 좀 그만해!"

유카리가 날카로운 목소리로 남편을 나무랐다.

미도리가 유카리를 향해 고개를 숙였다.

"지난번에는 정말 죄송했습니다."

고개를 숙이면서 미도리가 료타를 힐끗 쳐다봤다.

료타는 마지못해 고개를 숙였다.

"안녕하세요……."

유다이와 유카리도 어색하게 인사를 받았다. 유카리는 굳은 표정을 풀지 않았다. 유다이는 불편한 분위기를 견디지 못하고 입을 열고 말았다.

"아, 아니……. 뭐, 우리도 좀 그랬고……."

유카리가 또다시 유다이의 옆구리를 찔러 입을 다물게 했다.

법정에서는 세 여성이 나란히 서서 선서를 했다. 미도리와 유카리 그리고 간호사인 미야자키 쇼코였다. 미도리는 쇼코의 얼굴이 기억나지 않았다.

"선서, 양심에 따라 숨기거나 보태지 아니하고 사실 그대로 말하며, 만일 거짓이 있으면 위증의 벌을 받기로 맹세합니다."

유다이와 료타는 방청석에서 떨어져 앉았다. 병원 관계자도 여러 명 모여 앉아 있었고 사무부장 아키야마의 모습도 보였다. 그 밖에도 남녀 여러 명이 앉아 있었는데 모두 다 손에 메모장을 들고 있었다. 기자로 보였다. 요즘 세상에는 보기 드문 '아이가 뒤바뀐 사건' 소식을 듣고 취재하러 나온 듯했다.

제일 먼저 행해진 것은 미도리에 대한 오리마의 심문이었다.

"아드님을 만난 것은 출산 후 며칠째였습니까?"

오리마는 식사 모임 때와는 다르게 거만한 태도로 심문했다. 그러나 이것은 스즈모토가 상정했던 질문이었다.

"얼굴을 제대로 보며 안아볼 수 있었던 건 사흘째였습니다. 그때까지는 저도 몸져누워 있던 상태라……."

"그때 안았던 아이가 게이타 군이라고 생각합니까? 류세이

군이라고 생각합니까?"

"솔직히 잘 모르겠습니다."

오리마가 "흐음" 하고 뜸을 들이고 나서 자료로 시선을 떨어뜨렸다.

"이 두 아이의 출산 당시 체중은 삼백 그램가량 차이가 납니다. 설령 병원 측에서 실수를 범했다손 치더라도 말이죠. 조금만 주의를 기울였다면 알 수 있지 않았을까요? 엄마니까요."

이것 역시 스즈모토가 상정했던 질문 중 하나였다. 도발적인 질문이라도 절대 화를 내면 안 된다.

"정상적인 상태였다면 그랬겠지만, 출산 후 출혈이 심해서 며칠 동안 의식이 몽롱한 상태였기 때문에."

오리마는 그것으로 심문을 마쳤다.

이어 유카리가 증언대에 섰다.

유카리에게도 갓난아기에게 변화가 있었던 것을 알아채지 못했냐는 질문을 던졌다. 유카리는 갓 태어난 아이는 얼굴이 매일같이 변하기 때문에 달라진 걸 알아채지 못했다고 말했다. 그녀도 스즈모토와 전화로 '연습'하는 시간을 가졌다.

오리마는 유카리에게 질문을 이어갔다.

"지금은 두 자녀분이 양가 가정을 오가고 있습니까?"

"네, 병원 측에서 그렇게 하는 게 좋다고 해서."

유카리는 화가 난 것처럼 보였다. 미도리는 그 자리에서 자신의 기분을 분명하게 표현할 수 있는 유카리의 강인함이 부러웠다.

"앞으로 원만하게 교환하는 방향으로 이어질 수 있을까요?"

이것도 스즈모토가 상정했던 질문이다.

"그거야 알 수 없죠. 개나 고양이라도 힘든 일이니까."

이 말을 들은 스즈모토는 조마조마한 심정이었다. 준비했던 대답과는 달랐기 때문이다. 그러나 유카리는 곧바로 방향을 수정하고 스즈모토가 가르쳐 준 대로 대답했다.

"교환한다고 해서 그 후로도 순조롭게 풀린다고 장담할 수 없고, 우리 가족들의 부담은 절대 일시적인 게 아닙니다. 앞으로도 평생 그 고통은 계속될 테니까요."

사전에 가르쳐 준 대답이긴 해도 그 말에는 유카리의 분노가 담겨 있었다. 미도리는 고개를 크게 끄덕이며 그녀의 말을 듣고 있었다.

마지막으로 간호사 쇼코가 증언대에 섰다. 나이는 서른두 살. 긴 검은머리가 인상적인 여자였다. 미도리는 그녀가 간호사답지 않다고 생각했다. 어딘지 모르게 주뼛거리고 미도리 일행과는 절대 눈을 마주치려 하지 않았다. 산부인과 간호사는 조금 무서울 정도로 엄격한 인상이라 위화감이 있었다.

"당신이 마에바시 중앙종합병원 산부인과 간호사로 근무한 것은 몇 년 몇 월부터 몇 년 몇 월까지입니까?"

쇼코는 오리마의 심문에 고개를 숙인 채 가냘픈 목소리로 대답했다.

"2004년 4월부터 2006년 8월까지 이 년간입니다."

"그만두셨군요. 그럼 현재 직업은?"

"그곳을 그만둔 후로는 전, 전업주부입니다."

심상치 않게 긴장한 모습이었다. 기온이 이십 도를 조금 넘는 정도라 선선할 정도였다. 그런데도 쇼코의 얼굴에서는 땀이 흘러내렸다.

"당시 근무 상황을 여쭙겠는데, 야간 근무가 며칠씩 계속될 때가 있었습니까?"

쇼코가 고개를 저었다.

"아뇨, 혹독한 산부인과 병원도 있었지만, 그 병원은 비교적 교대 근무가 편했다고 생각합니다."

"그렇군요. 그럼, 왜 이런 사건이 일어났다고 보십니까?"

쇼코는 오리마의 말에 고개를 몇 번이나 끄덕거렸다. 끄덕일수록 그녀의 얼굴이 점점 일그러졌다.

"사고는……."

"뭐라고요?"

오리마가 물었다.

"…… 사고는 아닙니다."

꺼져 들어갈 듯한 목소리였지만 방청석까지 들렸다. 법정은 쥐 죽은 듯 가라앉았다.

"사고는 아니라는 말은 무슨 의미인가요?"

쇼코는 또다시 입을 다물고 고개를 끄덕인 후, 결심을 굳힌 듯이 얼굴을 들었다.

"노노미야 씨 가족이 너무 행복해 보여서 일부러 그랬습니다."

방청석이 술렁거렸다. 관계자 중에는 벌떡 일어선 사람도 있었다. 료타와 미도리, 유다이와 유카리도 똑같은 반응이었다. 너무 놀라서 방청석에서 쇼코의 뒷모습만 멍하니 바라봤다.

"무슨 말입니까, 그게?"

오리마는 심문을 계속 이어갔다. 그 역시 목소리에서 동요를 감출 수 없었다.

"갓 재혼해서 양육 때문에 힘들었을 때라……. 짜증스러운 심정을 다른 사람의 아기에게 쏟아버리고 말았습니다. 노노미야 씨는 돈이 많아서 제일 비싼 병실을 썼고, 남편분은 일류 기업에 근무했고, 기뻐해 주는 가족도 곁에 있어서……."

쇼코는 말을 하면서 울음 섞인 목소리로 변해갔다.

"그에 비하면 나는……."

쇼코는 더 말을 잇지 못했다.

미도리는 친정엄마의 말을 떠올렸다.

"너희들을 안 좋게 생각하는 사람이 세상에는 많아. 그런 '기운'이 느껴진다고 할까."

내가 남에게 부러움을 살 만한 인간이라고? 그럴 리가 없다. 미도리는 병원에서 퇴원할 때 의사에게 들었던 괴로운 말을 다시금 떠올렸다. 그 사실을 안다면 저 여자는 절대로 자기를 부러워하지 않았겠지.

오리마와 교대해서 스즈모토가 심문을 시작했다. 완전히 예상 밖의 전개에 흔들리지 않고 냉정하게 대응했다.

"갓난아기를 교환한 날짜를 기억하고 있습니까?"

"네. 7월 31일입니다. 오후 목욕 시간에 교환했습니다."

료타는 그 말에 얼굴을 찡그리며 고개를 숙였다.

료타가 병원을 처음 방문해 게이타를 본 게 7월 31일 아침이었다. 면회실에서 간호사 품에 안긴 게이타를 보았다. 그때는 경황이 없어서 카메라를 차에 두고 온 탓에 촬영을 못 했다. 그로부터 한 시간 가까이나 게이타를 바라보며 장모와 누구를 닮았냐는 얘기를 하염없이 주고받았다.

오후 목욕이 끝난 후에도 료타는 바뀐 '게이타'를 바라봤다. 그때도 또 장모와 누구를 닮았냐는 얘기를 나눈 기억이 있다. 그때 처음 카메라로 게이타를 찍었다. 지칠 줄도 모르고 몇 장이나 하염없이.

요컨대 료타도 갓난아기가 바뀐 사실을 전혀 알아채지 못한 것이다.

곁눈으로 미도리를 보자 이쪽을 힐끗 봤다. 그 눈빛에 비난이 깃들어 있는 것처럼 보이기도 했다.

"갓난아기를 교환했을 때는 어떤 기분이 들었습니까?"

스즈모토의 질문에 쇼코가 창백한 얼굴로 대답했다.

"솔직히 후련했다고 할까……. 불행한 사람이 나 혼자만은 아니라고 생각하니 마음이 편해져서……."

유카리와 유다이가 분노를 못 이기고 몸을 앞으로 내밀었다. 유다이는 입을 열고 소리 없이 분노의 말을 중얼거렸다.

사이키 부부 입장에서는 어처구니없이 물벼락을 맞은 셈이다. 질투의 대상은 노노미야 가족이다. 간호사가 우연히 사이키 부부의 아이를 골랐다는 말이 된다.

스즈모토는 동요에서 벗어나 잠시 생각에 잠긴 후 질문을 이어갔다.

"당신은 왜 지금 그런 고백을 할 마음이 생겼습니까?"

"남편의 아이들도 지금은 절 잘 따릅니다. 생활이 안정돼서 생각할 수 있는 여유가 생기자 제가 저지른 일이 점점 무서워졌어요. 제가 지은 죄를 확실하게 사죄하고 싶은 마음이 들었습니다."

쇼코는 울고 있었다. 갑자기 방청석을 돌아보더니 료타와 미도리, 유다이와 유카리를 향해 고개를 숙였다.

"정말 죄송합니다."

쇼코는 그대로 얼굴을 들지 않은 채 다시 한번 큰 목소리로 사과했다.

"죄송합니다!"

료타도 다른 이들도 꿈쩍도 할 수 없었다.

료타는 법정에서 나올 때, 법정 직원의 보호를 받으며 복도를 걸어가는 쇼코의 뒷모습을 바라봤다. 그 뒤를 따라가는 교복 차림의 빡빡머리 소년과 초등학교 고학년 소녀 그리고 덩치가 크고 땅딸막한 체형의 중년 남자. 아마도 쇼코의 가족이겠거니 하며 바라봤다.

카메라를 어깨에 메고 기자처럼 보이는 남자가 그들을 따라갔다.

그 가족은 머지않아 복도 모퉁이를 돌아 시야에서 사라졌다.

료타는 스즈모토를 찾았다.

법원에서 걸어서 얼마 안 되는 곳에 고풍스러운 찻집이 있었다. 딱히 어느 쪽에서 먼저 청하지는 않았지만 노노미야 부부와 사이키 부부 네 사람이 찻집으로 들어갔다.

먼저 온 손님은 그 지역의 노인 두 사람이었고 각자 떨어진 자리에서 신문을 읽고 있었다. 가게 안은 한산했다.

네 사람은 안쪽 칸막이 자리에서 부부끼리 마주 보는 형태로 앉았다. 모두 뜨거운 커피를 주문했는데 유다이만 시나몬토스트를 더 시켰다. 아이들을 맡기느라고 부산스러워서 아침을 제대로 못 먹었다는 핑계를 대면서.

한동안 침묵이 이어지다. 유카리가 담배를 꺼내 불을 붙이고 연기를 크게 내뿜으며 말문을 열었다.

"아이 키우느라고 쌓인 스트레스 정도로 이런 짓을 벌였다니, 도저히 참을 수가 없어."

그러자 유다이가 곧바로 말을 덧붙였다.

"암, 그렇고말고. 안 그래? 그 사람은 처음부터 남편한테 자식이 있다는 걸 알고 재혼했잖아. 그래놓고 마치 남의 탓인 양."

유카리가 또다시 담배를 힘껏 빨아들였다. 료타는 유카리가 담배를 피우는 걸 처음 알았다. 아이들 앞에서는 안 피우나, 아니면 집에서는 아이들 앞에서도 피우나.

"후련했다니……."

유카리가 연기와 함께 내뱉듯이 말하며 얘기를 이어갔다.

유다이가 토스트에 얹은 크림을 스푼으로 떠서 핥으며 맛을 본 후 아내의 말에 동조했다.

"무슨 도둑질 같은 걸로 생각하는 거야 뭐야!"

"그러게, 그 여자는 몰라. 자기 죄가 얼마나 무거운지."

말투는 어딘지 모르게 가벼워 보여도 유다이 딴에는 분노를 느끼고 있는 듯했다.

"지금은 행복하게 산댔지, 그 여자. 그래서 속죄하고 싶다고? 정말 말 같지도 않네. 그런 엉터리 소리를 어디서 지껄여!"

유카리도 억누른 목소리로 격하게 반응했다.

"그나저나 그쪽은 괜찮겠죠?"

유다이가 료타에게 얼굴을 돌리며 말을 이었다.

"이걸로 당연히 위자료는 올라가겠죠?"

료타는 고개를 저으려 했지만 몸이 반응하지 않았다. 병원 과실이 아니라는 점이 명확해졌으니 위자료가 올라갈 것 같지는 않았다. 간호사의 관리 책임 문제가 된다.

"그야 당연하겠지."

유카리는 여전히 화가 가라앉지 않아 공격적인 목소리였다.

"그건 스즈모토 씨한테 한번 물어봐요."

유다이가 마치 심부름꾼에게 요청하듯 말했다. 료타는 순간적으로 반발을 느꼈다. 그러나 순순히 따랐다.

"네."

료타가 가볍게 고개를 끄덕였다.

"교도소에 넣을 수 있겠죠?"

입을 다물고 있던 미도리가 파랗게 질린 얼굴을 들더니 딱히 누구에게랄 것도 없이 물었다.

“당연하지.”

유카리가 여전히 노기에 가득 찬 목소리로 말하고 재떨이에 담배를 비벼 껐다.

“오 년이나 십 년은 처박혀 있으면 좋겠어. 그것도 물론 성에 차진 않지만.”

유다이도 토스트를 먹으면서 웬일로 목소리를 높였다. 역시나 원통하고 억울한 마음을 풀길이 없는 심정이다.

공동의 적을 발견하자 지금까지 어찌할 바를 몰랐던 모두의 울분이 쇼코에게 집중됐다.

료타는 스즈모토에게 들은 얘기를 해야 할지 말지 망설였다. 그러나 이대로 계속 화를 부추기면 안 된다는 생각에 입을 열었다.

“그런데 그게 이미 시효가 끝난 모양이에요.”

“시효?”

유다이가 입에서 토스트를 내뿜을 뻔했다.

“스즈모토 말이, 성립한다면 미성년자 약취겠지만, 오 년이면 시효가 끝난다고…….”

료타의 얘기를 듣고 날카롭게 반응한 사람은 미도리였다. 거의 절규에 가까웠다.

“이런 짓을 저질러 놓고 사과하면 끝이라고? 장난해!”

“목소리가 너무 커.”

료타가 주의를 주자 미도리는 차가운 시선으로 료타를 돌아봤다.

"도무지 납득이 가질 않아. 안 그래요? 우리는 계속 고통에 시달릴 텐데 그 여자만 시효가 끝났다니!"

유카리의 목소리도 차츰 비명에 가까워졌다.

료타의 눈에는 미도리가 웃은 것처럼 보였다. 매우 굴절되긴 했어도 오랜만에 보인 웃는 얼굴이라고 료타는 생각했다.

"그 여자, 보나 마나 시효가 끝난 걸 알고 이름을 밝히고 나섰을 거야. 틀림없어. 평생 용서 못 해. 그 여자는 절대 용서 못 해."

미도리의 얼굴이 상기돼 있었다. 아이가 바뀐 사실이 드러난 후로 내내 창백한 얼굴이었던 미도리가 분노를 지지대 삼아 환생하는 것처럼 보였다.

료타는 혼자 냉정을 유지하고 있었다. 그것이 필요하다고 생각해서다. 동시에 혼자만 동떨어진 것 같은 감각을 맛봤다.

료타를 제외한 세 사람은 쇼코를 향한 분노를 점점 더 쌓아갔다.

그 순간 료타는 문득 생각했다. 그 덕분에 류세이와 게이타 양쪽을 다 맡고 싶다고 제안했던 건은 지워져 버렸다.

료타는 입을 다물고 세 사람이 저마다 쏟아내는 분노의 말을 조용히 듣고 있었다.

어두워지기 전에 게이타를 데리러 갈 예정이었는데 결국 완전히 밤이 되고 말았다. 미도리는 친정으로 향하는 차 안에서 게이타가 칭얼거려서 엄마가 힘들었으면 어쩌나 줄곧 마음을 졸였다. 료타는 아무 대꾸도 하지 않았다. 그 대신 늦어진 원인은 미도리에게 있다고 지적하고 싶었다. 쇼코를 저주하는 말을 가장 많이 쏟아낸 사람은 미도리였기 때문이다.

유다이가 다른 얘기로 돌리려고 해도 무시하고 오로지 분노만 쏟아냈던 것이다.

게이타는 뜻밖으로 얌전하게 외할머니랑 텔레비전을 보면서 저녁으로 국수를 다 먹고 목욕까지 마치고 있었다. 엄마 아빠를 보고도 울지도 않고 "다녀오셨어요"라며 기분 좋게 맞아줬다.

료타와 미도리는 게이타가 많이 컸다는 걸 실감했다. 그러나 그 모습에서 집을 바꿔 재운 밤의 영향을 느끼지 않을 수 없었다. 특이한 상황이긴 해도 아이들은 씩씩하게 자라고 있다. 미도리는 그것이 슬프고 가슴 아팠다.

이대로 나아가면 그 앞에 새로운 뭔가가 보일까, 아니, 분명 변하지 않는다. 훨씬 더 괴로워질 뿐이다. 미도리는 점점 더 쇼코에 대한 분노에 사로잡혔고 머릿속은 또다시 분노의 빛깔로 덧칠해졌다.

8

そ し て 父 に な る

6월 16일은 아버지의 날이었다. 게이타의 학교에서는 공작 시간에 종이접기로 아빠에게 드릴 장미꽃을 만들었다.

게이타는 셀로판테이프를 이용해 초록색 색종이를 빨대에 붙여서 줄기를 만들었다. 군데군데 삼각형 모양의 가시도 만들어 붙였다.

교실을 둘러보던 선생님이 게이타의 가시를 보고 "잘했네"라고 칭찬해 줬다.

게이타는 공작 시간을 좋아하고 손재주가 뛰어났다. 료타는 건설 회사에 다니면서도 주말에 집에서 목공 작업을 해본 적도 없었고 전혀 할 줄도 모른다. 게이타의 손재주는 유다이에게서 물려받았다.

그날, 료타는 평일인데도 회사를 조퇴했다. 형 다이스케가 전화로 불러냈기 때문이다. 도저히 조퇴할 수 없는 상황이라 거절하려 했지만 아버지가 쓰러졌다고 하니 어쩔 수가 없었다.

료타는 마지못해 형 다이스케와 도텐(도쿄도에서 운영하는 전철) 아라카와선의 작은 역 앞에서 오후 다섯 시에 만나기로 했다.

그 역이 있는 지역은 료타가 나고 자란 곳은 아니다. 그래서 역 앞에 서 있어도 아무런 감흥이 없었다. 생각해 보면 료타에게는 고향으로 여겨지는 장소가 없다. 도쿄에서 태어나서 도쿄에서 큰 데다 고급 주택지부터 저지대 서민 동네, 중부에 있는 무사시노, 동부, 서부, 남부를 전전했다. 구태여 꼽자면 나카노에 살았던 무렵이 기억에는 가장 많이 남아 있다. 넓은 정원이 딸린 집이었다. 나중에 안 사실인데 그곳은 임대 주택이었다고 한다. 그래도 유치원부터 초등학교 사 학년까지는 계속 그곳에서 살았다. 그리고 게이타와 마찬가지로 세이카 학원 초등부에 다녔다. 입시 학원 같은 데도 안 가고 특별한 공부도 하지 않고 합격했다. 성적도 우수했으며 피아노 학원에서는 선생님이 특별반에 들어오라고 권할 정도로 실력이 뛰어났고…….

약속 시간 정각에 형 다이스케가 나타나서 료타는 현실로 되돌아왔다.

다이스케는 료타보다 키가 작고 용모도 떨어졌다. 나란히 걸어가도 형제라고 생각하는 사람은 없을 것이다. 정확히 선을 그은 듯이 다이스케는 어머니를 닮고 료타는 아버지를 닮았다.

다이스케는 자기가 사는 사이타마의 사찰 부근에 자리한 작은 부동산에서 일하고 있을 거라고 료타는 생각했다. 다이스케는 부동산 업계에서 회사를 몇 번인가 옮겼다. 어쨌든 간에 그것은 큰 문제는 아니다. 료타 회사의 거래처가 될 만한 큰 부동산 회사는 아니었다.

형은 이 년 만에 만나는 것이다. 료타는 좀처럼 본가에 발길을 하지 않는다. 다이스케는 명절에는 얼굴을 내미는 것 같았다. 다이스케에게는 중학교 이 학년과 초등학교 육 학년인 딸이 있는데 그 애들을 데리고 들른다는 얘기를 들은 적이 있다. 아버지는 아직도 다이스케에게 '대를 이을 아들을 낳으라'고 하는 모양이다. '여자'는 안 된다는 생각이다.

"이게 두 번째인가?"

료타가 다이스케와 도텐 선로 변을 걸어가며 물었다.

"세 번째 아닌가? 고혈압 약은 계속 드시는 것 같던데."

아버지는 이 년 전에 뇌경색으로 쓰러졌다. 그전에도 고혈압으로 인한 합병증으로 신장이 좋지 않았다. 양쪽 다 가벼운 정도라 생활습관을 개선하면 약은 필요 없다는 의사의 말에도 아버지는 완고했다.

이번에도 뇌경색이라고 한다. 그 소식을 어머니가 전화로 다이스케에게 전한 것이다.

"노부코 씨가 곁에 있어서 다행이네."

료타가 말하자 다이스케가 씁쓸하게 웃었다.

"그야 물론 다행이지. 야, 같이 있을 때만이라도 '어머니'라고 불러줘라."

"어? 내가 그렇게 안 불렀나?"

료타가 능청을 떨었다. 노부코가 후처로 집에 들어온 지 삼십 년이 넘었어도 지금까지 한 번도 '어머니'라고 불러본 적이 없다.

"그나저나 아버지도 많이 약해지셨네. 아들들을 보고 싶다고 하다니."

노부코를 통하긴 했지만 그런 말을 입에 담는 타입이 아닌 건 분명했다. 그러나 료타는 약해진 아버지를 동정할 마음은 추호도 없었다.

"잘된 거 아닌가? 조금은 약해져야지."

료타는 그렇게 말하며 다이스케가 들고 있는 장미 꽃다발을 보고 웃었다.

"그런 거 들고 가면, 엉엉 울어버리는 거 아냐?"

다이스케는 또다시 씁쓸한 미소를 지었다.

료타와 다이스케의 아버지인 노노미야 료스케와 그의 아내인 노부코는 가네코 제2아파트에 살고 있었다. 낡고 오래된 아파트다.

부엌과 세 평짜리 방이 있고 화장실은 있지만 목욕탕은 없어서 공중목욕탕에 다닌다.

그곳을 찾은 것은 두 번째인데 신기하게도 그 집에서는 옛날에 료타가 부모님과 살았을 때랑 똑같은 냄새가 났다. 체취 같은 건 아니다. 온갖 냄새가 뒤섞인 생활의 냄새라고 표현해야 할 것이다. 이 집에서만 나는 독특한 냄새였다.

료타는 그 냄새에 얼굴을 찡그렸다. 좋은 기억은 아니다.

그러다 불현듯 생각했다. 미도리와 게이타랑 사는 그 맨션에서도 특유의 냄새가 날까? 게이타가 나중에 그 냄새를 떠올리게 될까?

료타 형제가 도착하자마자 초밥집에서 배달이 왔다. 초밥 배달 체인점이다.

노부코가 초밥을 건네받는 동안, 아버지 료스케는 세 평짜리 방 안쪽에 놓인 작은 소파에서 거만하게 몸을 젖히고 앉아 있었다. 그 앞에 밥상이 있어서 료타 형제가 나란히 앉았다.

아버지는 올해로 딱 일흔이다. 늙기는 했어도 그 예리한 눈빛은 여전히 강렬했고 젊은 날 미남이었던 자취가 남아 있었다. 일어서면 키는 백칠십오 센티미터는 된다. 료타가 늙은 모습을 방불케 했다.

분명 '발작'을 일으켰을 텐데 아버지는 건강해 보였다. 얼굴색도 좋고 얼음을 탄 위스키를 홀짝홀짝 마셨다. 요컨대 건강이 나쁜 건 아니겠지.

"이 주변에는 이런 가게밖에 없어서."

노부코가 그렇게 말하며 통나무처럼 생긴 큼지막한 플라스틱 접시를 밥상 한가운데 내려놓았다. 노부코는 쉰아홉 살이었다. 이십 대 후반에 후처로 들어온 것이다. 후줄근한 옷차림 탓을 한다고 해도 꽤 많이 늙어 보였다.

"그건 그렇고, 좋아지셨어요? 건강은?"

료타가 비아냥거리는 말투로 아버지에게 물었다.

료스케는 날카로운 눈으로 료타를 힐끗 바라봤다. 옛날에는 부들부들 떨었던 무서운 눈초리였다.

"그런 말이라도 하지 않으면, 너희들은 아예 얼씬하지도 않잖아."

아버지는 그렇게 말하고 료타를 노려보더니 위스키를 들이켰다.

료타가 크게 한숨을 몰아쉬었다.

"돈은 지난번이 마지막이라고 말했을 텐데요."

료타의 말을 들은 노부코가 어깨를 움츠리며 고개를 숙였다. 염치없이 돈을 요구하는 전화를 건 사람은 노부코였다. 전화를 받은 미도리가 안쓰러울 정도로 미안해하는 목소리였다고 말했던 기억이 떠올랐다.

"돈은 있어."

아버지가 언짢은 듯이 받아쳤다.

"지금 난 미노와에서 빌딩 관리인으로 일해. 게다가 이 사람도 파트타임으로 일하고."

료스케가 노부코를 가리키며 말했다.

료타는 방 한구석에 쌓여 있던 주식 정보 관련 잡지를 집어 들었다.

"이제 좀 그만두지 그래요? 이런 건."

료타가 잡지를 거칠게 내던졌다.

료스케가 험악한 눈빛으로 료타를 노려봤다.

"료타……."

아버지를 대신해 다이스케가 나무랐다.

그러나 료타는 다이스케에게 얼굴도 돌리지 않았다. 이런 생활을 유지하는 데는 아르바이트면 충분할 것이다. 그러나 주식에 손을 대면 보내준 돈을 쏟아붓고 빚까지 더 낼 게 틀림없다. 지금까지 다이스케는 료타의 삼 분의 일도 원조하지 않았다.

"으음, 다이짱, 이크라(연어나 송어 알을 소금물에 절인 음식) 좋아하잖아. 어려워 말고 맘껏 들어."

노부코가 험악한 공기를 깨며 다이스케에게 말을 건넸다. 다이스케도 바로 그 말에 응하며 초밥을 들여다봤다.

노부코가 일어서서 부엌으로 가버렸다.

"아 그게, 먹고 싶은 마음이야 굴뚝같죠. 그런데 요즘은 푸린체(푸린환이라는 화학 구조 물질. 생체 내에서 분해되면 요산이 됨)가 많이

든 음식은 좀 조심하는 중이라……."

다이스케가 부엌에 있는 노부코에게 말했다.

"그래? 통풍이야?"

노부코가 물었다.

"네, 요산 수치가 높아서요. 뭐 그렇긴 한데, 오늘은 그냥 먹어버릴까."

다이스케가 이크라를 집어 먹었다.

"으음, 젠장. 알은 대체 왜 이리 맛있는 거야."

이것은 형제의 공통점이었다. 계란만이 아니라 생선 알도 좋아했다. 그리고 두 사람 다 아내에게 먹는 양을 제한당했다.

그러나 그것 말고는 닮은 구석이 전혀 없는 형제였다. 다이스케는 말을 많이 했다. 침묵을 참아낼 수 없는 것이다. 어린 시절에는 훨씬 멍하게 지냈는데 취직한 무렵부터 심한 수다쟁이로 변했다. 료타는 그런 형을 어린 시절보다 더 우습게 여겼다.

"경마는 어땠어요?"

다이스케가 아버지에게 물었다.

"흥."

료스케가 코웃음을 치며 대답도 하지 않았다.

"에이, 그 표정을 보니 크게 잃은 모양이네."

다이스케가 곁눈질로 아버지를 힐끗 보고 농담하듯 웃었다. 경직된 분위기를 감지하고 어떻게든 풀어보려고 애쓰는 행동은 노부코에게 배운 거겠지. 료타는 형의 경박한 언동을 도무지 좋아할 수가 없었다.

"시끄러워."

아버지가 다이스케를 힐끗 노려보자 장난스럽게 어깨를 움츠렸다.

아버지는 천성적으로 도박꾼 기질을 타고 났을지 모른다고 료타는 생각했다. 병이라고 할 만했다. 젊은 시절에는 증권 회사에 근무했는데 퇴직한 후로는 주식 개인 투자가로 활동하며 예전 고객들의 돈을 맡아 운용했다. 상당한 숫자의 고객들을 끌어 모아 위세가 대단했다고 한다. 그 무렵에 료스케가 아내와 이혼했다. 원인은 밝혀지지 않았다. 어느 날, 학교에서 돌아오니 어머니 모습이 보이지 않았다. 아버지는 제대로 설명해주지도 않았고 매일 밤 술에 취해 들어왔기 때문에 료타 형제도 물어볼 수가 없었다. 반년쯤 지나자 새엄마가 나타났다. 그 사람이 노부코였다. 다이스케는 다정하고 아름다운 노부코를 금세 잘 따랐지만 료타는 절대 받아들일 수가 없었다. 반발은 하지 않았다. 그저 받아들이지 않았을 뿐이다.

마치 그 재혼이 계기가 된 것처럼 집안 형세가 곤궁해졌다. 종일 집 전화가 끊임없이 울려댔다. 한밤중에도 전화가 계속 울릴 때가 있었다. 아버지는 거의 집에 들어오지 않았고 노부코가 전화기에 대고 사죄하는 모습을 료타도 몇 번이나 봤다.

료스케는 투자 실패를 거듭했다. 그것을 만회하기 위해 크게 승부수를 띄웠다가 또다시 실패했다. 재산만 잃은 게 아니라 빚까지 떠안았다. 그러다 거의 야반도주나 다를 바 없이 하치오지로 이사해 살기 시작했다.

료타와 다이스케는 공립 학교로 전학했고 학원도 다닐 수 없게 됐다. 집에 있던 피아노에 미련이 남아 언제까지고 잊히지 않았다. 그러나 네 사람이 살기에도 궁핍한 작은 아파트에 피아노를 놔둘 수도 없는 노릇이었다.

그때 료타는 초등학교 사 학년이었다.

료타는 훗날 차라리 본격적인 야반도주가 훨씬 나았을 거라고 생각했다.

이사하던 날, 료타는 세이카 학원에 가야 했다. 담임이었던 늙은 여교사가 침통한 표정에 낮게 가라앉은 목소리로 "노노미야 군은 가족 사정상 전학 가게 됐습니다"라고 친구들에게 알렸다. 그 말만으로도 료타는 자기가 '나쁜 놈'이 된 듯한 기분이 들었다. 친하게 지냈던 친구, 사이가 나빴던 학생, 그 어느 쪽도 아니었던 학생. 그들 모두가 이상한 생물이라도 보는 듯한 눈길로 료타를 쳐다봤다. 몇 명인가는 웃었다. 료타를 비웃는 건 아니었다. 아마도 친구와 장난을 치다 웃었을 것이다. 그들에게는 료타가 사라지는 것쯤은 아무 상관없는 일이었을 뿐이다.

료타는 그때까지 친구라고 여겼던 그 학교 동급생들 무리에서 탈락했다는 것을 강렬하게 의식했다. 자기보다 훨씬 떨어지는 '바보인 녀석'이 있는데도 그 녀석들이 아니라 자기가 낙오되는 불합리한 세상.

료타는 너무 이른 나이에 고통을 앞당겨 맛봤다. 그러나 그것은 료타를 성장시키는 발판이기도 했다.

아버지는 여러 직종의 회사에 취직했다가도 주식으로 얼마쯤 이득을 보면 바로 때려치워 버렸다. 그 돈도 금세 주식이나 경마로 날아갔다. 그리고 또다시 취직자리를 찾았다. 아버지가 전직을 할 때마다 근무처 때문에 이사를 거듭했다.

결국 본래의 생활로는 돌아갈 수 없었다. 낮은 곳에서 약간의 부침이 있는 정도였다.

"아, 차 준비하시네."

자리에서 일어선 다이스케가 부엌에서 차를 끓이고 있는 노부코를 거들어 주러 갔다.

형은 공립 고등학교를 졸업하자마자 바로 도시에 있는 작은 부동산에 취직했다.

료타는 복수를 이뤄냈다. 그 지역 최고의 공립 고등학교에 들어갔고 그곳에서 최고 성적을 올려서 장학생으로 세이카 학원 대학 건축과에 입학한 것이다.

아버지의 원조는 전혀 받지 않았다. 애당초 아버지에게 그럴 만한 재력도 없었다. 대학에 들어간 후에도 공부에 몰두했다. 초등부에서 올라온 도련님들을 철저하게 경멸했다.

고등학교를 졸업하는 동시에 집에서 나왔기 때문에 가정 교사 아르바이트를 했다. 아르바이트와 대학 공부만으로도 대학 생활은 다 지나갔다. 그가 유일하게 숨을 돌리고 쉴 수 있는 시간이 밴드였다. 동아리에는 거의 참석하지 못한 대신 기타에는 열중했다. 이른 아침에 아주 싸게 빌린 스튜디오에서 스즈모토와 세션 연주를 하는 즐거움…….

“어머님도 기대가 빗나가셨겠어요. 이렇게 고생만 하시고.”

다이스케의 목소리에 또다시 회상에서 현실로 돌아왔다. 아버지와 형을 오랜만에 만나서 얼마간 감상적인 기분에 젖었나 싶어 료타는 살짝 자조했다.

료타는 멋쩍음을 감추려고 부엌으로 가 노부코에게 말을 건넸다.

“마권을 잘못 사셨네요.”

물론 아버지를 빗대서 빈정거리는 말이었다.

료스케가 노려봤지만 료타는 무시했다. 이제 아버지는 무섭지 않다. 옛날에는 말을 걸기도 무서운 존재였다. 완전히 그의 지배하에 놓여 있었다 해도 과언이 아니겠지. 그러나 스스로의 힘으로 대학에 들어간 후에는 달라졌다. 더 이상 아버지의 존재감이 크지 않았다.

료스케가 료타의 옆얼굴을 노려보며 말했다.

"어린 시절에 나름 좋은 학교에 보내줘서 네가 우수해진 거야. 그 학교에 냈던 돈만 남아 있었어도 투자 실패까지 회복해 지금쯤 편안한 생활을 하고 있을 텐데……."

수없이 들었던 이야기다. 이 이야기에는 다른 버전이 있다. "넌 나의 우수한 유전자를 물려받았어. 그래서 우수한 거야"라는 얘기였다.

어쨌거나 형의 존재가 그 논거를 부정했다. 형도 세이카 학원을 료타보다 삼 년이나 더 다녔고 똑같이 아버지의 유전자를 반반씩 이어받았으니까.

어차피 술주정뱅이의 실없는 헛소리에 불과하다.

료타는 무시하고 초밥을 집어 들었다. 전갱이 비린내가 심해서 위스키로 흘려 넘겼다.

료타는 술이 셌다. 그러나 거의 마시지 않는다. 아버지를 반면교사로 삼았기 때문이다.

"나도 도박꾼 재능은 없거든."

그렇게 농담을 던진 노부코가 다이스케가 들고 온 차를 나눠줬다.

"그럼, 난 어머니를 닮은 건가?"

다이스케도가 맞받아 던진 농담에 웃는 사람은 노부코뿐이었다.

"그렇지만 어쩔 수 없겠지. 부부니까."

노부코는 료스케의 위세가 좋은 시절에 결혼했다. 그러나 '행운'을 맛본 시기는 거의 없었을 게 틀림없다.

료스케는 자기가 먹을 약이 들어 있는 봉지를 노부코에게 건네줬다. 노부코가 그 봉지에서 한 번 먹을 분량을 꺼내서 료스케 앞에 한 알씩 놓아줬다.

아버지는 동맥류가 있어서 오른쪽 다리가 조금 불편한 모양이다. 그래도 못 걷는 것도 아니고 약을 먹을 때 도움을 받을 정도도 아니었다.

"그런 시중까지 들게 할 필요는 없잖아요. 그래서야 원, 간병인이나 다름없지."

료타가 농담처럼 말하며 비아냥거렸다.

료스케가 불만스럽게 나지막이 흘리는 신음 소리를 듣고 노부코가 또다시 농담으로 받아치며 웃어넘겼다.

"어머나, 간병인이면 시급을 천 엔은 받아야 하는데."

"멍청하긴, 그럼 내가 버는 돈보다 많잖아."

웬일로 료스케가 농담을 던졌다. 취기가 돈 모양이다.

"삼 년이나 쳤는데도 만날 '귀여운 꽃'만 연주한다니까. 시끄러워서 낮잠도 못 자겠어."

료스케가 열린 창 너머로 보이는 집에서 들려오는 피아노 소리에 불평을 쏟아냈다.

"참 나, 다 들리겠어요."

다이스케가 주의를 줬다.

"들으라고 하는 소리야."

강압적이고 마초적인 면은 예전이나 다를 바 없다고 료스케는 생각했다. 피아노에는 유일하게 아버지와 함께한 추억이 깃들어 있었다. 료타가 피아노 연습을 하고 있으면 술 취한 아버지가 연탄을 하고 싶어 했다. 결코 잘 친다고 할 순 없어도 한 번 들은 음악은 그대로 기억했다 피아노로 재현할 수 있었다.

료스케가 오른쪽 다리를 주무르면서 입을 열었다.

"그나저나 만났니?"

처음부터 이 얘기를 하고 싶었던 건가, 하고 료스케는 생각했다. 쓸데없는 참견을 하면 성가셔서 일부러 알리지 않았다. 아마 형에게 전해 들었겠지. 그런데도 료타는 "네?"라며 능청을 떨었다.

"네 아이 말이다, 친아들."

"만났죠."

료타가 무뚝뚝하게 대답했다. 아버지와 이런 얘기를 나누는 게 싫었다.

"닮았니, 널?"

료타는 말없이 위스키를 마셨다.

"닮았지? 다 그런 법이야, 부모 자식이란 건. 떨어져 살아도 서로 닮기 마련이지."

료타는 귀를 틀어막고 싶었다. 미도리 앞에서는 절대로 입 밖에 내지 않았을 뿐, 료타는 아버지와 똑같은 생각을 줄곧 하고 있었다.

"그 얘기는 그만하시죠. 그치……."

다이스케가 또다시 농담을 던졌다. 그러나 료타는 상대하지 않았다.

"핏줄이야."

아버지가 또다시 료타에게 말을 건넸다.

"알겠니? 핏줄이라고. 사람이든 말이든 혈통이 중요해. 앞으로도 그 애는 점점 더 너를 닮아가겠지. 네 아이는 반대로 점점 더 상대 부모를 닮아갈 테고."

료타는 위스키를 한 모금 더 마셨다. 이제 거의 남아 있지 않았다.

"빨리 아이를 교환하고, 상대 가족과는 두 번 다시 만나지 말아야 해."

료타는 스즈모토가 한 말을 떠올렸다. "넌 옛날부터 파더 콤플렉스가 있었으니까"라고 했던 말을. 지금은 그 말을 부정할 수 없었다.

"그렇게 간단히 끝날 문제가 아니에요."

료타가 아버지의 얼굴을 보지 않고 말했다.

아버지가 흥 하고 코웃음을 치는 소리가 들렸다.

료타가 거의 손도 대지 않은 초밥은 요산 수치를 줄기차게 신경 쓰던 다이스케가 배 속에 잔뜩 채워 넣었다. 아버지도 조금 집어 먹는 듯하더니 주로 위스키만 마셨다.

료타가 그만 가보겠다는 말을 꺼내자 다리가 아플 게 분명한 아버지가 맨 먼저 현관으로 나갔다. 옛날부터 성격이 급했다. 가족끼리 백화점으로 쇼핑하러 가도 자기 것만 후다닥 사버리고는 아내나 아이들의 쇼핑은 기다리지 않고 먼저 집으로 가버리던 사람이다. 그것은 아직 친어머니가 있었던 시절의 기억이다. 료타가 초등학교에 들어갔을까 말까 한 무렵이었다. 어머니는 그런 아버지를 보며 "정나미 떨어지는 남자!"라며 아이들 앞에서 진심으로 욕설을 퍼부었다. 이미 그 무렵부터 부부 관계는 틀어졌던 것이다.

그런 아버지가 걱정돼서 다이스케가 곧바로 따라갔다. 그것도 옛날과 다를 바 없었다.

"거기 위험해요. 미끄러져요."

현관에서 다리를 끌며 나온 아버지의 발밑이 젖어 있어 주의를 줬다.

“나도 보여. 거 참, 시끄럽네, 일일이. 네가 여편네냐?”

료스케는 술에 취하면 입이 가벼워져서 화를 내면서도 농담을 던지곤 했다.

“걱정하는 마음에서 하는 소리잖아요. 미움받아요, 그렇게 얄미운 소리만 하면.”

현관에서 구두를 신고 있던 료타가 다이스케의 말을 듣고 불쑥 중얼거렸다.

“이미 미움받고 있잖아.”

료타는 문득 뒤로 돌며 노부코의 얼굴을 바라봤다. 역시나 웃고 있었다. 료타는 황급히 시선을 피했다. 노부코는 늘 서글픈 미소를 머금고 있는 것 같은 기분이 들었다.

그러나 그날, 그때의 얼굴만은 놀라움과 슬픔과 실망이 뒤섞인 미소…….

“아버지가 그렇게 말은 하지만…….”

아파트 앞을 걸어가면서 노부코가 입을 열었다. 드문 일이었다. 예전부터 그랬다. 게이타가 태어났을 때 그 일이 벌어진 뒤로는 더더욱 적극적으로 말을 건네는 일은 거의 없었다.

“핏줄이 안 통해도 괜찮아. 같이 살면 정이 들기 마련이고, 비슷하게 닮아가고……. 부부도 그런 면이 있잖아? 부모 자식 사이면 훨씬 더 그렇지 않을까?”

료타는 대답하지 않았다. 앞서 걸어가는 아버지의 등만 바라봤다.

노부코가 다시 얘기를 이어갔다.

"난 말이지……."

그렇게 운을 뗀 노부코가 말을 머뭇거렸다. 그러나 곧바로 밝은 말투로 얘기를 이어갔다.

"난 그런 마음으로 너희들을 키웠거든."

료타는 이번에도 대답하지 않았다.

아버지가 료타에게 '핏줄이 중요하다'고 했을 때, 노부코는 상처를 입었을 게 틀림없다. 노부코야말로 핏줄도 안 통하는 까다로운 나이대의 사내아이 둘을 키워낸 사람이다. 아버지의 말을 긍정해 버리면 자기 존재 의식을 스스로 부정해 버리는 거나 다름없겠지, 하고 료타는 생각했다. 필사적인 항의인 셈이라고.

료타는 대답 없이 다이스케와 나란히 걸음을 내디뎠다.

"또 놀러 와, 다이짱."

노부코가 다이스케에게만 인사를 건넸다. 료타가 자기를 싫어하는 걸 알고 있는 것이다.

"네."

다이스케도 붙임성 있게 대답했다.

"그리고 마나미짱 패치워크, 또 구경하러 간다고 전해줘."

마나미는 다이스케의 아내다. 료타와 동갑일 터였다. 료타는 형수와도 몇 년이나 못 만났다는 생각이 들었다. 얼굴이 떠오르지 않았다. 기억나는 건 수수한 인상뿐이었다.

미도리는 노부코와 거의 만난 적이 없다. 물론 게이타도 마찬가지다. 그것은 료타의 '선택'이었다.

"기다릴게요. 그럼, 이만."

다이스케는 작별 인사를 마치고 료타와 나란히 걸음을 내디뎠다.

그러자 등 뒤에서 료스케가 말을 건넸다.

"다음에 올 때는 꽃 말고 술 사 와."

다이스케가 웃으며 손을 흔들어 줬다.

료타는 어이가 없어서 고개를 절레절레 흔들었다.

게이타의 피아노 실력은 아무리 후하게 봐주려 해도 잘 친다고 할 수는 없었다.

발표회 과제곡으로 '메리의 양'을 받았다. 벌써 이 주 동안이나 그 곡을 연습했는데도 여전히 더듬거렸다.

퇴근한 료타가 뒤에서 그 모습을 지켜봤다. 서투른 모습이 귀엽기는 해도 한편으로는 답답한 느낌도 들었다. 아마도 앞으로는 이런 '답답함'이 점점 더 강해지겠지, 라고 생각했다.

"그나저나 다행이네, 아버님께 큰일은 없어서."

미도리가 료타의 양복을 정리하면서 말했다.

"완전히 속았어. 무리해서 일을 뺐는데."

료타가 넥타이를 풀었다.

"무슨 말씀 없었어? 게이타 일로?"

미도리가 아무렇지 않은 척하며 물어도 료타의 대답을 긴장하고 기다리고 있다는 걸 알 수 있었다.

"아니, 딱히."

료타는 대충 얼버무리며 식탁 위에 넥타이를 내려놓았다.

"게이타, 아빠한테 잘 다녀오셨냐고 인사했니?"

게이타가 돌아보며 "안녕히 다녀오셨어요?" 하고는 빙그레 웃었다.

"그래."

료타도 웃는 표정을 지었다.

료타는 식탁 위에 있는 그림을 알아챘다. 넥타이에 양복을 입은 남자가 그려 있었다. 게이타가 그린 아빠 그림이었다. 그 옆에 종이접기로 만든 장미꽃 두 송이가 놓여 있었다. 잘 만든 장미꽃이었다. 셀로판테이프도 정성껏 꼼꼼하게 붙여놓았다. 장미꽃 두 송이도 완전히 똑같은 모양으로 만들었다.

그림은 아무래도 아직 서툰 구석이 있었다. 그런데도 료타의 특징을 아주 잘 잡아 그려서 한눈에 료타라는 걸 알아볼 수 있었다.

"그거 아버지날이라……. 학교에서 만들었나 봐."

미도리가 부엌으로 들어가서 저녁을 준비하며 말했다.

"게이타, 고맙다. 아주 잘 만들었네."

료타가 장미 두 송이를 꽂으며 말했다.

"한 개는 류세이 아빠한테 줄 거야."

료타는 게이타의 말에 충격을 받았다. 속에서 화가 치밀었다.

"로봇 고쳐줬으니까."

게이타가 마치 핑계를 대듯 말했지만 료타의 충격을 알아챘기 때문은 아니다. 게이타는 진심으로 유다이에게 감사하고 있었다.

"그렇구나, 우리 게이타는 정말 다정하네."

가까스로 말한 료타의 목소리에서는 영혼이 느껴지지 않았다.

다음 날, 료타는 이른 아침부터 게이타를 사이키 가족에게 데려다줬다. 꼭 얼굴을 비춰야 하는 하청 업자와 회의가 오후에 잡혀 있었기 때문이다.

차를 사이키 집 앞에 세우자마자 쏜살같이 뛰어내린 게이타가 류세이 형제들과 놀기 시작했다. 유카리한테 아이스크림을 받고 기분이 한껏 좋아졌다. 유다이가 류세이에게 끌려가서 놀이에 참여하자 더욱 시끌벅적해졌다. 유다이에게 아이들과 잘 놀아주는 재능이 있다는 것을 료타도 인정할 수밖에 없었다.

집 앞 도로에서 아이들과 노는 유다이의 모습은 영락없이 네 형제와 함께 노는 아버지로 보였다. 유다이는 게이타를 특별하게 대하지 않는다. 거칠게 대할 때가 있는가 하면 꽉 끌어안을 때도 있었다.

그 모습을 가게 안에서 창 너머로 바라보고 있던 료타에게 유카리가 뒤에서 말을 건넸다.

"그냥 이대로 살 수는 없는 걸까요? 전부 없었던 일로 하고."

그 말은 강한 주장이 아니라 실낱같은 희망처럼 들렸다.

료타는 등 뒤로 힐끗 시선을 돌렸다. 거기에는 미도리와 유카리가 마치 자매처럼 나란히 서 있었다.

료타는 다시 한번 창밖으로 시선을 던졌다.

유다이를 보이지 않는 총으로 쏘며 웃고 있는 류세이의 모습은 료타가 갖고 있는 옛날 자기 사진을 꼭 빼닮았다.

한편 게이타는 야마토에게 총을 맞고 죽은 척하고 있었다. 그 커다란 눈은 유카리를 닮았다. 맨 처음 유카리를 만났을 때부터 들었던 생각이다. 미도리도 아마 그렇게 생각하겠지. 그러나 양쪽 다 그런 얘기는 절대 꺼내지 않았다.

"앞으로 게이타는 점점 더 사이키 씨 가족을 닮아갈 겁니다. 반대로 류세이는 점점 우리를 닮아갈 테고."

료타가 거의 무의식중에 아버지의 말을 그대로 읊조리고 있었다. 사실은 처음부터 료타의 마음속에서 소용돌이치며 맴돌았던 생각이다. 그것이 아버지의 말로 말미암아 형체를 갖춘 셈이나 다름없다.

료타가 유카리 쪽으로 돌아섰다.

"그것을 눈으로 직접 보면서 핏줄이 안 통하는 아이를 지금까지처럼 사랑할 수 있습니까?"

료타의 질문에 유카리는 곧바로 반발했다.

"사랑할 수 있죠! 물론이에요! 닮았느니 안 닮았느니 하는 데 연연하는 건 아이와 연결된 실감이 없는 남자뿐이겠죠!"

유카리는 화가 나 있었다. 그것은 료타에 대한 분노이자 돌이킬 수 없는 데까지 와버렸다는 통한의 심정처럼 보였다.

"미루면 미룰수록 쓸데없이 더 괴로워질 뿐입니다. 우리도 아이들도."

료타는 유카리가 아니라 미도리의 눈을 살폈다.

미도리는 료타의 눈빛을 정면으로 맞받았다. 미도리의 눈은 조용히 뭔가를 얘기하고 있었다.

다음 날인 일요일은 다른 파트타임 직원이 아이 때문에 쉬기로 해서 유카리가 대신 일하러 나가야 했다. 그래서 일요일에 사이키 가족과 노노미야 가족이 합류하는 계획은 취소했다.

오전 열 시 반에는 집을 나서야 시간 안에 맞춰 갈 수 있지만 이미 그 시간이 돼버렸다. 미유가 웬일로 엄마가 나간다고 울면서 투정을 부렸기 때문이다. 유다이가 있으면 맡겼을 텐데 오늘 아침에는 에어컨 설치 의뢰가 들어와서 이른 아침부터 나가고 없었다.

유카리는 자전거를 빼면서 가까스로 울음을 그친 미유에게 윙크를 했다.

"이거 갖고 놀고 있을게."

미유가 손에 들고 있는 것은 엄마가 만들어 준 바람개비였다.

"아이, 착해라."

유카리는 야마토의 손을 잡고 있는 게이타에게 말했다.

"게이타, 두 아이 잘 부탁해."

게이타는 힘차게 "응"이라고 대답하고 미유의 손도 잡았다.

"됐어, 그럼 다녀올게."

"다녀오세요."

세 아이가 나란히 서서 손을 흔들었다. 유카리는 자전거 페달을 힘껏 밟으면서 손을 크게 흔들었다.

유카리가 주말만 빼고 매일같이 파트타임으로 일하러 가는 곳은 근처에 있는 도시락 가게였다. 원래는 고깃집이었다. 만들어 파는 도시락었는데 차츰 도시락 가게로 바뀐 개인 상점이지만 맛이 좋아서 나날이 번창했다.

그날도 열한 시에 가게를 열 때부터 손님들의 발길이 끊이질 않았다.

유카리는 주문을 받고 계산을 담당하는 일을 맡았다.

손님 발길이 뜸해지기 시작한 것은 열두 시 반을 넘어선 후였다. 그래도 일요일에는 두 시 무렵까지 손님이 많다.

한숨 돌리고 다른 직원이랑 얘기를 나누고 있는데 바깥 쇼윈도에서 안을 들여다보는 작은 그림자가 보였다.

게이타와 아이들이었다. 게이타는 양쪽으로 미유와 야마토의 손을 잡고 있었다. 게이타는 곤란한 표정을 짓고 있었다. 미유의 얼굴에는 조금 전까지 운 흔적이 남아 있었다.

유카리의 얼굴에 무심코 흐뭇한 미소가 번졌다. 도시락을 가지러 오기로 약속한 시간보다 훨씬 일찍 왔다. 아무래도 엄마가 보고 싶다고 울며 보채는 미유를 달랠 방법이 없어서 게이타가 데리고 온 듯했다.

"잠깐만 실례."

유카리가 동료 직원에게 양해를 구하고 밖으로 나갔다.

"미유가 울었니?"

게이타가 곤혹스러운 표정으로 고개를 끄덕였다.

미유가 유카리의 품으로 파고들었다.

"미유, 널 위해 스페셜 도시락을 만들어 달라고 했으니까 그거 갖고 집에 갈래? 아빠 몫도. 그걸 다 먹을 때쯤이면 엄마도 집에 갈 거야."

미유는 '스페셜 도시락'에 정신이 팔려버렸다.

"응."

유카리가 가게로 돌아가서 미리 부탁해 둔 도시락을 봉지 세 개에 나눠 담은 뒤 아이들을 돌려보냈다. 도시락 세 개가 든 제일 큰 봉지는 게이타. 도시락 두 개짜리 봉지는 미유. 반찬이 네 개 들어 있는 작은 봉지는 야마토.

"들고 갈 수 있겠어?"

게이타가 붉어진 얼굴로 봉지를 힘껏 움켜잡고 있었다.

"갈 수 있어요."

"그럼, 부탁해. 게이타 도시락에는 덤으로 닭튀김 하나를 더 넣었으니까, 꼭 세어보고 먹어야 해."

게이타의 얼굴이 환하게 빛났다.

"조심해서 가."

"네~에, 안녕."

아이들은 나란히 늘어서서 집으로 돌아갔다.

게이타가 도중에 돌아봤다. 유카리가 윙크를 해주자 게이타도 윙크를 했다. 양쪽 눈을 다 감아버렸으니 윙크라고 할 수는 없었다. 그래도 그것은 분명 애정 표현이었다.

유카리는 가슴이 뭉클해졌다. 그것은 게이타의 첫 윙크였다.

게이타와 아이들이 집으로 돌아가자 유다이가 기다리고 있었다. 도시락을 들고 소풍을 가자는 말을 꺼냈다. 소타쓰 할아버지에게 도시락을 건네준 뒤, 유다이는 아이들을 데리고 뒤뜰로 향했다.

그날은 장마철 중간에 오랜만에 활짝 갠 날씨였다. 아직은 햇볕이 따갑다고 할 정도는 아니었다.

돗자리를 깔고 뒤뜰에서 즐기는 소풍이다. 밖에서 먹으면 식욕도 평소보다 더 좋다. 게이타는 닭튀김을 다섯 개나 먹은 데다 야마토가 남긴 닭튀김까지 하나 더 먹어치웠다.

식사를 끝낸 유다이가 돗자리에 벌렁 드러누웠다. 야마토와 미유에 이어서 게이타도 누웠다.

"여름이 오면, 여기서 불꽃놀이를 하고 간이 수영장에서 놀고, 수박 깨기도 하자."

유다이의 말에 아이들의 눈빛이 반짝거렸다.

"전에도 한 적 있어, 수박 깨기."

미유가 말했다.

"게이타도 같이 하자."

유다이가 이름을 부르며 말하자 게이타도 빙긋이 웃었다.

"응."

집을 바꿔서 하룻밤을 묵는 것은 여름방학까지만 하기로 결정을 내렸다. 결국 게이타와 류세이는 여름방학이 되면 교환되는 것이다. 의논은 짧게 끝났다. 학기가 바뀌는 시기가 좋지 않겠냐고 제안한 사람은 료타였다.

료타는 말끔하게 끝났다고 생각했다. 의도치 않게 아버지 료스케의 말에 힘입은 결정이었다.

9

そして父になる

7월에 접어든 후로 료타는 또다시 일에 쫓겼다. 가망 없던 프로젝트를 다시 살려낸 것까지는 좋았다. 다만 구조상 큰 실수가 드러나 그 대응에 박차를 가하고 있었다. 토요일과 일요일에도 아침부터 밤까지 일에 매달렸다.

당연히 집을 바꿔서 하룻밤을 묵는 건에는 전혀 관여할 수가 없었다. 집에 돌아와서 침대에서 잠든 아이가 게이타가 아니라 류세이라 놀란 적도 있었다.

마지막으로 집을 바꿔 자는 토요일, 그날도 출근해야 했다. 밤에는 일찍 퇴근하겠다고 미도리에게 일러뒀다. 정작 집에 도착한 시간은 저녁 여덟 시가 지난 무렵이었다. 덕분에 일은 그럭저럭 해결될 조짐이 보였다.

현관문을 직접 열고 조용히 들어갔다. 아직은 이른 시간이었다. 두 사람 다 자고 있으면 좋겠다고 료타는 마음속 한구석으로 바랐다. 미도리는 '교환'의 날이 가까워질수록 차츰 까칠해졌다.

거실 불이 꺼져 있었다. 같이 잠들어 버렸나 생각했는데 얘기하는 소리가 들려왔다.

캄캄한 실내에서 미도리 혼자 즐겁게 얘기를 나누고 있었다.

한순간 료타는 미도리가 제정신인가 의심했다.

그러나 휴대전화로 누군가와 통화를 하는 것뿐이었다.

료타가 거실 불을 켰다.

"나 왔어."

미도리는 집에서 입는 편안한 옷차림이었다. 소파 앞 러그매트 위에 앉아서 뜨개바늘을 한 개만 손에 들고 있었다. 뜨개질하면서 통화했겠지.

"아, 왔다. 도움이 많이 됐어요. 응, 고마워요."

미도리가 전화를 끊고 료타에게 "어서 와요"라고 인사를 건넸다. 자리에서 일어설 기미는 보이지 않았다.

"류세이는?"

"목욕해."

시계를 본 미도리가 "앗 이런, 시간이 벌써 이렇게 됐네"라고 혼잣말을 중얼거렸다. 여전히 매트 위에 앉아 있었다.

아이를 욕조에 내버려둔 채로 전화를 하다니, 사고라도 나면 어쩌나 싶었지만 그것을 지적하면 미노리의 화만 돋울 뿐이다.

"미안해. 당신한테만 맡겨놔서. 내일은 어떻게든 시간을 내볼게."

미도리의 기분을 풀어주려는 료타의 말에 그녀가 선을 그었다.

"딱히 상관없어. 지금까지도 늘 그랬잖아, 괜찮아."

가벼운 말투 속에는 지금까지 미도리가 입에 담지 않은 유형의 야유가 깃들어 있었다.

"누구랑 통화했어?"

료타가 묻자 "유카리 씨"라고 대답하며 웃음을 터뜨렸다.

"유다이 씨가 오십 넘으면 서핑 가게를 내고 싶다고 했다는데, 사실은 서핑을 못 한대."

미도리는 재미있다는 듯이 키득키득 웃으며 말했다.

"거리를 좀 두는 게 좋지 않나?"

료타의 말에 미도리의 얼굴에서 웃음기가 싹 가셨다. 차가운 눈빛으로 료타를 쏘아봤다.

"엄마끼리 주고받을 정보가 많아. 당신은 잘 모르겠지만."

반론을 차단하는 '여자끼리'를 방패 삼은 빈정거림. 이것 역시 미도리가 전에는 절대 하지 않았던 말투였다.

그것만이 아니다. 미도리는 료타의 눈을 노려보면서 뜨개바늘로 러그매트를 찍었다. 한 번이 아니다. 몇 번이고, 몇 번이고, 계속해서.

"당신……."

료타가 동요를 감추지 못하고 말을 이었다.

"오늘 스즈모토한테 전화 왔었는데. 그 간호사 집으로 괴롭히는 내용의 편지가 몇 통이나 온 모양이야. 설마 당신은 아니겠지?"

미도리가 말없이 뜨개바늘로 매트를 찍었다.

"…… 이봐."

"그 정도는 당해도 싸잖아."

"…… 그런 짓을 해봤자……."

미도리가 뜨개바늘을 소파로 내동댕이치더니 일어섰다.

"음, 이제 저녁 준비해야겠네."

무척이나 밝은 목소리로 말하고 부엌으로 갔다.

료타는 뭔가가 조금씩 어그러지기 시작했다는 예감에 전율을 느꼈다.

료타는 다음 날 점심 때가 지나 군마를 향해 차를 몰고 가던 도중에 수도고속도로에서 벗어나 잠깐 다른 곳을 들렀다.

료타는 어젯밤에 느낀 전율을 해소하고 싶었다. 잠들지 못하고 뒤척이다 떠오른 것이 이 건물이었다.

그것은 재작년에 료타가 관여했던 프로젝트다. 수변 공간에 영화관과 콘서트홀, 플라네타륨 등이 들어 있는 복합형 오락 시설이다. 십오 층짜리 거대한 빌딩에 오락 시설의 여유 공간으로 전망실을 만들어 놓았다. 건물의 상징으로 존재하는 그 공간은 사자 얼굴처럼 보였다.

"이건 아저씨가 만든 빌딩이란다."

차에서 내린 료타가 류세이에게 과시했다. 이 빌딩을 류세이에게 보여주려고 마음먹었을 때, 료타의 뇌리에는 유다이가 수리한 로봇 장난감이 스쳐 지나갔다.

미도리도 류세이의 기분이 좋아지면 조금은 긍정적으로 바뀔 거라고 생각했다. 그것은 좋은 아이디어 같았다.

"아~하."

그런데 류세이는 빌딩을 보고도 별다른 흥미를 드러내지 않았다.

료타는 차로 시선을 돌렸다. 미도리는 차에서 내리려고도 하지 않고 빌딩으로 눈길조차 주지 않았다.

"저 전망실, 사자 얼굴 같지 않니?"

료타는 미도리를 무시하고 류세이에게 말을 건넸다.

"아니, 그렇게 안 보이는데."

"그럼, 얼마 정도면 저 건물을 지을 수 있을 것 같니?"

"몰라요."

"사천억 엔이야."

"몰라요."

류세이는 전혀 관심을 보이지 않았다.

"저걸 이 아저씨가 만들었다니까."

료타는 다시 한번 똑같은 말을 되풀이했다.

“혼자서?”

“아니, 많은 사람들이 있긴 했지…….”

“아하.”

류세이는 따분해하는 것 같았다. 전혀 흥미가 일지 않는 듯했다.

“됐다, 그만 가자.”

료타는 기분이 언짢아지려 했다. 차로 돌아가서 룸미러를 보다 미도리의 차디찬 눈과 마주쳐서 황급히 시선을 피했다.

마지막으로 바꿔 자는 날은 눈물도 없이 담담하게 끝났다. 어른들은 감정을 억제했다. 아이들 앞에서 추태를 보이고 싶지 않았다.

그리고 게이타가 노노미야 가족의 아이로 지내는 마지막 일주일이 시작됐다.

월요일은 경축일이었다. 료타는 일이 한 단계 마무리된 덕분에 아침부터 하루를 쉴 수 있었다. 그날은 게이타의 피아노 발표회가 열리는 날이다. 분명 마지막이 될 발표회다. 사이키 쪽에서도 피아노를 가르치겠다고 했지만 그 말을 실현할 것 같지는 않았다.

발표회장은 백 명 정도를 수용할 수 있는 소규모 공영 콘서

트홀이었다. 정장을 차려입은 부부들이 객석을 메우고 있었다. 미도리는 지인 몇 명과 인사를 나눴다. 료타는 아는 사람이 없었다.

게이타의 발표 순서는 두 번째였다.

게이타의 연주는 형편없었다. 시작부터 더듬거리더니 엉망이 되고 말았다. 몇 번이나 실수를 하고 손가락이 멈춰 좌절하는 듯했다. 그러나 게이타는 몇 번이고 다시 쳤다. 다시 칠 때마다 실수를 했다. 연습할 때도 이렇게 심하지는 않았다.

부모와 함께 연주를 듣고 있던 아이들 몇몇이 키득키득 웃기 시작해 부모가 나무랐다.

가까스로 마지막 소절을 다 연주하자 회장은 박수 소리로 가득했다. 그것은 고행에서 해방시켜 준 데 대한 감사의 박수 같았다.

게이타는 연주를 마치고 자리로 돌아왔다. 료타는 웃는 얼굴로 맞을 생각이었지만 표정이 굳어 있는 걸 스스로도 알 수 있었다. 말도 건넬 수 없었다.

"열심히 했네."

옆에서 미도리가 게이타를 끌어안았다.

게이타가 료타의 눈치를 살피듯이 힐끗 바라봤다. 료타는 웃으려고 했지만 얼굴이 어색하게 움찔거렸을 뿐이다.

세 사람은 자리에 앉아 다른 아이들의 발표곡을 들었다.

료타는 다섯 살짜리 요시다 아카리가 연주하는 '요정의 춤'에 감탄했다. 매우 복잡한 곡인데도 빨간 드레스를 입은 아카리가 온몸으로 리듬을 타며 피아노를 연주했다. 다섯 살이라고는 믿기지 않을 정도로 박력이 넘쳤다.

연주가 끝나자 박수와 함께 감탄사가 터져 나왔다.

"잘하네."

게이타가 매우 감동해 박수를 치며 혼잣말을 했다.

"정말 그러네."

미도리도 박수를 보내며 응원했다.

"게이타, 넌 분하지도 않니?"

료타의 표정은 내내 굳어 있었다. 불쾌한 표정이 확연히 드러났다.

"좀 더 잘 치고 싶은 마음이 없으면 계속해도 의미 없어."

료타에게 야단맞은 게이타는 박수를 멈추고 서글픈 표정으로 몸을 굳힌 채 꼼짝하지 못했다.

그 모습을 본 미도리는 몹시 화가 났다.

요즘 들어 사이키 집을 오가며 자야 하는 탓에 게이타는 연습할 시간이 극단적으로 줄어들었다. 그것만이 아니다. 연습 시간에도 집중하지 못해 교사에게 지적까지 당했다.

그 이유는 명확했다. 이유도 밝히지 않은 채 낯선 사람의 집에서 재웠으니 게이타에게는 얼마나 큰 심적 부담이었겠는가! 그런 것도 몰라주고 발표회 결과만 보고 일방적으로 야단만 치다니!

미도리는 속마음을 다 쏟아내고 싶었다. 그러나 정작 나온 말은 굴절된 표현이었다.

"모두 당신처럼 열심히 할 순 없어."

미도리가 날카로운 목소리로 나지막이 말했다. 그 눈에는 슬픔이 깃들어 있었다.

"열심히 하는 게 나쁜 것처럼 얘기하는군."

료타도 도전적인 목소리로 변했다.

"세상에는 열심히 하고 싶어도 열심히 할 수 없는 사람이 있다는 뜻이야."

한마디씩 쥐어 짜내는 듯한 말투였다. 그것은 게이타에게만 한정된 말이 아니었다. 미도리 자신이 지금껏 억눌러 왔던 료타에 대한 울분이었다.

료타는 분명 자기 자신에게 엄격했다. 그런데 그것을 다른 사람에게도 요구한다. 완전히 똑같이, 당연하다는 듯이. 거기에 어떤 사정이 있든 용서하지 않는다. 그 앞에 기다리는 건 질타뿐이 아니다. 경멸이다.

그걸 못 본 척하고 살 수 있었던 게 행복이었을까. 이제는 그럴 수가 없다.

미도리는 분노를 담은 눈빛으로 료타를 노려봤다.

료타는 시선을 피할 수가 없었다. 압도당하고 말았다.

"게이타는……."

미도리가 게이타의 머리를 쓰다듬었다. 사랑스러운 듯이 다정하게.

"게이타는 틀림없이 날 닮은 거야."

통렬한 야유였다. 그러나 그것은 동시에 미도리의 진심이었다. 게이타를 키운 사람은 나다. 료타가 아니다.

료타는 그날부터 일주일 동안이나 시간 외 근무가 이어졌다. 집에 돌아오면 한밤중이었다. 료타는 일로 도망쳤다. 미도리와 얼굴을 마주하기가 두려웠다. 게이타와 얼굴을 마주하는 것도 괴로웠다. 그러나 스스로는 그것을 절대 인정하지 않았다. 바쁜 거라고 스스로를 합리화했다. 부하 직원의 업무를 가로채면서까지 회사에서 시간을 보냈다.

그러나 결국 미도리와 마주할 수밖에 없는 시간이 왔다.

료타는 여섯 시에 회사에서 나왔다. 아직 햇볕이 남아 있어서 더웠다.

주차장으로 가려는데 하루나가 불러 세웠다. 일도 어느 정도 일단락됐으니 다 함께 한잔하러 가자고 했다.

가버릴까, 잠시 마음이 흔들렸다. 모든 걸 다 잊고 엉망으로 취하고 싶었다. 집에 가고 싶지 않았다.

그러나 거절했다. 집에 볼일이 있다고.

하루나가 씁쓸하게 웃으며 말했다.

"한잔 사주려고 했는데."

료타도 씁쓸한 미소로 답하고 주차장으로 향했다.

"잠들었어?"

거실 소파에 있던 료타가 태블릿 단말기 전원을 껐다. 미도리와 마주치지 않게 식사를 마치고 컴퓨터로 일하고 있었다. 정확히 말하면 십 퍼센트는 일이고 나머지는 인터넷 서핑이었다.

그때 미도리가 침실에서 게이타를 재우고 밖으로 나왔다. 평상시와 다름없는 말투를 가장하며 말을 건넸다.

그러나 미도리의 얼굴을 보고는 괜히 말을 건넸구나, 후회했다.

미도리의 얼굴은 창백했고 눈에는 눈물이 어려 있었다. 그 눈으로 료타를 뚫어져라 바라봤다.

"당신이 하자는 대로 했는데, 결국 게이타를 넘겨주게 됐네."

료타는 입을 다물고 미도리의 말에 귀를 기울였다. 이쪽에도 변명할 말은 있었다.

"당신이 그랬지. 당신한테 맡겨두라고. 그래 놓고…… 거짓말쟁이."

점점 격해지는 미도리의 말에 료타의 얼굴이 험악해졌다.

"그건 나도 계산 착오였어."

최대한 허세를 부리다가 료타는 결국 실패를 인정했다.

그런 추악한 계획이 성공할 리 없었다. 미도리는 그 점을 공격할 마음은 없었다. 문제는 그 본질에 있었다.

"당신은 처음부터 결정했어. 게이타와 함께한 육 년이란 세월보다 '핏줄'을 선택하기로."

미도리의 추궁이 료타를 멈칫거리게 했다. 미도리는 이미 알고 있었던 것이다.

"그런 건 아니야……."

료타는 큰 목소리를 내며 우위에 서려 했다. 그러나 미도리가 말을 가로막았다.

"당신, 게이타가 우리 애가 아니라는 걸 알았을 때, 뭐라고 했는지 기억나?"

이번에는 료타가 손사래를 치며 미도리를 제지했다.

"기억해!"

료타가 내뱉듯이 말했다.

"어떻게 모를 수 있냐고 당신 탓으로 돌리려고 했지. 그런데 바뀐 날짜가 7월 31일이니까 나도 게이타가 바뀐 걸 못 알아챘어. 그때는 미안했어……."

료타가 일어서서 사과하며 미도리에게 다가갔다.

미도리는 그 손길에서 도망쳐 창가로 갔다.

"아니야. 그런 말이 아니라고!"

미도리는 유리창 너머로 보이는 아름다운 야경이 아니라 유리에 비친 괴롭게 일그러진 료타의 얼굴을 바라봤다.

"당신은 이렇게 말했어. '역시 그런 거였어'라고. '역시'라니. …… 그게 무슨 뜻이지?"

변호사 사무실에서 돌아오는 길이었던가? 료타도 큰 충격에 빠진 상태였다. 그때의 기억은 안개가 낀 것처럼 몽롱했다. 그러나 격한 말을 쏟아낸 것 같은 기억은 난다. 그런데 과연 "역시 그런 거였어"라는 말을 정말 했을까? 그런 말을…….

"당신은 게이타가 당신처럼 우수하지 못하고 강하지 않은 걸 처음부터 믿을 수가 없었던 거지?"

정곡을 찔렀다. 학원에 안 다니면 합격도 못 하는 게이타, 피아노 실력이 전혀 늘지 않는 게이타, 다른 사람과의 경쟁을 피하는 게이타…….

료타는 얼어붙어 버린 것처럼 꼼짝할 수 없었다.

"그 한마디는 평생 못 잊어."

미도리가 돌아봤다. 얼굴은 눈물에 젖어 일그러져 있었다. 그 눈은 지금껏 한 번도 보지 못했던 증오로 불타올랐다.

분명 이제 다시는 어긋난 톱니바퀴가 원래대로 돌아가지 못

할 것이다.

료타는 우두커니 서서 가족이 무너져 가는 소리를 들었다.

어둠 속에서 두 사람의 대화를 듣고 있는 사람이 있었다. 그는 커다란 눈을 뜨고는 옴짝달싹도 못 한 채 침대 위에 누워 있었다.

다음 날 아침 식탁은 평소보다 대화가 많을 정도였다. 물론 료타와 미도리는 직접 얘기를 나누지는 않았다. 게이타에게 말을 건네고 게이타를 통해 대화를 나눴다.

그런 대화 중에 료타가 게이타에게 물었다. 어디 놀러 가고 싶은 곳이 없냐고. 그러나 게이타는 대답하지 않았다. 몇 차례나 집요하게 묻자 아무 데도 가고 싶지 않다고 작은 목소리로 말했다.

료타는 거의 반강제로 게이타를 공원으로 데리고 갔다.

료타가 게이타를 데리고 놀러 나온 것은 어느덧 이 년도 더 지난 일이었다. 그때는 일요일 점심시간 전이라 몹시 북적거렸던 기억이 떠올랐다. 놀이기구를 '힘센 아이들'이 독차지하고 있어서 게이타는 아예 다가가지도 못했다. "아빠가 교대로 타자고 말해줄게"라고 유도해도 게이타는 "집에 가고 싶다"고만

했다.

오늘은 시간이 이른 탓도 있는지 공원이 한산했다. 무엇보다 햇볕이 따가웠다. 아침부터 벌써 삼십 도를 넘는다고 텔레비전에서 소란을 떨었다. 땡볕 더위가 닥칠 예감이 들었다.

공원에 도착하자 이미 땀범벅이 됐다. 평소에는 거의 운동할 시간이 없던 료타는 오랜만에 땀을 흘려서 그런지 피곤했다.

지구본 모양을 본떠 만든 둥그런 정글짐—게이타는 '회전 정글'이라고 불렀다—을 발견하고 거기 올라타 앉았다.

"내가 돌려줄게."

게이타가 그렇게 말하더니 힘을 줬다. 온몸을 써서 밀자 서서히 돌아가기 시작했다.

"대단한데."

"하나, 둘, 셋……."

게이타는 얼굴을 점점 더 새빨갛게 물들이며 숫자를 세면서 회전 속도를 높였다.

"대단해."

게이타가 료타의 얼굴을 힐끗 쳐다봤다. 기쁘고 자랑스러운 표정이 어려 있었다.

게이타는 얼마쯤 돌리다가 "하나, 둘, 셋" 하며 정글짐으로 올라탔다.

료타는 그 멋진 솜씨에 무심코 감탄사를 내뱉었다.

“우와, 대단해, 대단해.”

게이타는 이번에는 쑥스러운 모양이었다. 그러나 역시나 활짝 웃는 얼굴이었다.

정글짐이 돌아가자 뺨을 어루만지는 바람결이 상쾌하게 느껴졌다.

료타가 카메라를 손에 들었다.

“자, 찍는다, 하나, 둘, 셋.”

게이타는 부끄러워하지 않고 렌즈를 향해 웃어 보이더니 손가락으로 브이 표시를 만들었다.

“나도 빌려줘.”

풀사이즈인 큰 카메라였다. 중량도 꽤 나갔다. 콤팩트카메라는 부족했는지 료타는 불편함보다는 성능을 택했다.

게이타에게 카메라를 건네줬다. 게이타에게는 아직 너무 무거운지 잘 들지 못했다. 전부터 몇 번인가 만지게 해준 적이 있어서 셔터 위치는 알고 있었다. 어색하게 카메라를 잡더니 셔터에 손가락을 올렸다. 게이타가 료타의 얼굴로 렌즈를 돌리고 셔터를 눌렀다. 누르는 순간 움직여서 초점이 흔들렸을지도 모른다.

료타는 그 카메라를 샀을 때의 기억을 떠올렸다. 게이타의 출산 예정일을 일주일 앞둔 때였다. 일이 정점에 달해서 사러 가고 싶어도 좀처럼 시간을 낼 수 없었다. 그 무렵에는 서브 리

더 위치라 잡무도 맡아야 해서 정말이지 일분일초가 아쉬웠다. 그런데도 점심시간에 짬을 내서 회사 옆에 있는 대형 가전 매장으로 뛰어가 사왔다.

요컨대 이 카메라는 게이타를 위해 산 것이다.

"게이타, 그 카메라, 너 줄게."

게이타는 료타의 제안에 놀랐는지 카메라와 료타를 번갈아 바라봤다. 그러고는 고개를 가로저었다.

"왜? 필요 없니?"

"응, 필요 없어."

게이타가 이렇게 분명하게 대답하는 모습을 료타는 처음 보았다.

"그래."

료타는 의아한 듯이 웃고 게이타가 건네주는 카메라를 받아 들었다.

그날 밤에는 닭튀김이 식탁에 올라왔다. 게이타와 보내는 마지막 밤이라 미도리가 솜씨를 발휘해 손수 만든 닭튀김이었다. 뼈가 붙은 고기를 사용했고 뼈 부분에 장식을 해놓았다.

닭튀김이 큰 접시에 수북이 쌓여 있었다. 셋이 먹어도 도저히 다 먹을 수 없는 양이라는 것은 한눈에도 알 수 있었다.

게이타가 기뻐했다. 웬일인가 싶을 정도로 크게 기뻐하며 닭튀김을 잇달아 입안 가득 베어 물었다.

미도리는 그 얼굴을 바라보면서 그 맛을 잊지 않길 바랐다. 유카리 씨의 닭튀김도, 어떤 고급 음식점의 맛도 엄마가 만들어 준 닭튀김에는 대적할 수 없다고 여겨주길 바랐다. 평생, 영원히 잊지 말아달라는 심정으로 기원했다.

그러나 그 말은 절대 입 밖으로 낼 수 없었다. 그저 닭튀김에 그 마음을 담을 수밖에.

닭튀김의 삼 분의 일 정도는 손도 못 댔는데 게이타도 료타도 미도리도 배가 가득 찼다.

미도리는 곧바로 내일 강변으로 놀러 갈 때, 도시락에 넣어야겠다고 생각했지만 이런 무더위면 식중독이 걱정이었다. 내일 아침에 다시 한번 도시락용으로 새로 튀겨야겠다고 마음먹었다. 당장이라도 장을 보러 나가고 싶었다. 집 근처에 있는 맛있는 고깃집 폐점 시간이 멀지 않았다. 자리에서 일어서던 미도리는 이틀 연속으로 닭튀김은 좀 지나치다는 생각이 들었다. 게다가 내일은 유카리가 닭튀김을 갖고 올지도 모른다……. 내일부터 게이타는 사이키 집안의 아이가 된다.

미도리는 표정을 잃었다. 창백한 얼굴로 게이타를 하염없이 바라봤다.

"아빠 말 잘 들어, 게이타."

식탁에서 료타가 게이타에게 말을 건넸다.

게이타는 여전히 닭튀김 기름으로 번들거리는 입술로 료타에게 얼굴을 돌렸다.

"그쪽 집에 가면, 아저씨랑 아줌마를 아빠, 엄마라고 불러야 돼. 외로워도 울거나 전화하면 안 돼. 약속이야."

료타의 목소리는 엄했다.

"미션?"

게이타가 머뭇머뭇 물었다.

"응, 미션이야."

료타는 게이타가 그 말을 기억하고 있는 것에 놀랐다. 처음 그 얘기를 했을 때는 멍한 반응만 보였던 것 같은 기분이 들었다. 그런데 또렷하게 기억하고 있었다.

"언제까지?"

게이타가 고개를 갸웃거렸다. 귀여운 몸짓이었다. 그러나 료타는 "여자 같다"며 미도리에게 언짢은 표정을 지은 적이 있었다. 지금은 그 몸짓에 가슴이 아팠다.

"아직 몰라."

영원히, 라고 말하려다 도중에 멈추고 둘러댔다. 어젯밤에 했던 생각을 머릿속에 계속 떠올렸다.

"게이타, 너는 왜 이런 미션 같은 걸 하나 싶겠지만, 십 년이 지나면 틀림없이 이해하게 될 거야."

게이타로서는 십 년이 어느 정도인지 알 수 없었다. 아직 시계도 제대로 읽을 줄 몰랐다.

그러나 그것이 아주 긴 시간이라는 것은 어렴풋이 알았다.

“류세이 집에서도 피아노 해?”

게이타가 물었다. ‘우수’해지기 위해서는 피아노가 중요했다.

“아무래도 상관없어.”

놀란 게이타가 료타의 얼굴을 보며 눈을 깜박거렸다. ‘우수하고 강해지기’ 위한 미션인데 피아노는 ‘아무래도 상관없다’고?

“게이타가 하고 싶으면 계속해. 엄마가 부탁할 테니까.”

미도리가 충격을 받은 게이타를 잘 타일렀다. 미도리는 기름으로 번들거리는 게이타의 입 언저리와 손을 수건으로 닦아줬다. 정성스럽게 천천히.

할 말은 다 했으니 이미 마음은 다 정리했겠지. 미도리는 료타의 옆얼굴을 보면서 생각했다. 약속한 날짜는 확실하게 지키겠지. 일에서는 그것이 중요하다. 그것이 설령 부모 자식의 연을 끊는 날일지라도.

그러나 미도리는 더 이상 아무 말도 하지 않았다.

유카리와 의논해 지금까지 찍어둔 사진은 아이에게 들려 보내기로 했다. 물론 부모가 집에 남겨두고 싶은 사진은 빼놔도 상관없다. 그러나 그것을 아이 눈에 띄는 곳에 장식하는 일만은 피하기로 했다.

유치원 같은 데서 만든 것이나 그림 같은 것도 최대한 아이에게 들려 보내기로 했다.

막대한 양의 갓난아기 시절 사진을 정리한 앨범을 몇 권이나 늘어놓고 게이타에게 꼭 건네주고 싶은 추억 깊은 사진을 골라 갔다. 그런데 모조리 다 고를 수밖에 없었다. 이윽고 미도리는 사진 선별 작업을 포기했다. 앨범에서 수십 장을 골라낸 뒤, 앨범을 통째로 여행 가방 속에 넣었다.

벽에 붙여뒀던 사진, 피아노 위에 장식해 뒀던 사진을 액자에서 빼냈다. 고민한 끝에 그것도 여행 가방에 넣었다. 게이타가 어릴 때 유치원에서 만든 핸드프린트 종이 점토 벽걸이를 집어 들었다. 손이 어쩜 이리 작고 앙증맞을까, 하며 미도리는 살며시 손을 포개봤다.

그것도 가방 속에 넣었다.

마치 자기 살을 떼어내는 기분이 들었다. 위가 찌릿찌릿 아팠다. 좋아하는 잠옷과 수건, 칫솔, 컵…….

미도리는 생각을 떨쳐내듯 여행 가방을 덮었다.

솟구쳐 오르는 눈물을 닦아내며 침실로 뛰어 들어갔다. 거기에는 게이타가 새근새근 잠들어 있었다. 마치 아무것도 모른다는 듯이 평온하게 잠들어 있었다.

미도리는 다시 한번 눈물을 훔쳐내고 가만히 침대 위에 나란히 누워 게이타의 잠든 얼굴을 바라봤다. 조용히 손을 뻗어 그 뺨을 쓰다듬고 머리칼을 어루만졌다.

료타는 서재에 있었다. 게이타는 웬일로 열 시 넘어서까지 깨어 있었다가 열 시 반이 되자 쓰러지듯 잠들어 버렸다.

그 후로 료타는 서재에 틀어박혔다. 책상 앞에 앉아 있을 뿐 아무것도 할 수 없었다.

줄곧 생각에 잠겨 있었다. 게이타는 왜 그렇게 분명하게 카메라가 "필요 없다"고 했을까.

그러나 몇 시간을 생각해도 답은 나오지 않았다.

가라스강 강변에는 사람이 거의 없었다. 꽤 멀리 떨어진 곳에서 물놀이를 하며 소란을 떠는 고등학생 무리가 보였다. 거리가 상당해서 신경이 쓰일 정도는 아니었다.

그 장소를 선택한 것은 사이키 가족이었다. 유다이는 왜건에 바비큐 세트와 음식 재료, 놀이기구 등을 가득 싣고 왔다.

오늘도 역시 료타 일행이 먼저 도착해 유다이 가족을 기다려야 했다. 유다이는 익숙한 손놀림으로 바비큐 그릴에 숯을 쌓아 올리고 성냥과 신문지만으로 눈 깜짝할 새에 불을 붙였다.

숯에 불이 다 붙기까지 한참 걸리기 때문에 그동안 유다이는 가득 싣고 온 장난감으로 아이들과 함께 놀기 시작했다.

미도리와 유카리는 그릴 앞에서 불을 지켜보며 아이들이 노는 모습을 말없이 지켜봤다.

유카리의 얼굴에는 미소가 어려 있었다. 아이들이 장난치며 뛰어다니는 모습은 언제 봐도 즐겁다. 현실을 잊게 해줬다.

미도리의 얼굴에도 미소가 감돌았다. 그러나 그것은 유카리 앞이기에 가능한 표정이다. 어쩌다 보면 그 얼굴에서 표정이 휙 빠져나가 버린다. 그리고 게이타를 바라보는 눈에는 슬픔으로 가득한 눈빛이 깃든다.

파라솔을 펴고 테이블을 놓았다. 접이식 의자는 사람 수보다 부족했지만 그럭저럭 일곱 개는 준비됐다. 어쨌든 간에 아이들은 노는 데 정신이 팔려서 앉을 새도 없겠지.

료타는 미도리와 유카리 옆에 있기가 거북해 조금 떨어진 곳에 있는 큰 바위를 의자 삼아 앉아 아이들이 노는 모습을 바라봤다.

유다이가 차에서 연을 꺼내서 띄우려고 했다. 아이들은 유다이의 발치에 모여들어서 지켜봤다. 그러나 유다이는 곧바로 포기했고 아이들은 쫓아다니기 시작했다.

유다이가 그릴 속 불을 살펴본 뒤, 빙긋이 웃으며 료타 쪽으로 다가왔다.

“연날리기, 여기선 안 되네요. 은어를 보호한대요. 여기서는 잘 안 보이지만, 새들이 접근하지 못하게 강 위에 천잠사(天蠶絲)를 쳐놨어요. 그래서야 연줄이 얽혀버리지.”

료타가 고개를 끄덕이며 세이카 학원의 게이타 면접을 떠올렸다. 게이타는 면접관이 여름 추억을 물어보자 ‘아빠랑 갔던 캠프와 연날리기’라고 거짓말로 대답했다.

유다이가 그것을 실제로 이뤄주려 했다. 게이타가 유다이에게 그런 얘기까지 한 걸까? 아니면 단순한 우연일까…….

“요즘 연들은 너무 쉽게 떠서 재미가 없어. 우리가 어릴 때는…….”

그렇게 말한 유다이가 료타의 얼굴을 보며 웃었다.

“아니, 뭐, 내 나이가 좀 위긴 하지만, 아버지가 댓개비랑 창호지로 만들어 준 연에 신문지를 오려 붙인 꼬리가 있었죠. 그게 도통 잘 날아가질 않아서…….”

그러자 료타가 고개를 저었다.

“우리 아버지는 자식들이랑 연을 날리는 사람이 아니라서.”

유다이는 료타의 말을 듣고 의아해하는 표정을 지었다.

“그래요? 설령 그렇더라도 그런 건 꼭 따라 할 필요는 없을 텐데?”

유다이의 말에서 비난하는 말투는 느껴지지 않았다. 단지 자기 생각을 입 밖에 냈을 뿐이다.

그 말이 맞다. 어느새 아버지의 싫었던 모습을 따라 하고 있었다.

"류세이한테는 해주세요."

유다이가 고개를 꾸벅 숙였다.

"네."

유다이는 아이들 축구에 끼려고 강변으로 뛰어가 버렸다.

아이들은 바비큐와 도시락을 아주 맛있게 잘 먹었다. 그러나 어른들은 좀처럼 젓가락질을 할 수가 없었다. 유카리와 미도리는 누가 어느 쪽 아이를 보살펴야 할지 서로를 견제하는 느낌이 들었다. 결국 작은 아이는 유카리가 돌보고 류세이와 게이타를 미도리가 챙기면서 식사를 했다. 유다이는 줄곧 불고기 담당이었다. 예전에 오키나와 요릿집을 경영했던 시기가 있다고 한 듯한 그가 '오키나와풍 소스'로 고기 밑간을 해 왔다. 그것이 정말 오키나와 맛인지 아닌지 알 수는 없지만 맛이 좋은 건 틀림없었다.

그릴을 정리하고 쓰레기를 모두 처리하자 오후 두 시가 됐다. 그날은 아침부터 옅게 구름이 꼈다. 오후가 되자 구름이 더 두꺼워졌다. 그러더니 갑자기 서늘한 바람이 불어서 반소매는 춥게 느껴질 만큼 기온이 떨어졌다.

미도리는 두터워지는 검은 구름을 올려다보며 기분이 우울해지는 것을 막을 길이 없었다. 이별의 시간은 착실히 다가오고 있었다.

그런데도 아이들은 강변에서 계속 놀았다. 뛰어다니기에는 딱 좋은 기온이었다.

유카리와 미도리는 나란히 서서 점점 다가오는 이별의 시간을 공유하고 있었다.

"저래 보여도 겁쟁이에요."

유카리와 미도리는 류세이가 게이타를 놀리는 모습을 보고 있었다. 두 아이는 뭔가 다툼을 벌이고 있는 것처럼 보였다. 유카리가 류세이를 야단치려다 그만뒀다. 벌써 화해했는지 두 아이가 갑자기 새끼손가락을 걸며 무슨 약속을 하기 시작했기 때문이다.

그 모습을 보고 유카리가 얘기를 이어갔다.

"밤에 혼자 화장실 가길 싫어해서 내가 늘 따라갔는데, 야마토가 태어난 후로는 갑자기 형처럼 행동하기 시작했어요. 야마토한테 배변 훈련을 시킬 때는 자기가 직접 화장실에 데려가겠다고 나서기도 하고. 의욕이 넘쳤죠."

유카리의 목소리가 갈라졌다. 울컥 눈물이 쏟아질 것 같구나, 하고 미도리는 생각했다.

"게이타도 늘 남동생을 갖고 싶다고 했어요. 그런데…… 내가…… 더 이상 낳을 수가 없어서.”

미도리의 말을 들은 유카리가 화들짝 놀라 쳐다봤다.

이미 육 년도 더 지난 일이다. 게이타를 낳고 퇴원하는 날, 담당 산부인과 의사에게 들은 얘기였다. “임신할 가능성이 매우 낮고, 임신할 수 있다 해도 유산할 가능성이 높습니다. 만약 자리를 잡아도 출산할 때 산모도 위험해질 수 있으니 가급적 임신은 피하세요”라고. 그 말을 들었을 때 옆에 있던 사람은 료타였다. 료타는 미도리 이상으로 충격을 받은 것처럼 보였다. 그러나 그 일로 미도리를 비난한 적은 단 한 번도 없었다.

그 후로 미도리는 료타에게 계속 죄의식을 품고 있었다.

“그러니 게이타에게 이런 형태로라도 여동생과 남동생이 생겨서 분명 기뻐할 거예요.”

미도리는 눈물이 어려 있었다. 유카리의 눈에도 눈물이 어른거렸다.

유카리가 미도리의 등에 손을 얹고 어루만져 줬다. 그 손길에는 미도리가 울 때 엄마가 해줬던 몸짓과 똑같은 온기가 깃들어 있었다.

미도리는 결국 울음을 터뜨리고 말았다.

유카리도 미도리를 살며시 끌어안고 소리 죽여 울었다.

료타는 다섯 시가 지났을 즈음, 게이타를 불러서 둘이서만 강가로 갔다. 료타는 게이타 옆에 웅크려 앉았다.

"게이타, 저쪽 집에 가더라도 걱정할 건 전혀 없어. 류세이 아빠랑 엄마도 널 아주 좋아한다고 했으니까……."

그러자 게이타가 조금 빠른 말투로 료타의 말을 가로막았다.

"아빠보다?"

그 말은 료타의 허를 찔렀다. 상상조차 할 수 없었던 말이다. 게이타 나름대로 고민했던 걸까? 료타로서는 알 수가 없었다. 그러나 지금은 긍정할 수밖에 없다는 것만은 알았다.

료타가 게이타의 얼굴을 바라보며 고개를 끄덕였다.

"그럼, 아빠보다 더."

게이타는 유카리를 닮은 그 커다란 눈으로 료타를 바라보며 아무 말도 하지 않았다.

"다 같이 사진 찍을까……."

유다이가 조금 떨어진 곳에서 조심스럽게 말을 건넸다.

"아, 네."

"이리 오렴."

유다이가 게이타에게 손을 내밀었다. 자연스러운 몸짓이었다. 유다이의 그 손을 게이타가 자연스럽게 잡았다. 두 사람은 손을 잡고 걸어갔다. 그 뒷모습은 영락없는 아빠와 아들이었다.

료타는 그 순간 가슴이 아팠다. 돌이킬 수 없는 짓을 저지르고 말았다……. 료타는 그런 마음을 밀어냈다. 마인드 컨트롤쯤은 익숙했다.

유다이의 카메라는 아주 작은 디지털카메라여서 료타가 가져온 카메라의 십 분의 일 정도 크기밖에 안 됐다. 두 사람은 각각의 카메라를 피크닉 테이블 위로 겹쳐놓은 아이스박스 위에 놓았다.

셀프타이머를 설정한 후, 유다이가 료타에게 목소리를 낮추고 말했다.

"웃읍시다."

료타는 한동안 그 말의 의미를 이해하지 못했다. 그러자 유다이가 다시 한번 말했다.

"다 같이 웃자고요."

모두가 앞으로 인생에서 몇 번이고 다시 보게 될 사진이 틀림없었다.

"네."

료타가 웃는 표정을 지어 보이며 대답했다.

"자, 찍는다."

셔터를 누른 유다이가 모두가 늘어서 있는 곳으로 달려갔다. 료타도 허둥지둥 그 뒤를 따라갔다.

료타는 머뭇머뭇 미도리에게 다가가서 옆에 섰다. 미도리 앞에는 게이타가 서 있었다.

사이키 가족과 노노미야 가족은 아주 살짝 틈을 벌리고 나란히 섰다.

난동을 부리는 야마토를 안은 유다이 앞에서 류세이가 장난을 쳤다. 그 옆에서 유카리가 미유 어깨에 손을 얹고 있었다.

모두가 가까스로 웃는 얼굴을 만든 순간, 셔터 소리가 났다.

류세이가 처음으로 노노미야 집의 아들이 된 날 밤, 료타는 그날을 위해 '노노미야 가족의 규칙' 목록을 작성해 뒀다. A4 용지에 각 항목별로 적혀 있었다.

"빨대는 씹지 않는다."

테이블에 마주 앉은 료타가 류세이에게 '규칙' 목록을 읽도록 했다.

"영어 공부를 매일 한다. 화장실 볼일은 앉아서 본다. 목욕은 혼자 조용히 한다. 게임은 하루 삼십 분. 아빠와 엄마라고 부를 것……."

류세이는 글씨를 잘 읽었다. 게이타보다 잘 읽었다. 그러나 다 읽고 난 류세이가 얼굴을 들고 료타에게 물었다.

"왜? 아저씨는 아빠가 아니잖아. 아빠 아니야."

"지금부터는 아저씨가 아빠야."

유다이와 유카리가 그런 설명을 확실하게 하지 않았나, 하는 생각에 료타는 살짝 화가 났다. 게이타에게는 몇 번이나 일러뒀다.

류세이는 그 얘기를 처음 들었는지 심각한 표정을 짓고 료타를 바라보다가 이윽고 부엌에 있는 미도리를 돌아봤다. 미도리는 그저 애매하게 미소를 지을 수밖에 없었다.

"왜요?"

류세이가 료타에게 물었다.

료타는 게이타와 마찬가지로 미션 얘기를 꺼내려다 말았다. 류세이는 앞으로 확실하게 예의범절을 가르쳐야 했다. 강하게 밀고 나가기로 했다.

"왜든 간에."

"왜요?"

류세이도 물러서지 않았다. 같은 말을 되풀이하며 물었다.

료타는 류세이의 얼굴을 바라봤다. 류세이는 아무렇지 않게 료타의 시선을 맞받아쳤다. 이쪽 비위를 맞출 마음은 전혀 없는 듯했다.

료타는 잠시 생각하다 공격 방향을 바꿨다.

"그럼, 이렇게 하자. 아빠와 엄마는 저쪽 집에 있다. 그건 지금까지처럼 해도 좋아."

"응."

류세이가 그 말에 반응을 보였다.

료타는 그 기회를 놓치지 않고 단숨에 공격에 들어갔다.

"그 대신 아저씨랑 아줌마를 아버지, 어머니라고 불러줄 수 있겠니?"

류세이의 표정이 또다시 굳었다.

"왜요?"

또다시 원점으로 되돌아가고 말았다. 류세이의 이해가 필요한 것은 아니다. 지금까지 사이키 집안에서 자라온 '철부지' 기질을 교정해야 한다. 그러려면 노노미야 집안의 스타일을 밀어붙여야 한다.

"왜든 간에."

료타가 또다시 질문을 밀어냈다.

"'왜든 간에'의 '왜'를 모르겠어요."

료타가 류세이의 눈을 똑바로 바라봤다. 그러나 류세이의 눈 속에 두려움은 없었다.

"조만간 알게 될 거야."

료타가 밀어붙였다.

"왜요?"

류세이의 눈에 도전적인 빛이 떠오른 것처럼 보였다. 게이타라면 있을 수 없는 일이었다. 이 정도까지 저항할 줄은 꿈에도 몰랐다.

"왜든 간에."

물러서면 안 된다. 료타는 다시 한번 밀어붙였다.

"왜든 간에? 왜요?"

도전하는 걸까? 아니면 정말로 단순히 이해하지 못하는 것뿐일까? 료타는 판단하기 어려웠다. 미도리에게 힐끗 시선을 돌리자 그녀는 바로 피해버렸다.

설명해 볼까, 하는 마음도 들었다. 그러나 잘 설명할 자신이 없었다. 료타 역시 알 수 없었기 때문이다.

"왜일까?"

료타가 무심코 본심을 입 밖에 흘리고 말았다.

"왜요?"

류세이가 또다시 물었다. 절대 지지 않는 것이다.

그 말에는 료타도 대답할 말이 없었다.

그때부터 료타는 한동안 생각에 잠기고 말았다. "왜?" 그렇다, 바로 그것이 문제의 핵심이다. 그러나 몇 번을 물어봐도 해답은 없었다.

"양치할까?"

료타는 그렇게 말하며 류세이가 갖고 온 칫솔을 집어서 류세이에게 건네줬다.

류세이는 료타가 건네주는 칫솔을 받아들더니 무슨 노래인지 콧노래를 흥얼거리며 세면대로 갔다. 그것은 승리의 노래 같았다.

류세이와 료타가 물러서지 않는 말씨름을 하는 동안, 미도리는 유카리에게 받은 종이 상자를 열고 옷가지 등을 꺼냈다. 그리고 사이키 집 벽에 붙어 있었다는 세계 지도도 꺼냈다. 류세이가 특히 좋아했다고 한다. 그 밑에는 앨범이 들어 있었다. 유카리도 사진 고르기가 힘들었는지 사진이 가득 들어차 있었다. 두 번째 종이 상자에 가득한 것은 초등학교와 유치원에서 만든 것으로 보이는 여러 가지 공작물이었다. 대부분 그림이고 점토 세공 두 개가 들어 있었다. 종이 점토에 색을 입힌 것인데 동물인지 괴수인지 판단할 수 없는 생명체로 다리가 넷이고 양쪽 다 머리에 뿔이 나 있었다.

두 개 다 독특해서 부엌 카운터 옆에 내려놓았다.

사진도 몇 장쯤 보면서 즐거워 보이는 걸로 골랐다. 그중에 사이키 부부와 처음 만났을 때 유다이가 보여줬던 사진이 있었다. 수영장에서 노는 모습을 찍은 초점이 흐린 사진이었다. 처음 봤을 때는 아무런 감정도 없었다. 지금은 건강해 보이는 그 모습에 웃음이 절로 나왔다. 최근 몇 달 동안 얻은 시간의 깊이를 실감했다. 그 대신 잃어버린 것은 게이타에 대한…….

미도리는 그런 마음을 서둘러 떨쳐냈다. 생각해도 아무 소용없다. 책가방. 그래, 책가방 생각이나 하자.

게이타의 책가방은 오늘 사이키 가족에게 건네줬는데 바비큐 세트 등을 차에 꽉꽉 싣고 온 사이키 가족은 류세이의 책가

방을 잊어버리고 그냥 갔다. 이번 주 안에 공책 종류와 함께 택배로 도착할 예정이다.

교과서는 모두 처분하기로 했다. 류세이도 게이타도 여름방학이 끝나면 공립 초등학교에 다니기로 했다. 잘하면 그대로 쓸 수 있을 줄 알았는데 양쪽 모두 학교에서 채택한 교과서 출판사가 달랐다. 새 교과서는 여름방학이 끝나고 등교하는 날 받을 예정이다.

게이타가 사립 초등학교에 갈 때 미도리는 공립이라도 상관없지 않을까 생각했다. 지금은 은근히 걱정이었다. 입시 학원에서 친구 엄마들한테 들은 공립 초등학교의 문제점은 조금 과장됐다손 치더라도 아무튼 끔찍한 얘기들뿐이었다.

다정한 게이타를 떠올린 미도리는 나지막이 한숨을 내쉬었다. 그러다 불현듯 알아챘다.

료타가 아이에게 진 적이 단 한 번이라도 있었을까?

기분 좋게 오래도록 이를 닦은 류세이는 곧장 혼자서 목욕하러 들어갔다.

료타도 이를 닦으려고 세면대 앞에 섰다 흠칫 놀랐다. 세면대 거울에 커다란 그림이 그려져 있었다. 로봇일까. 찬찬히 살펴보니 그것은 치약으로 그린 그림이었다.

목욕탕을 열고 야단을 칠까 하려는데 욕조 안에서 놀고 있는 소리가 들려왔다. 벌써부터 규칙을 깬 것이다.

그래도 우는 것보다는 낫겠지 싶어서 료타는 야단치지 않고 양치질을 시작하려 했다. 그러다 거울에 비친 자기 얼굴과 류세이가 장난으로 그려놓은 그림을 비교하며 생각했다.

료타가 아들에게 원했던 것. 류세이는 그것을 갖추고 있었다. 그건 바로 '강인함'이다.

사이키 가족의 저녁 식사는 유카리가 일하는 가게에서 가져온 도시락이었다. 유카리가 "오늘은 피곤하다"고 말했기 때문이다. 차를 가게 앞에 바짝 붙이고 모두가 원하는 도시락을 골랐다.

게이타가 먹고 싶어 한 것은 '슈마이', 즉 피가 얇은 찐만두 도시락이었다. 그것은 분명 도시락 가게의 간판 메뉴 중 하나로 오래도록 잘 팔리는 상품이었다. 그러나 그때까지 사이키 가족 중에는 그것을 시킨 사람이 없었다. 사이키 가족은 모두 보통 만두를 좋아했다.

유다이가 슈마이는 사도(邪道)고, 만두는 아류(亞流)라고 한바탕 열변을 늘어놓았다.

집으로 돌아간 후에도 그 화제로 한바탕 이야기꽃을 피웠다. 부모에게 야단맞은 적은 있어도 놀림을 받은 경험은 없었던 게이타는 그 시간이 즐거웠다.

시끌벅적하게 식사를 마친 뒤, 유다이가 아이들을 데리고 목욕을 시켰고 유카리가 야마토와 미유를 재웠다. 오늘은 하루종일 놀아서 피곤했겠지. 일곱 시에는 둘 다 잠이 들어버렸다. 게이타도 같이 잠자리에 들었지만 잠이 오지 않았다.

유다이는 목욕 후에 마신 맥주 때문에 취기가 도는지 코를 골며 잤다.

유카리는 야마토와 미유를 재운 후, 게이타의 얼굴을 들여다봤다. 게이타는 얼른 잠든 척을 했다.

유카리가 살며시 일어나서 방에서 나갔다. 한참 지나자 목욕하는 소리가 들렸다.

게이타는 슬퍼서 가슴이 찢어질 듯했다. 잠도 오지 않았다.

결국 게이타는 조용히 일어서서 유다이의 가게 쪽으로 걸어갔다.

거기에는 분명 집에는 없는 큰 전화기가 있었다.

게이타는 엄마에게 "잘 자라"고 인사하고 싶었다. 그것뿐이었다. 아빠는 전화하면 안 된다고 했지만 "잘 자라"는 인사를 잊어버리는 게 더 나쁘다.

그러나 게이타는 전화기가 있는 데까지 갈 수가 없었다. 가게는 셔터를 내리고 조명을 완전히 꺼서 캄캄했다.

어둠 속을 헤치고 갈 용기는 없었다.

그러나 게이타는 포기할 수도 없었다. 게이타는 가게와 안집

경계선에 우두커니 서 있었다. 이윽고 게이타는 그 자리에 웅크려 앉고 말았다.

'울면 안 돼, 여기서 울면 정말로 '강해질' 수 없어.' 속으로 그런 생각을 했다.

"어머? 왜 그러니?"

무릎을 감싸고 앉아 있는 게이타의 등 뒤에서 유카리가 모습을 드러냈다. 잠옷으로 갈아입고 젖은 머리칼을 수건으로 말리고 있었다.

게이타는 얼굴도 들려고 하지 않았다.

"아하, 고장 나버렸나?"

유카리가 그렇게 말하더니 게이타를 뒤에서 끌어올리며 일으켜 세웠다. 게이타가 일어났다. 그런데도 게이타는 여전히 고개를 숙이고 있었다.

"좋았어~. 그럼, 아줌마가 수리해 주지."

그것은 유다이가 게이타의 로봇을 수리했을 때랑 똑같은 순서였다. 게이타 배의 뚜껑을 연다.

"철컥! 됐어, 열렸다. 큐잉, 큐잉. 여긴가? 아니, 여긴가? 여기? 아하, 여기가 망가졌네."

유카리는 게이타의 배를 손가락으로 쿡쿡 찌르고 옆구리를 살짝 간질였다. 게이타는 몸을 비틀며 참았지만 결국 얼굴을 들어 웃고 말았다.

“어때? 이젠 나아졌니?”

게이타는 말없이 유카리를 바라보며 고개를 끄덕였다.

유카리도 고개를 끄덕여 보였다.

유카리는 게이타의 등으로 살며시 팔을 뻗어 천천히 끌어안았다. 고장 난 물건을 품에 안듯이 살며시.

게이타도 천천히 유카리의 등으로 팔을 둘렀다. 유카리에게서 샴푸 냄새가 났다. 엄마랑은 다른 냄새.

그 손의 온기를 느낀 유카리는 더 힘껏 게이타를 끌어안았다.

내 앞에서 슬퍼하는 아이. 그 슬픔을 덜어주고 싶었다. 유카리에게는 그것이 어느 곳의 어떤 아이라도 너무나 당연한 일이었다.

그러나 류세이와의 관계, 류세이에 대한 마음, 류세이에 대한 사랑, 그것은 나만의 것이다. 아무것도 변하지 않는다. 변할 리가 없다고 유카리는 마음속으로 중얼거렸다.

10

そ し て 父 に な る

료타는 가미야마 부장에게 불려 갔다. 일이 가장 순조롭게 진행되는 오전 시간에 드문 일이었다. 가미야마는 엉덩이가 가벼운 부장이라 기회 있을 때마다 자기가 관할하는 부서를 둘러보며 말을 건네곤 했다. 대부분은 잡담에 불과해도 그것이 부하 직원과 신뢰를 쌓는 데 도움이 되는 건 분명했다.

업무가 중단됐어도 료타는 성가시다는 기분은 들지 않았다. 가미야마와 나누는 대화는 즐거웠고 배울 점도 많았다.

유리벽을 두른 부장실 앞까지 가자 가미야마가 웃는 얼굴로 손을 들며 료타를 맞아들였다. 료타는 아이 교환 건을 말하겠구나 짐작했다. 아직 보고하지 않았다. 가미야마의 제안대로 '양쪽을 맡는' 데는 실패했기 때문에 얘기를 꺼내기 어려웠다.

그러나 료타는 부장실로 들어서자마자 뭔가 큰일이라고 직감했다. 부장 책상 위에는 주간지가 놓여 있었다. 그 주간지에는 아이가 바뀐 사건과 관련된 기사가 있었다. 물론 실명은 나오지 않았다. 료타는 대기업 건설 회사에 근무하는 아버지 A로 기사

속에 등장했다. 전철 안 광고에도 조그맣게 "요즘 세상에! 갓난 아기가 '바뀌는' 기기묘묘한 사건"이라는 제목이 붙어 있었다. 기사 내용은 법정에서 나온 증언과 취재를 바탕으로 한 온당한 수준이었다.

료타가 책상 앞에 앉자 가미야마는 주간지는 언급하지 않고 갑작스럽게 부서 이동 얘기를 꺼냈다. 게다가 이 주 후라면서 급격하고 이례적인 지시를 내렸다.

"기술 연구소라면 우쓰노미야 말입니까?"

료타는 사태를 파악할 수 없었다. 너무나 난폭한 이동 명령이었다. 기술 연구소는 료타가 소속된 건축 설계 본부와는 정반대되는 부서였다. 설계 본부가 '꽃'이라면 기술 연구소는 '흙'인 셈이다. 게다가 아주 깊은 땅속의 흙.

가미야마에게 무슨 아이디어라도 있나, 하고 생각했다. 기술 연구소를 통해 거대한 프로젝트를 획책하려는 속내를 들려주겠지 싶어 대답을 기다렸다.

"어어."

가미야마는 떨떠름한 표정으로 고개를 끄덕일 뿐이었다.

기술 연구소의 기술 덕분에 '꽃'이 피는 건 분명했다. 그러나 료타와는 맞지 않았다. 기술과 지식, 경험도 모두 건축 설계 본부에서 외길로 갈고닦아 왔다. 최고를 독주해 왔다는 자부심도 있었다.

"왜 하필 접니까? 노하라가 가도 되잖습니까."

노하라도 설계 본부의 리더 중 한 사람이었다. 눈에 띄지 않는 학구파 남자로 기술 연구와도 궁합이 잘 맞을 게 틀림없었다.

"뭐, 그렇긴 하지."

가미야마가 미소를 짓더니 책상 위의 주간지에 손을 얹었다.

"그렇지만 자네는 재판도 해야 할 테고."

"착각하지 말아주십시오. 저는 소송을 당한 게 아닙니다."

엉겁결에 목소리가 커졌다.

"그건 알지. 다만."

가미야마가 타이르는 목소리로 말을 덧붙였다.

"자네는 계속 액셀러레이터만 밟아왔잖아. 이제 슬슬 브레이크도 필요하단 뜻이야."

료타는 그 자리에서 바로 반론했다.

"무, 무슨 말씀을 하시는 겁니까. 부장님도 액셀러레이터만 밟고 여기까지 오셨는데……."

그러자 가미야마가 고개를 저으며 웃었다.

"시대가 달라, 시대가."

난데없이 텔레비전에 나오는 해설자처럼 진부한 답변을 하는 가미야마를 본 료타는 어안이 벙벙해졌다.

"으음, 이제는 가족 옆에도 좀 있어야지. 그곳이면 처가도 가깝잖아."

우쓰노미야와 마에바시는 이웃한 현(県, 일본의 행정단위 중 하나)이긴 해도 절대 가깝지는 않다. 도쿄에서 가는 거리나 비슷할 정도로 우쓰노미야와 마에바시는 떨어져 있다. 가미야마가 그것을 모를 리 없었다.

그제야 료타도 가미야마의 심중을 읽어낼 수 있었다.

"못난 아들과는 의절한단 뜻입니까?"

말투가 냉소적으로 변했다.

"어? 아니, 반대지. 귀한 자식일수록 여행을 보내라는 말이 있잖나."

가미야마가 책상 위 컴퓨터로 시선을 돌렸다. 그만 나가라는 뜻인 듯했다.

"언제까지입니까? 그 여행은?"

"아직 몰라."

가미야마는 눈을 맞추지 않고 나지막한 목소리로 말했다.

료타는 잘린 것이다. 아마 앞으로는 영원히 이 부서로 돌아오지 못하겠지, 하고 이해했다. 파티에서 하루나가 했던 말이 떠올랐다. '제일 무서운 건 남자의 질투'라는 말. 가미야마는 료타가 자기 지위를 위협하는 존재라고 생각했을까? 가미야마의 체면을 구긴 적이라도 있었나? 가미야마는 줄곧 료타의 '실패'를 바라고 있었을까? 아니, 가미야마 자신도 의식하지 못했을지도 모른다. 그런데 그때 아이가 '뒤바뀐 사건'이 드러난 것이다. 가미야마는 냉혹하게 료타를 버렸다. 그것이 답이다.

료타는 가미야마의 아들이 아니었다. 양자도 아니었다. 그저 부리기 편한 부하 직원 중 한 사람이었을 뿐이다. 그걸 깨달은 료타는 괴로웠다.

양쪽 다 맡아버리라고 했던 가미야마의 제안은 어떤가? 가족 같은 마음이었기에 그런 발상이 가능하지 않았을까? 아니, 그럴 리 없다고 료타는 생각을 고쳤다. 그 말도 애당초 상대 가족과 분쟁을 유도하려는 획책이 아니었을까…….

의혹이 료타를 집어삼키자 온갖 억측들이 꼬리를 물고 싹을 틔웠다.

료타는 부장실에서 나가려고 했다.

그런데 새로운 의혹이 료타의 걸음을 멈춰 세웠다. 묻지 않을 수가 없었다.

"제 후임자는 누굽니까?"

가미야마는 컴퓨터만 만질 뿐 대답하지 않았다.

"하루나인가요?"

료타는 조금 큰 목소리로 물었다.

가미야마는 컴퓨터에 열중해 못 들은 척하다가 살짝 놀란 표정을 지었다. 그때까지 존경하고 사랑했던 상사가 한없이 얄팍한 사람으로 보였다.

"어어, 그럴까 하는데, 자네 생각은 어때?"

마치 상의라도 하듯 능청을 떨었다. 료타는 신기하게도 분노가 느껴지지 않았다. 모든 게 바보짓 같았다.

"좋지 않을까 생각합니다. 여러 가지 의미에서 탐욕스럽기도 하니까."

가벼운 야유를 던질 생각이었는데 그 말에 놀란 가미야마가 얼굴을 살짝 찡그렸다.

그 표정을 본 료타는 확신했다. 가미야마와 하루나는 '내연 관계'다.

"그 말을 들으니 안심이 되는군."

가미야마는 곧바로 미소를 지으며 얼버무렸다.

"그리고 자네 송별회 말인데, 이번 달은 좀 바빠서……."

료타는 부장의 말이 들리지 않았다.

하루나는 이걸로 만족하겠지. 예전에 자기를 버린 남자를 업무로 넘어선 것이다.

하루나가 한잔하러 가자고 청하는 것을 거절했을 때, "내가 한잔 사주려고 했는데"라고 했던 말이 떠올랐다. 그것은 소위 원숭이 세계에서 한다는 마운팅(원숭이가 다른 원숭이에게 올라타고 힘의 상하관계를 나타내는 행동)이었을까. 자기가 상위에 섰다는 걸 확인하기 위해서.

악의로 가득 찬 생각들만 머릿속에서 맴돌았다.

그러나 차츰 그런 건 이제 아무래도 상관없었다.

료타는 씁쓸하게 웃으면서도 자기 자리로 돌아와 평상시처럼 업무를 처리해 갔다.

그날 밤도 미도리와 류세이 둘이서만 저녁을 먹었다. 시간은 여섯 시. 오늘도 무더웠다. 류세이가 원해서 '자루우동'(대발에 담은 우동을 시원한 육수에 찍어 먹는 음식)을 먹고 있었다.

미도리는 낮에 류세이를 아동관에 데려갔다. 실내에 있는 놀이기구와 게임을 맘껏 사용할 수 있다는 점이 류세이 마음에 무척이나 들었는지 얼굴을 전혀 모르는 또래 남자아이들을 불러서 '우노'라는 카드 게임을 시작했다. 미도리는 그 모습을 보고 적잖이 놀랐다.

그 후 게임 룸을 휘돌며 달리기 시합도 하면서 다 함께 즐겁게 놀았다.

미도리는 '류세이에게는 형제가 많아서' 그러리라 생각했다.

적어도 게이타와는 완전히 달랐다.

저녁 식사 때 얘깃거리는 컵 우동에 관한 내용이었다.

"초록색뿐이 아니고, 노란색도 있어요. 그리고 빨간색도."

류세이는 컵 우동의 면 종류를 잘 알고 있었다. 그것은 물론 사이키 집안의 음식에 대한 사고방식을 반영하는 것이었다.

미도리는 게이타에게 컵에 담긴 인스턴트 음식을 먹인 적이 없다.

"그중에서 어떤 색깔 우동을 좋아하니?"

미도리는 여전히 류세이를 어떻게 불러야 좋을지 망설이고 있었다. 필요할 때는 "류세이 군"이나 "류 군"이라고 불렀다. 아직은 편하게 부를 수가 없었기 때문에 최대한 이름을 부르지 않으려고 애썼다.

"빨간색이제."

류세이는 간혹 간사이 사투리가 섞여 나왔다. 물론 유다이의 영향이다. 유다이의 본가는 시가현인 모양인데 류세이는 한 번도 가본 적이 없고 유다이의 부모와 류세이가 만난 적도 없다고 했다.

"빨간색이면 간장 맛 아닌가?"

"몰라요. 왜요?"

류세이의 말버릇은 "왜요?"였다. 아무튼 그 한마디로 밀어붙였다. 말버릇이라기보다 '특기'에 가까웠다. 좋게 말하면 '한결같고' 나쁘게 말하면 '고집이 세다'. 그런 성격에서는 료타의 '피'가 느껴졌다.

"왜라니, 간장이 빨갛지 않나?"

"왜요? 검은색이지."

미도리는 선도가 좋은 간장 색깔은 빨갛다는 걸 증명하려고 백중날 선물받고 아직 뜯지 않은 간장을 보여줄 생각이었다.

그때 휴대전화가 울렸다. 미도리에게는 예감이 있었다.

사이키 집에서 걸려온 전화였다.

"여보세요?"

역시나 게이타한테 걸려온 전화였다. 미도리는 일어서서 류세이에게 웃는 표정을 지었다.

"응, 응."

미도리는 통화를 하며 침실로 이동해서 목소리를 낮췄다.

"괜찮아. 아빠, 아직 안 오셨으니까 비밀로 할게……."

미도리의 목소리는 류세이에게는 또렷하게 들리지 않았다. 그러나 그 목소리 톤만으로도 누구랑 통화하는지 류세이도 알 수 있었다.

료타는 밤 여덟 시가 넘어서 집에 왔다. 미도리와 관계가 서먹해진 후로는 인터폰을 눌러서 현관으로 마중 나오게 하는 일은 없었다. 미도리와는 최소한의 말만 주고받았다. 대화가 아니라 보고였다. 한 가지 더 변한 게 있었다. 료타는 이제 침대에서 자지 않았다. 소파에서 혼자 잤다.

그날도 직접 문을 열고 안으로 들어오자 식탁에 앉아 있던 미도리가 허둥지둥 일어서서 도망치듯 부엌으로 피하며 얼굴을 숨겼다.

울고 있었던 것이다.

류세이는 보이지 않았다. 목욕하는 소리가 희미하게 들렸다. 또 탕에서 놀고 있는 모양이다.

료타는 말을 걸어야 할지 말아야 할지 망설였다. 그러나 오늘은 왠지 여유가 있었다. 좌천 소식을 들은 당일이니 짜증스러울 법도 한데 이상할 정도로 마음은 편안했다.

"왜 그래?"

카운터 너머로 말을 건네자 울어서 붉게 물든 눈으로 도화지 한 장을 내밀었다.

"류세이가 오늘 그렸나?"

미도리가 고개를 끄덕였다.

그림을 본 료타는 깊은 한숨을 내쉬었다.

류세이가 목욕탕에서 나오기를 기다렸다 료타가 서재로 불러들였다.

류세이는 표정에서 감정을 읽어낼 수 없는 아이였다. 기가 죽은 분위기도 아니고 화가 나 있는 것 같지도 않았다. 그러나 적어도 기분이 언짢은 건 알 수 있었다.

"왜 이런 그림을 그렸니?"

류세이가 료타의 얼굴을 바라봐도 대답은 하지 않았다.

"어머니가 울었어."

류세이는 납득하지 않았지만 료타와 미도리는 서로를 '아버지, 어머니'라고 부르기로 은연중에 결정했다.

류세이는 역시 대답하지 않았다.

"사과해야지."

류세이는 입을 다문 채 료타를 똑바로 바라봤다.

료타도 말없이 류세이를 바라봤다.

류세이는 차츰 진력이 났는지 꼼지락꼼지락 몸을 꿈틀대기 시작했다.

"이제 됐다. 가서 자라. 어서."

료타는 한숨과 함께 류세이를 놔줬다.

류세이에게는 악의가 없었을지도 모른다. 그냥 그림을 그리다 보니 그렇게 돼버린 것뿐이겠지.

"안녕히 주무시라는 인사는 해야지."

방에서 나가려고 하는 류세이의 등에 대고 말했다.

류세이는 돌아보더니 "안녕히 주무세요"라고 인사를 하고 나갔다.

"잘 자라."

문이 닫히자 료타는 그림을 손에 들고 내려다봤다. 숱이 줄어들기 시작한 긴 곱슬머리에 체크무늬 재킷을 입은 남성. 그 옆에 서 있는 사람은 커다란 눈에 쇼트커트 여성. 그들은 유다이와 유카리가 틀림없었다. 그림 위에는 큼지막하게 '아빠, 엄마'라고 적혀 있었다.

그날 료타와 미도리 사이에는 대화가 오가지 않았다. 만약 서로 얘기를 나눴다면 미도리는 게이타한테 전화가 걸려온 사실을 료타에게 숨기지 못했을 것이다.

그 그림을 그린 건 게이타한테 전화가 온 직후였기 때문에.

그것은 류세이의 보복이었다.

아무래도 미도리 생각에는 그런 것 같았다.

그날, 류세이를 공원에 데려갔다. 집 안에 둘만 있으면 숨이 막힐 것 같았다. 그건 류세이도 똑같은 심정이겠지.

그러나 류세이는 게이타와 다르게 미도리랑 놀려고 하지 않았다. 금세 친구를 만들어 놀기 시작한다. 믿음직했다. 그 공원에서 지난번 아동관에서 함께 놀았던 아이를 만났다. 류세이는 다짜고짜 그 애랑 같이 아동관에 가도 되냐고 물었다. 괜찮다고 대답하자 류세이는 친구로 사귄 아이랑 부리나케 뛰어가 버렸다.

공원에 홀로 남은 미도리는 아동관으로 가지 않았다. 쫓아갈 이유도 없었다. 게이타가 좋아했던 놀이기구로 다가갔다. 그것은 '회전 정글'이었다. 미도리는 그 위에 걸터앉아서 게이타가 처음 그것을 돌렸던 날을 떠올렸다. 유치원에서 막 상급반으로 올라간 무렵이었다. 다른 아이들이 없는 늦은 오후나 이른 아침에 정글짐을 독점하고 몇 번이나 연습했던 것이다.

처음으로 정글짐을 돌렸을 때 기뻐했던 게이타의 얼굴이 떠올랐다. 그날 이후부터 돌아가는 정글짐에 올라탈 수 있게 되기까지도 오랜 시간이 걸렸다. 드디어 올라탈 수 있었던 순간에 지었던 자랑스러운 얼굴도 잊을 수가 없었다.

미도리는 게이타가 보고 싶었다. 참을 수 없을 정도로 게이타가 보고 싶었다.

게이타의 일곱 살 생일을 축하해 주고 싶었는데…….

류세이와 게이타를 맞바꾼 지 사 주가 지났다.

료타는 일에서 해방됐다. 남은 일 정리도 인수인계도 필요 없었다. 모든 일을 하루나가 함께 진행해 왔으니까. 하루나는 료타보다 더 일에 몰두했다. 옆에서 봐도 말을 건네기 어려울 정도로 온 정신을 쏟았다. 그리고 보람을 느끼는 것 같았다. 나도 저랬을까, 하며 마치 먼 옛날 일처럼 멀리서 하루나를 바라봤다.

누구의 눈으로 봐도 명료한 좌천이어서 동료도 후배들도 어딘지 모르게 서먹서먹하게 료타를 대했다. 료타도 그들에게 말을 건네지 않았다.

정시에 출근해서 정시에 퇴근했다. 근무 시간 중에는 기술연구소에서 맡은 옥상 녹화에 관한 프로젝트 자료를 멍하니 읽어봤다.

류세이는 아침부터 피아노에 흥미가 생겼는지 어떻게 사용하는지 미도리에게 쉴 새 없이 물어댔다. 전원을 켜고 치면 된다고 가르쳐 주자 류세이는 금세 건반을 엉망으로 두드리기 시작했다. 곡을 연주할 마음은 없는지 게이타가 두고 간 입문서를 펼치고 가르쳐 주려 해도 금세 싫증을 냈다.

아무래도 기분 내키는 대로 마구 치는 게 재미있는 모양이다. 그러다 손이 아팠는지 팔꿈치와 팔 전체로 건반을 두드리기 시작했다.

미도리는 소리가 클까 걱정스러워서 볼륨을 낮췄는데 류세이가 금세 다시 올려버렸다.

결국은 포기했다. 그리 덥지 않은 날인데 창을 다 닫고 에어컨을 켰다.

두 시간쯤 그렇게 놀자 아무래도 질렸는지 게임을 하기 시작했다. 생일에 선물로 사준 최신식 게임이 아니라 집에서 가져온 게임만 했다.

하루에 삼십 분까지라고 료타가 정해준 규칙은 지키지 않았다. 미도리가 몇 번인가 주의를 줘도 전혀 말을 듣지 않았다. 그러나 용인해 줬다. 류세이가 게임에 열중하는 시간에는 미도리가 조금은 안정을 찾을 수 있었다. 다루기 벅찬 류세이에게 끙끙대지 않을 수 있었기 때문이다. 류세이가 게임을 하는 동안은 미도리도 자기 머릿속으로 도망칠 수 있었다.

미도리는 뜨개질을 하면서 공허한 눈빛으로 류세이 쪽을 바라보며 게이타를 떠올렸다.

료타는 그날도 여섯 시 반에 귀가했다. 요즘 들어 계속 퇴근이 빠르다. 결혼한 후로 처음 있는 일이다. 아침에도 여유 있게 나간다. 무슨 일이 있는 걸까, 그렇지만 미도리는 굳이 묻고 싶지는 않았다.

저녁 식사를 하는 동안에도 류세이를 '통역' 삼아 부부가 주고받을 연락을 끝내는 경향이 있었다. 류세이도 기분이 좋지 않았다.

식사 후, 류세이는 료타와 소파에 나란히 앉아 텔레비전을 보고 있었다. 그런데 얼마쯤 지나자 갑자기 생각이 난 듯이 벌떡 일어서더니 피아노 전원을 켰다.

료타는 류세이를 가만히 지켜봤다.

류세이는 피아노 볼륨을 올리더니 또다시 팔꿈치와 팔 전체로 건반을 난폭하게 두드리기 시작했다. 물론 음악이 될 리 없었다.

그런데도 료타는 한동안 참고 있었다. 얼굴은 찡그리고 있었지만.

료타도 류세이를 야단치는 데 저항감을 느끼고 있었다.

"시끄러워, 조용히 쳐."

끝내 료타가 나무랐다.

그러나 류세이는 전혀 멈출 기미가 없었다.

피아노를 거칠게 두드리며 소음을 울려댔다.

"그만하랬지!"

료타가 큰소리를 냈다. 처음으로 고함을 친 것이다.

류세이가 돌아서서 료타를 바라봤다. 그 얼굴에는 특별한 감정이 없는 것처럼 보였다.

그런데 류세이가 얼굴을 찡그리더니 료타를 향해 달리기 시작했다.

그리고 료타 옆을 스쳐 지나 화장실로 숨어들었다.

귀를 쫑긋 세우고 기다려 봐도 류세이가 우는 소리는 들리지 않았다.

료타는 한숨을 크게 내쉬고 피아노로 다가갔다. 손을 뻗어 스위치를 끄려다 손길을 멈췄다.

료타가 건반에 손을 올리고 조그맣게 소리를 냈다. '튤립'이었다.

그날, 목욕을 마칠 때, 개운치 않았던 떨떠름한 감정이 미도리의 마음속에서 소용돌이쳤다.

류세이는 마에바시에서 가져온 자동차 장난감을 가지고 거실에서 놀고 있었다. 모터가 들어 있어서 벽에 부딪치면 빙그

르르 회전해 원래 자리로 돌아오는 자동차였다. 미도리는 장난감의 구조를 전혀 알 수 없었다.

류세이는 차츰 난폭해졌다. 차를 내동댕이치듯 벽에 집어 던지기도 했다.

벽지가 찢어지면 곤란해서 미도리가 말리려고 했지만 기력이 없었다. 아무 말도 없이 부엌 카운터 너머로 그저 바라보기만 했다.

마지막에는 류세이가 차를 벽으로 힘껏 집어 던졌다.

그 순간 미도리의 마음속에 어떤 의혹이 떠올랐다.

류세이가 일부러 저러는 건 아닐까? 우리가 곤란해하는 짓을 일부러. 유다이와 유카리의 그림을 그리고 '아빠, 엄마'라고 써서 일부러 미도리에게 보였던 것, 치약으로 거울에 그림을 그린 것, "왜요?"를 연발하며 료타를 곤란하게 만드는 것, 피아노가 망가질 정도로 마구 두드렸던 것 그리고 소중한 장난감이 부서질 정도로 난폭하게 다루는 것도…….

무엇 때문에? 우리에게 미움받으려고?

게이타라면 상상도 할 수 없는 일이다.

그러나 류세이는 다를 것 같은 기분이 들었다. 류세이는 어엿한 '어른'이었다.

"아, 망가졌다."

장난감 자동차는 결국 커버가 벗겨져 스위치를 켜도 움직이지 않게 된 모양이다.

"고쳐달라고 해야지."

류세이는 그렇게 말하고 서재로 '도망친' 료타에게 장난감을 들고 갔다.

역시 착각이었을까? 장난감을 고쳐달라는 구실로 피아노 때문에 야단맞아 어색해진 료타와의 관계를 '수리'하려는 것일까?

어느 쪽이든 간에 게이타에게서는 볼 수 없었던 행동이다. 게이타는 다른 사람의 기분을 살피는 데 민감했다. 무엇보다 야단을 맞을 때까지 고집을 부리는 일이 없었다. 설령 야단을 맞더라도 울기만 할 뿐, 반항적으로 나오는 경우는 거의 없었다. 어쩌다 화가 나서 큰 소리를 지를 때면 게이타는 나중에 살며시 편지를 내밀었다. 서투른 글씨로 쓴 '엄마, 미안해요'라고 쓴 편지. 그리고 갓 배운 별 모양 그림.

게이타가 보고 싶다.

"흐음, 이건 틀렸으니까 어머니한테 새걸로 사달라고 해."

서재에서 료타의 목소리가 들렸다. 수리할 수 없는 모양이다.

"그럼, 집에 돌아가면 아빠한테 고쳐달라고 해야지."

류세이가 즐겁게 말하는 목소리가 들렸다.

"류세이, 잠깐만."

료타의 날카로운 목소리가 들렸다.

"이제 그쪽 집에는 돌아가지 않아. 넌 계속 여기서 살 거야.

아저씨가 네 친아빠야."

료타가 류세이에게 '친아빠'라고 밝힌 것은 처음이었다.

류세이는 침묵했다.

"다시 줘봐."

찰칵찰칵 장난감 수리하는 소리가 들렸다. 료타는 유다이에게 지는 게 억울했던 것이다.

미도리의 머릿속에 어떤 광경이 되살아났다.

유카리와 둘이 강변에서 뛰노는 아이들을 지켜보고 있었을 때였다. 가족끼리 즐기는 마지막 레저.

그때 게이타와 류세이가 손가락을 걸었다. 대체 무슨 약속을 했을까, 줄곧 마음에 걸렸었다.

어쩌면…….

그러나 미도리는 그 생각을 웃음으로 밀어냈다. 갓 일곱 살이 된 아이들이다. 그런 생각을 할 리가 없다.

서로 부모에게 미움받을 짓을 골라서 하자는 약속을 할 리는 없겠지…….

그러나 미도리는 유카리에게 전화를 걸어 확인하고 싶었다. 게이타가 심한 장난을 치지는 않는지. 게이타가 류세이랑 똑같은 행동을 한다면…….

그것은 계획한 행동일 리 없다. 아이들은 외롭고 슬퍼서 발버둥 치며 괴로워하는 것이다. 그것이 반항이라는 형태로 표면

화되고 있다…….

양쪽 모두에게 괴로운 일이었다.

어른들조차도 발버둥을 쳤다.

미도리는 더 이상 그런 생각은 하지 않기로 했다. 괴로울 뿐이니까.

료타는 오늘도 소파에 누웠다. 장모 사토코가 딱 한 번 손님용으로 사용한 이불이라도 거실에 깔고 자면 좋겠지만 그건 아무래도 귀찮았다. 그런 모습을 미도리에게 보이고 싶지도 않았다. 게다가 소파 잠자리도 그리 나쁘지는 않았다.

류세이와 미도리가 침실에서 잠든 후에 한동안 텔레비전을 봤는데 하나같이 재미없는 프로그램뿐이라 료타는 그만 자기로 했다.

소파에서 몸을 뒤척이자 별이 뜬 밤하늘이 보였다. 구름 사이로 드문드문 별이 보일 뿐이라 대단할 건 없었다. 그러나 이 맨션으로 이사한 뒤로 단 한 번이라도 이렇게 여유롭게 밤하늘을 바라본 적이 있었을까. 료타는 그런 생각을 하며 깊은 한숨을 내쉬었다.

다음 날 아침, 료타는 아직 어스름한 새벽녘에 눈을 떴다. 시계를 보니 다섯 시였다. 여섯 시 반에 나가면 되니까 쓸데없이 일찍 일어난 셈이지만 잠이 올 것 같지 않았다.

몸을 일으키는데 손이 소파 쿠션 틈새로 들어갔다. 손가락 끝에 뭔가가 닿았다. 끄집어내 보니 장미였다. 장미 줄기다.

아버지날에 게이타가 학교에서 만들어 선물해 준 종이접기 장미. 쿠션을 들춰 찾아도 꽃 부분은 없었다.

꽃을 받은 기억은 또렷하게 난다. 장미는 분명 두 송이였을 것이다. 게이타는 다른 한 송이를 유다이를 위해 만들었다. 로봇을 수리해 준 데 대한 감사 인사로 주고 싶다고 했다.

그 한마디에 료타는 장미에 흥미를 잃었다. 건네받은 후에 어디에 놔뒀는지 기억조차 나지 않았다. 소파 위에 던져놔서 그것이 어쩌다 틈새로 빠진 모양이다.

그런데 왜 꽃만 보이지 않을까? 틈새로 빠졌다면 거기 같이 있어야 했다.

소파에서 이리저리 굴러다니다 뿔뿔이 찢어져서 어딘가에 꽃만 떨어져 버렸을지도 모른다.

그런데 미도리가 청소기로 빨아들여 버린 걸까, 쓰레기인 줄 알고 버렸고…….

미도리는 평소 그런 사람은 아니다. 료타가 버리려고 했던 업무 메모도 주워뒀다가 버려도 되는지 확인하는 성격이었다. 하물며 종이접기 꽃을 버릴 리가 없다. 그렇다면 게이타가 주웠을까? 줄기가 떨어진 채 마룻바닥에 떨어져 있는 꽃을 봤다면 게이타는 어떤 기분이었을까?

게이타의 서글픈 표정이 떠올랐다. 그것을 손에 들고 료타를 비난할 만한 아이는 아니었다. 그저 서글프게 그 꽃을 바라보고 입을 다물어 버렸겠지.

료타는 다시 소파를 들추기 시작했다. 집 안 구석구석까지 찾아봤다.

그러나 꽃은 어디에도 보이지 않았다.

게이타는 알고 있을까? 알고 있다면 그것은 게이타에게는 평생 잊을 수 없는 그늘이 될 거라는 생각이 들었다.

11

そして父になる

우쓰노미야에 있는 기술 연구소로 첫 출근을 했다. 자동차로 통근하는 방법을 선택했다. 회사에서 신칸센 통근 비용도 나오지만 차로 통근한 세월이 길어서 전철을 타고 다니고 싶지는 않았다. 고속도로 요금 할인을 받으면 열차 정기권 비용 정도로 만회할 수 있다. 기름값은 자기 부담이어도 그건 운전을 즐기는 대가다.

통근 시간은 약 두 시간. 전철을 타는 것과 크게 다를 바 없었다.

좌천이긴 해도 대우는 거의 변하지 않았다. 직책도 똑같다. 다른 점은 아무도 주목하지 않는 업무와 장래였다. 앞으로는 직책도 급여도 오를 리 없겠지. 그래도 가족 셋이 현재 생활 수준을 유지하는 데는 충분한 액수다.

아침에 출근할 때 미도리에게 "우쓰노미야의 기술 연구소로 밀려났어"라고만 말했다. 미도리는 놀란 듯했지만 아무 말도 하지 않았다.

료타가 배속된 옥상 녹화 프로젝트는 다섯 명이 한 팀이었다. 료타는 일단 책임자 지위에 올랐다고는 해도 한낱 겉치레일 뿐이다. 부하 직원들은 몇 년이나 옥상 녹화를 연구해 온 연구원들이다. 일이라고 해봐야 그들의 진척 상황을 관리하는 정도다.

언젠가는 자기 '일'을 찾아낼지 몰라도 지금은 그저 방해꾼일 뿐이다.

료타의 책상은 넓은 사무실 한구석에 덩그러니 놓여 있었다. 다른 연구원들은 대부분의 시간을 실험실에서 보내기 때문에 사무실에는 얼굴을 내밀지 않는 것 같았다. 료타의 인사가 끝나자 그들은 부지런히 실험실로 돌아갔다.

사무실에 남은 사람은 료타와 마찬가지로 본사 쪽에서 내몰린 경우가 많았다. 정년이 가까워진 직원이 많았다. 몇 명은 낯이 익지만 인사나 주고받는 정도고 친한 사이는 아니었다.

료타는 아침부터 당당히 책상에 신문을 펼치고 읽는 직원이 많다는 사실에 놀랐다.

그러나 그런 모습에 분노하는 시기는 이미 지났다.

그날은 오후에 손님이 찾아올 예정이었다. 스즈모토 변호사가 바쁜 일정에 짬을 내서 방문할 예정이다. 소송 결과 보고 때문이다. 료타가 서면만 보내도 상관없고 만날 필요가 있다면 이쪽에서 사무실로 찾아가겠다고 말했다. 하지만 고야마까지 나올 용무가 있으니 내친김에 들르면 되고 오늘이 아니면 한동안 만날 시간이 없다고 해서 마지못해 방문을 받아들였다.

좌천당한 것은 누구의 눈에나 훤히 보이겠지. 스즈모토에게는 보이고 싶지 않았다. 게다가 이곳까지 찾아오면 숨길 수가 없다. 그래서 미리 '내몰렸다'는 취지의 말을 스즈모토에게 밝혔다.

처음에는 농담이라고 여긴 모양이다. 료타가 좌천되리라는 건 상상조차 못 했기 때문이다. 우쓰노미야 이동 건도 새로운 프로젝트를 위한 일시적인 배치라고 예상했던 모양이다.

그렇게 넘겨짚게 놔두기보다 차라리 스즈모토에게는 숨김없이 밝히기로 했다.

스즈모토가 노사 관계에 밝은 변호사를 소개해 주겠다는 말을 꺼냈다.

스즈모토가 진심으로 걱정해 주는 건 료타도 충분히 이해했다. 그러나 그 제안을 정중히 거절한 후, 우쓰노미야에서 만날 약속을 잡고 전화를 끊었다.

넓은 사무실 한 귀퉁이에 회의실이 있었다. 전면을 유리벽으로 감싸고 있지만 료타가 블라인드를 모두 내렸다. 바깥의 시선을 차단하기 위해서가 아니다. 일도 안 하고 빈둥거리는 사람들을 스즈모토에게 보여주고 싶지 않았기 때문이다.

스즈모토는 평소보다 스스럼없는 말투로 료타 쪽의 전면적인 승리 소식을 알렸다. 요구한 금액의 칠십 퍼센트가 인정된 것이다. 그 금액이면 지금 타고 다니는 차와 같은 차종을 새 차로 구입할 수는 없다. 그러나 사이키 쪽에서는 그 경차 왜건을 새 차로 몇 대나 바꿀 수 있겠지.

료타는 그 금액이 얼마이든 잃어버린 것을 결코 보상할 수 없다고 생각했다.

"에이 뭐야, 일부러 승리 소식을 전하러 왔는데, 기쁜 것 같질 않네."

스즈모토가 회의실의 커다란 의자에 등을 기대며 웃었다.

"이긴 게 아니지. 난 이긴 게 아니라고."

료타는 의자에 앉지 않고 서 있었다. 구부정하게 굽은 등이 자신감 없고 늙어 보였다. 등에 있던 근육과 뼈를 얼마쯤 빼앗겨 버린 것 같았다.

"뭐, 그럴지도 모르지. 명확한 승자 같은 건 원래 없으니까. 소송이란 게 그래."

스즈모토의 말에 료타가 고개를 흔들었다.

"그런 뜻이 아니야, 내가 한 말은."

스즈모토는 료타의 반성적인 표현에 놀랐다. 예전에 료타는 이런 모습을 누구 앞에서도 보인 적이 없었다. 늘 기세가 당당하고 다짜고짜로 강경하고…….

"내가 잘못된 걸까."

료타가 나지막이 중얼거렸다.

"너답지 않게 왜 이래."

스즈모토가 료타의 얼굴을 빤히 바라봤다. 왠지 재미있어 하는 것 같았다.

"그런데 말이야, 노노미야, 나 왠지 널 좋아하게 될 것 같긴 하다."

스즈모토가 놀렸지만 완전히 농담으로 건네는 말 같지는 않았다.

"멍청이. 너한테 사랑받아 봤자 하나도 안 기뻐."

놀림을 되받아치는 가벼운 농담을 던질 마음과는 달리 말투는 절실해지고 말았다.

스즈모토가 진지한 얼굴로 료타를 바라봤다.

료타는 씁쓸하게 웃으며 손으로 그 시선을 떨쳐냈다.

"뭐야? 사랑받고 싶은 사람이라도 생겼나? 점점 더 너답질 않은데? 왜 그래?"

스즈모토도 반쯤 놀릴 마음이었는데 이제는 걱정스러운 말투로 변해갔다.

료타는 씁쓸하게 웃으며 고개를 저었다.

"아 참, 그렇지."

스즈모토가 양복에서 봉투를 꺼냈다. 아무 무늬 없는 하얀 봉투였다.

"하마터면 이걸 잊어버릴 뻔했네."

스즈모토가 봉투를 팔랑팔랑 흔들며 책상 위에 내려놓았다.

"뭔데?"

"그 간호사가 보낸 거야. 병원 위자료와는 별개로. 으음 뭐, 성의 표시라고 할까. 자기 딴에는 최대한의."

미야자키라는 이름이 떠올랐다. 가족과 함께 법원 복도로 사라져 간 뒷모습은 기억에 남아 있는데 얼굴이 떠오르지 않았다. 너무나 충격적인 일이라 오히려 기억에서 사라져 버린 것 같았다.

봉투를 집어 들었다. 료타는 그 무게에서 어떤 감정을 느껴야 했을까? 면죄부일까? 마땅히 분노를 느껴야 했다. 그 여자는 자기 불행을 타인에게 떠넘김으로써 마음의 평온을 얻으려 한 것이다. 그것은 멋지게 성공했다. 우리 가정은 붕괴되고 불행해졌다.

화를 내야 마땅했다. 그러나 료타는 아무런 감정도 느낄 수가 없었다.

다섯 시에 기술 연구소를 나서서 집에 도착하면 일곱 시 반이다. 퇴근길은 시내 도로가 막혀서 이른 아침처럼 원활하게 움직이지 않는다.

차를 지하 주차장에 세운 료타는 한동안 움직일 수 없었다. 운전대에 머리를 처박고 꼼짝도 하지 않았다.

이윽고 차에서 내린 료타가 입구를 향해 걸음을 내디뎠다. 그러나 그 다리가 우뚝 멈췄다.

료타는 발걸음을 돌리고 주차장 전용 출입구를 향해 달리기 시작했다.

료타는 역 앞에 있는 스탠딩 술집에 있었다. 최근에 유행하는 세련된 카운터바풍의 가게였다. 료타 말고는 젊은 여성 둘이 나란히 서서 칵테일을 마시며 꼬치튀김을 먹고 있었다.

료타는 여자들과 떨어진 곳에서 위스키를 들이켰다. 더블로 세 잔째 부탁했을 때, 성가셔져서 아예 병으로 달라고 바텐더에게 부탁했다.

"보관은 안 되는데요"라고 젊은 바텐더가 말했다.

"남으면 갖고 갈게요."

료타가 웃으며 말했다.

얼음이 가득 찬 잔에 위스키를 찰랑찰랑하게 따랐다. 술을 쭉쭉 들이켜며 잔을 비웠다.

료타의 마시는 모습을 보고 바텐더와 젊은 아가씨들이 "오오"라며 감탄사를 흘렸다.

료타는 바텐더를 힐끗 노려봤다.

바텐더는 장난스럽게 머리를 숙여 보였다.

다시 한 잔. 이번에는 천천히 마셨다. 마음속 어딘가가 조금씩 풀어지는 느낌이 들었다.

그와 동시에 분노가 솟구쳤다. 어렴풋하던 작은 분노의 불길이 알코올을 연료 삼아 거세게 타올랐다.

성의? 그 봉투를 미도리에게 건네주면 뭐라고 할지 알아? 보나 마나 왜 이딴 걸 받아 왔느냐며 비난할 게 불을 보듯 훤하다. 그때는 어떻게 대처해야 할까? 미도리에게 "이제 와서 그런 말을 하면 곤란해. 그럼, 자기 입으로 말하든가"라고 맞받아쳐야 할까? 아니면 "당신이 한 말은 평생 잊지 않겠어"라고 해야 하나?

분노가 미도리에게 향할 것 같아서 미야자키라는 간호사 쪽으로 방향을 수정했다. 이 봉투를 돌려줘 버리자. 고작 오만 엔뿐인 성의를. 너무나 하찮아서 웃음조차 안 나오는 금액을 구태여 변호사를 통해 보내는 무신경. 거기에 변호사의 경비도 포함되는 것이다. 도쿄와 우쓰노미야 왕복하는 데 만 엔이 든다. 요컨대 성의로 표시한 액수는 사만 엔이다.

그 간호사에게 물어보고 싶다. 여기서 이렇게 술을 퍼마셔야 하는 돈은 어떻게 할 거냐고? 게이타의 입학금은 어쩔 거냐고?

나의 아버지는 지금도 그 정도 돈만 있으면 빚을 다 갚을 수 있다고 믿고 있다. 게이타의 교복과 학교 전용 책가방과 가방은 어떻게 할 것인가? 윤택한 학자금 지원을 잃은 겁쟁이 게이타는 시골 마을에서 어떻게 지내야 한단 말인가? 류세이를 세이카 학원에 전학시키기 위한 학원 비용과 입학금은 어떻게 해야 하나? 나와 미도리 사이에 벌어진 치명적인 깊은 골은 어떻게 메워야 하나? 더 이상 아이를 낳을 수 없는 몸을 가진 미도리를 어떻게 해야 하나? 예의 없고 건방진 꼬마 녀석은 어떻게 해야 하나…….

나는 취했다.

예의가 없다? 그렇다. 예의 탓이지 내 '핏줄' 탓이 아니다. 나쁜 점은 예의 탓. 좋은 점은 '핏줄' 덕분이다. 좋은 점이 있으면 그렇단 말이지만, 하하하.

료타는 지갑에서 만 엔짜리를 꺼내 카운터에 내려놓았다.

거스름돈을 받아서 밖으로 나왔다. 다리가 휘청거리지는 않았다.

양복 주머니에서 봉투를 꺼냈다. 봉투 뒷면에는 주소와 미야자키 쇼코라는 이름이 쓰여 있었다. 여기에서 전철로 한 시간은 걸린다.

택시는 탈 수 없다. 이제 개인 경비는 단 일 엔도 안 나오는 허접한 직장인이기 때문이다.

한 시간이나 전철에 몸을 맡기고 흔들리니 술이 깨는 것 같았다. 아니, 그래도 괜찮다. 그럼 다시 그 역 앞에서 마시면 그만이다.

간호사의 집은 도쿄 서쪽 변두리 지역에 있었다. 전철이 붐비는 탓에 속이 울렁거린 료타는 결국 도중에 내려서 택시를 탔다.

저녁 여덟 시 반이라 만원이라고 할 정도는 아니었다. 평소 전철 통근이 익숙지 않은 로타로서는 서 있는 사람들과 무릎이 부딪치는 것만으로도 큰 스트레스였다.

택시를 타는 바람에 술이 조금 깨버렸으나 여전히 거나하게 취한 상태였다. 분노의 불길은 미약해졌어도 아직 불타오르고 있었다.

목적지 앞에 멈춰선 택시에서 간호사의 집이 올려다보였다. 아버지 료스케의 아파트 정도는 아니지만 많이 낡은 맨션이었다. 지은 지 사십 년은 넘었겠지. 오 층짜리 건물로 엘리베이터는 없다.

간호사의 집은 204호였다.

택시에서 내려 그 집으로 향했다. 계단을 올라가 오른쪽으로 돌자 바로 그 집이 나왔다.

환기구 날개가 돌아가고 안에서 스튜 냄새가 흘러나왔다. 아주 친숙한 냄새였다.

한동안 집 밖에서 귀를 쫑긋 세우고 있었다. 안에서 갓 변성기가 지난 소년의 목소리와 이제 어리다고는 할 수 없는 소녀의 목소리가 들려왔다. 아무래도 식사 문제를 둘러싸고 옥신각신 승강이를 벌이는 듯했다. 엄마인 듯한 목소리가 아이들을 나무랐다. 잠시 후 남자아이의 장난기 어린 목소리 들려오더니 말다툼은 이내 웃음소리로 바뀌었다. 아빠의 목소리는 들리지 않았다.

이것이 남을 불행으로 떠민 이유가 된 '부모 자식 관계'라는 말인가? 지금은 개선됐다는 말은 했다. 그러나 그것은 타인을 불행으로 끌어들여서 얻어낸 '행복' 아닌가?

료타는 분노가 치솟았다. 그러나 한편으로는 냉정했다.

료타가 철문을 두드렸다. 주먹으로 쾅쾅 두드렸다.

"어서 와요."

안에서 여자 목소리가 들리고 문이 열렸다.

남편이 퇴근한 줄 알았겠지. 웃으면서 문을 연 여자의 얼굴이 료타의 얼굴을 보자마자 얼어붙었다.

"아……."

쇼코는 소리가 채 되지 않은 신음을 흘리더니 얼른 옷매무새를 가다듬고 샌들을 꿰신은 후 밖으로 나와 손을 뒤로 뻗어 문을 닫았다.

고개를 깊이 숙였다.

"스튜 만듭니까? 맛있겠군요."

소고기가 아닌 돼지고기 스튜는 새어머니인 노부코도 자주 만들었다. 아버지는 술안주가 안 된다고 화를 냈다. 그래도 스튜를 해주면 다이스케도 료타도 남기지 않고 잘 먹었다.

쇼코는 말문이 막혀 시선을 이리저리 헤맸다가 또다시 허리를 깊이 숙이며 인사했다.

료타는 양복 안주머니에서 돈 봉투를 꺼내 건네줬다.

"이건 돌려드리죠, 성의."

료타는 '성의'를 천천히 강조했다. 제대로 빈정거린 것 같았다. 료타가 어렴풋이 느끼고 있던 분노가 이제는 가학적으로 굴절된 쾌감으로 변하기 시작했다.

"실례했습니다."

쇼코가 또다시 머리를 깊이 숙였다.

"당신 때문에 우리 가족은 엉망진창이 됐어."

쇼코는 머리를 숙인 채로 몸을 떨었다.

"한 가지 묻겠는데. 당신, 자기 시효가 지난 걸 알고, 그런 행동을 할 수 있었겠지?"

얼굴을 든 쇼코가 미세하게 떨듯이 고개를 몇 번이나 가로저었다.

"그건 아니에요. 몰랐어요. 정말로."

만약 그것이 연기라면 일류 배우급의 열연이었다.

그러나 료타는 비아냥거리듯 웃었다. 좀 더 고통을 주고 싶었다.

"거짓말!"

목소리가 커졌다. 또다시 취기가 도는 느낌이었다. 이제는 멈출 수가 없었다.

"법정에서 고백해도 죄를 묻지 못할 거라는 걸 알고 한 거야. 이젠 죄를 추궁받지 않을 테고, 양심의 가책에서도 해방되겠지. 일석이조야. 적어도 나라면 그랬을 텐데. 안 그래?"

쇼코는 말없이 고개만 저었다. 산소가 부족한 금붕어처럼 입만 뻐끔거릴 뿐 소리는 나오지 않았다.

분명 좀 더 퍼부을 말이 있었다. 아까 술집에서 했던 생각들은 산더미 같았다. 모든 걸 쏟아내서 이 우울함을 조금이라도 풀어야 했다.

찰칵 소리가 나며 문이 열렸다. 빡빡머리 남학생이 튀어나와 료타 앞을 가로막고 섰다. 그렇다고 해도 키는 고작 백오십 센티미터도 안 된다. 야구라도 하는지 얼굴이 새까맣게 타서 두 눈만 두드러져 보였다.

그 눈이 료타를 노려봤다. 양손을 펼치고 새어머니를 감싸듯이 가로막았다. 이 무슨 광대극이란 말인가.

"데루짱."

쇼코가 작은 목소리로 아들을 불렀다. 그러나 아들은 오로지 료타만 뚫어져라 보며 꼼짝도 하지 않았다.

"괜찮아. 내 잘못이야."

쇼코가 아들에게 말했다.

그러나 아들은 꼼짝하지 않았다.

"넌 관계없을 텐데."

료타가 가시 돋은 목소리로 말했다. 스스로도 표정이 험악해지는 걸 알 수 있었다.

그런데도 아들은 시선을 피하지 않았다.

"관계있어요."

아들이 입을 열었다. 그것은 떨리는 쉰 목소리였다. 두려운 것이다.

"관계없어."

료타가 손으로 밀어내려 했다.

아들이 강하게 저항하며 큰 소리로 말했다.

"우리 엄마야!"

료타는 허를 찔렸다.

료타는 자신의 동요를 들키지 않고자 재빨리 표정을 지웠다.

료타가 손을 들었다.

때리는 줄 알았는지 쇼코가 "아아" 하며 아들을 감쌌다.

남자아이는 입술을 꽉 다물고 여전히 료타를 노려봤다. 꿈쩍도 하지 않았다.

료타는 들어 올린 손을 소년의 어깨에 툭 내려놓았다. 그리고 가볍게 톡톡 두드리고 등을 돌린 뒤 걸음을 내디뎠다.

쇼코는 료타가 떠날 때 아들에게 미소를 지은 것 같은 기분이 들었다. 마치 "제법인데"라는 말을 하듯이.

쇼코는 또다시 허리를 깊이 숙이고 료타의 뒷모습에 대고 언제까지고 목례를 했다.

료타는 역 앞으로 여겨지는 방향으로 걸어갔다. 차츰 사람 수가 늘어나고 가게도 늘어났다. 술집으로 뛰어 들어가 엉망으로 취할 때까지 마시고 싶었다. 그러나 다리는 곧장 역으로 향했다.

료타는 박살이 났다. 상대를 몰아세워서 해방감을 얻으려 했는데 오히려 압도당해 버렸다.

그 소년의 한마디가 마흔두 살인 료타를 능가하며 웃어넘겨 버렸다.

게이타가 태어나고 며칠쯤 지났을 때였다.

미도리는 출혈도 멎었고 일상생활에 지장이 없다는 진단을 받았다. 그러나 퇴원 수속을 밟기 전에 주치의가 료타 부부를 회의실로 불렀다.

그곳에서 미도리는 아이를 더 낳지 못한다는 선고를 들었다.

아직 아이가 태어난 기쁨의 여운이 가시지 않았을 때라 그 선고는 실감이 나질 않았다. 단지 그 가능성이 닫혔을 뿐이라는 사실을 냉정하게 받아들였다고 스스로는 생각했다.

그러나 회의실에서 나온 료타는 차츰 절실하게 실감하기 시작했다. 앞으로의 인생에서 두 번 다시 아기를 가질 수 없는 것이다. 결코 이른 결혼이 아니었다. 당시 삼십 대 중반을 지나 있었다. 그래도 마흔까지 하나나 둘을 더 원했다. 가능하다면 딸을 낳고 싶다고 막연히 바랐다.

미도리는 함께 가족을 만들 파트너로서는 최고의 존재라고 믿고 있었고…….

미도리는 큰 상처를 입었다. 간호사가 휠체어를 준비해 올 정도였다.

휠체어를 거절하고 자력으로 걸으려는 노력에도 불구하고 료타가 부축해 주지 않으면 걸을 수가 없었다.

료타는 미도리를 책망하고 싶은 마음을 억눌렀다.

그러나 차츰 그 불합리함에 화가 치솟았다. 이런 시골 의사가 뭘 알겠느냐는 생각이 들었다. 도쿄 모교의 대학 병원에서 우수한 의사를 소개받으면 다른 진단을 내릴지도 모른다…….

엘리베이터 홀에서 장모가 게이타를 안고 기다리고 있을 터였다. 복도 모퉁이를 돌자 목소리가 들렸다. 귀에 익은 목소리였다. 결코 잊을 수 없는 목소리이기도 했다.

어스름한 복도 끝에서 사토코와 얘기를 나누고 있는 사람은 아버지 료스케였다. 그 옆에 노부코의 모습도 보였다.

"'낳았다'는 말뿐이고, 아무리 전화를 해도 통 받질 않는 겁니다. 드디어 태어난 노노미야 가의 후손 아닙니까, 마냥 기다리고 있을 수만은 없는 노릇이라 쳐들어 왔습니다, 하하하."

사토코는 송구해하며 고개를 숙였다.

"아 네, 죄송합니다, 연락도 못 드려서. 미도리가 출산 후에 몸이 좀 안 좋아서 그 지경이다 보니……."

"아뇨, 괜찮습니다. 아무튼 좀 안아봅시다."

료스케가 사토코에게서 게이타를 건네받아 품에 안았다. 안는 방식이 서툴렀지만 꼭 안고 그 얼굴을 들여다보며 웃었다.

"오, 그래, 그 녀석 참 잘생겼구나. 크면 미남이겠어."

걸음을 멈추고 그 모습을 지켜보던 료타의 표정이 험악해졌다. 아버지가 웃는 얼굴을 보니 화가 났다. 가족은 나 몰라라 뒷전이고 자기 멋대로만 살아온 남자가 할아버지인 양 손자를 안고 웃는 모습을 보니 참을 수 없이 화가 솟구쳤다.

"아직 목을 못 가눠요. 함부로 안지 마세요."

료타가 언짢은 말투로 료스케에게 쏘아붙인 후, 게이타를 가로채서 장모에게 건네줬다.

"왜 이래? 기분 좋게 안겨 있는데."

료스케가 불만스러운 목소리로 투덜거렸다.

"와달라는 말은 아무도 안 했는데."

아버지에게는 아이가 태어났다는 말만 전했다. 형 다이스케에게 알리자 아버지에게도 꼭 연락하라고 못을 박았다. 그 말만 아니었으면 료타는 전하지 않았을지도 모른다.

"아기가 태어났다"고 회사에서 전화를 걸어 알렸다. 눈코 뜰 새 없이 바쁜 와중이라 그 말만 하고 바로 끊어버렸다. 노부코가 집으로 몇 번이나 부재중 전화를 걸었다는 것은 나중에야 알았다. 미도리가 입원해 있는 상황이라 료타는 회사에서 묵으면서 공모전 자료 마무리 작업에 쫓기며 지냈다.

"손자가 태어났어. 축하하러 온 게 무슨 잘못이냐?"

료스케가 거친 목소리로 따졌다.

"이제 와서 그런 소리를 하네. 당신은……."

료타가 이제껏 쌓인 불만을 퍼부으려는 순간, 뒤로 빠져 있던 노부코가 말을 건넸다. 타이르는 말투였다.

"료짱."

료타는 입을 다물었다. 그러나 무서울 정도로 차가운 눈빛으로 노부코를 보면서 말했다.

"노부코 씨와는 관계없는 일이에요."

료타의 말에 놀란 노부코의 눈이 휘둥그레졌다. 그리고 천천히 입을 벌렸다. 결국 그 입에서는 아무 말도 나오지 않았다.

료타는 노부코에게서 시선을 거뒀다. 그리고 료스케와 노부코를 그 자리에 남겨둔 채 자리를 떴다. 사토코와 미도리는 돌아가는 차 안에서 내내 료스케 부부를 걱정했다. 그러나 료타는 "그 사람들과는 관계없는 일이야"라며 일축해 버렸다.

료타는 텅텅 빈 지하철을 갈아타며 집 근처 역에 도착했다. 위스키의 술기운은 가시는 중이었다. 햇볕에 그은 소년이 자신을 똑바로 쳐다보던 눈빛은 머릿속에서 지워지질 않았다. 그 눈빛에는 어떤 허영도 허세도 없었다. 오로지 진심으로 '새엄마'를 보호하려 했을 뿐이다.

료타는 집 앞까지 그 생각만 하며 걸어왔다.

그런 기분을 그대로 품고 집에 들어가고 싶지는 않았다.

료타는 지하 주차장으로 향했다. 차 운전석에 앉아 시동을 켜고 에어컨을 틀었다. 그러나 기분이 누그러질 리 없었다.

료타의 가치관에서 보면 그것은 수치스러워해야 마땅한 일이었다. 사내답지 못하다는 생각이 들었다. 하지만 그러지 않을 수가 없었다.

료타는 휴대전화를 꺼내서 전화를 걸었다.

“네.”

여성의 목소리가 들려왔다. 남자 목소리면 바로 끊을 작정이었다.

“료타예요.”

“어머나, 료짱, 지난번에는 고마웠어.”

전화 상대는 노부코였다.

“네, 음 그게…….”

료타는 말하기 거북한 듯이 머뭇거렸다. 그러자 노부코가 금세 눈치 챈 것처럼 말했다.

“앗, 아버지 바꿔줄까?”

“아니에요. 사과하고 싶어서.”

“갑자기 무슨 소리야? 그만둬, 심각한 얘기는.”

료타의 말투가 평소와 다르게 심각해서 노부코가 경계하는 것 같았다. 가까이에 아버지가 있을지도 모른다고 료타는 생각했다.

“옛날에…….”

그러자 전화에서 깜짝 놀랄 정도로 밝은 목소리가 들려왔다.

“됐어! 옛일은 이미 잊은 지 오래야. 너랑은 좀 더 시시한 얘기나 나누고 싶은데. 그 왜, 누가 가발을 썼다느니, 성형을 했다느니 하는.”

‘옛날’이라고 했을 뿐인데, 아니 ‘사과하고 싶어서’라고 말문을 뗀 시점에서 노부코는 이미 눈치를 챈 것 같았다. 칠 년 전 마에바시 중앙종합병원에서 있었던 그 일이라는 것을. 다시 말해 노부코는 그만큼 큰 상처를 입었다. 두 번 다시 언급하고 싶지 않을 정도로.

"그러네요."

료타는 자기 목소리가 평소에는 상상할 수도 없을 정도로 움츠러드는 느낌을 받았다. 이런 목소리를 내지 않으려고 애쓰며 살아왔는데…….

"어머, 아버지가 부르시네."

전화 너머에서 "술 떨어졌어"라는 목소리가 들려왔다.

"응, 알았어요. 알았어."

료타는 자기 목소리가 어린애처럼 변해 있는 걸 알아채지 못했다. 응석을 부리는 듯한 목소리였다.

"그럼, 이만 끊을게."

노부코가 그렇게 말하고 전화를 끊었다.

일찍이 단 한 번이라도 내가 새어머니에게 응석을 부린 적이 있을까? 가정부라고 치부해 버린 뒤로는 필요할 때 말고는 전혀 입을 열지 않았다. 한마디로 완고했다. 고등학교를 졸업할 때까지 그런 태도를 일관되게 밀고 나갔다. 그런데도 노부코는 한 번도 몰아세우거나 야단친 적이 없다.

그 간호사처럼 남의 행복을 깨뜨리고 싶은 충동이 들 정도로

'자식이 따르지 않는' 고통은 혹독한 것이다.

술 취한 아버지가 난동을 부리며 노부코를 때렸을 때도 단 한 번이라도 말린 적이 있었나? 아니, 한 번도 없었다. 그 모습을 두 눈으로 보면서도 "나랑은 관계없다"며 집에서 나가버렸을 뿐이다.

옛날에만 그런 게 아니다. 마흔이 다 된 남자가 "당신과는 관계없다"는 말을 내뱉었다.

쇼코의 집 앞에서 "넌 관계없을 텐데"라고 했을 때, 그 소년은 "관계있다"고 대답했다. "우리 엄마예요"라고. 나는 밤송이 머리 중학생보다 못한 것이다.

료타는 지금까지 자기를 지탱해 온 것들이 소리를 내며 무너져 가는 기분이 들었다. 아니, 모든 것들이 자기 주위에서 도망쳐 버렸다…….

핀셋을 이용해 젤라틴에 식물 종자를 고른 간격으로 심어갔다. 료타는 미사키 건설의 기술 연구소 실험실에서 직책상으로는 부하 직원인 연구원들의 손길을 주목하고 있었다. 그러나 그 눈에서 흥미로워하는 빛은 찾아볼 수 없었다.

"연간 수도 사용량은 빗물 이용으로 상당히 줄어들고 있습니다. 식물에 필요한 관수(灌水)와 수변 지역의 보급수를 합해도 42.6평방미터라……."

다치바나라는 삼십대 중반 연구원이 능숙한 손놀림으로 종자를 배열하면서 아무 자료도 보지 않고 정확한 숫자를 술술 늘어놓았다. 뼛속부터 기술자로 태어난 사람이겠지.

하루에 몇 번 이렇게 실험실을 방문해서 연구원들과 옥상 녹화 얘기를 나눴다. 무료한 것은 어쩔 수 없었다. 흥미가 안 생기는 면도 있지만 그것이 역동적인 일로 연결되지 않는 따분함이기도 했다. 료타는 단지 그들의 연구 결과를 들을 뿐이다.

그러나 사무실에 있는 것도 어색하고 거북했다. 오전 내내 신문에 푹 빠져 있던 '관리직' 사람들은 삼삼오오 모여서 점심 메뉴를 상의하기 시작한다. 가까이 있는 현장 사람을 불러내서 '접대'하는 것이다. 그렇게 족히 두 시간이나 허비한 점심값은 경비로 청구한다.

료타는 한숨을 내쉬었다.

어떻게 해야 할까?

그때 창밖에 움직이는 물체가 보였다.

그곳은 비오톱(biotope)이라 불리는 인공림이었다. 인공림이라고 해서 자연 그대로의 잡목림이다. 우쓰노미야역 앞, 빌딩이 늘어선 한 귀퉁이에 이런 잡목림이 있는 것은 이상한 광경처럼 보여도 자연에서 배운다는 최근 트렌드에서 탄생한 연구다. 료타가 관여하고 있는 옥상 녹화도 비오톱의 일환이었다.

잡목림 속에서 움직이는 것은 곤충 채집망이었다.

료타는 채집망을 들고 있는 인물을 보고 깜짝 놀랐다. 밀짚 모자를 눌러쓰고 위아래 카키색 작업복에 쌍안경을 목에 걸고 장화를 신고 있었다. 그 모습이 사진 한 장을 떠올리게 했다. 여권 사이에 끼어 있던, 밀짚모자에 곤충 채집망을 든 소년 시절 료타의 사진이었다.

료타는 흥미가 생겨서 곧바로 잡목림으로 내려갔다.

남자가 료타를 알아채고 정중하게 인사를 건넸다. 료타를 알고 있는 듯했다. 남자의 이름은 야마베라고 했다. 료타보다 나이가 많아 보였지만 서른여덟 살이었다. 매우 차분해서 노인처럼 보이기도 했는데 단정한 이목구비는 철학자처럼 이지적이었다. 건설 회사에서는 좀처럼 볼 수 없는 타입이었다.

"나도 원래는 당신 같은 건축가였어요."

야마베가 잡목림 사이를 걸어가면서 료타에게 말을 건넸다. 역시 야마베는 료타를 알고 있었던 것이다. 그러나 료타는 야마베의 얼굴이 전혀 기억나지 않았다. 얼마 전까지만 해도 낙오자라고 치부해 버리고 눈길조차 안 줬겠지. 그러나 지금은 그의 뒤를 따라 숲속을 걸어갔다.

"이 숲은 연구를 위해서 인공적으로 만들었어요."

그것은 이미 알고 있었다. 료타는 정작 무슨 연구를 하는지는 몰랐다. 지금까지는 알고 싶지도 않았다.

"아, 청띠신선나비다. 올해도 와줬네요, 청띠신선나비가."

들뜬 야마베의 목소리를 들은 료타는 그 시선 끝을 따라갔다. 언뜻 보기에는 수수한 갈색 나비처럼 보였다. 날개 표면에 짙은 남색의 선명한 청보석 띠무늬가 있어서 아름다웠다.

숲은 그야말로 잡목림이라 온갖 나무와 풀들이 한여름 제철을 맞아 무성하게 우거져 있었고 푸른 풀숲에서 풍기는 훗훗한 열기로 가득했다. 상수리나무를 많이 심어놓은 듯했다. 건축 자재로는 적합하지 않은 나무다.

그러나 투구풍뎅이나 하늘가재는 이 나무의 수액을 좋아한다. 곤충을 좋아했던 료타는 상수리나무를 만져봤다. 그러자 거기에 매미가 벗어둔 허물이 있었다.

무심코 손에 들었다. 게이타가 자랑하듯이 철 지난 매미 허물을 보여줬던 기억을 떠올렸다. 곤충을 싫어하는 게이타가 시골에서 이 여름을 어떻게 지내고 있을까.

"그 매미는 여기서 나서 자랐어요. 다른 데서 날아오는 건 그리 어려운 일은 아닙니다. 나무를 어느 정도 심어두면 모여들게 마련이죠."

료타는 담담하게 설명하는 야마베의 옆얼굴을 보면서 이 사람은 언제부터 여기에 있었을까 생각했다. 그러자 료타의 속마음을 읽기라도 한 듯이 야마베가 웃었다.

"매미가 여기서 알을 낳고, 유충이 자라 흙속에서 나와 날개

돋이를 하고, 그 허물을 남기게 되기까지 십오 년은 걸렸어요."

"그렇게나……."

료타가 무심코 중얼거렸다. 십오 년 사이에 료타는 수많은 프로젝트에 참여해 거대한 건조물을 몇 개나 만들었다. 그동안 이 친구는 이곳에서 숲을 만들고 매미의 날개돋이를 지켜봤다는 뜻이다.

씁쓸한 미소를 짓다가 료타는 문득 자신의 처지를 돌아봤다. 그러나 그 결과, 료타의 손에 무엇이 남았는가? 전문 분야가 아닌 기술 연구소로 밀려나서 은둔이나 다름없는 생활을 강요당하고 있다. 가족은 붕괴되기 직전이다. 씁쓸한 미소조차 지을 수 없었다.

야마베는 또다시 온화하게 웃었다. 속마음을 훤히 읽히는 것 같은 기분을 떨쳐낼 수 없었다.

"긴가요? 십오 년이?"

야마베의 질문이 마음을 흔들었다. 원하든 원치 않든 그것은 게이타와 함께한 시간, 그리고 류세이와 떨어져 있던 시간을 떠올리게 만들었다.

긴 시간일까? 게이타를 키워온 육 년. 류세이와 떨어져 지낸 육 년. 그중 어느 쪽을 선택해야 했을까? 아니, 애당초 그것을 부모가 선택해야 했을까?

그러나 게이타도 류세이도 분명 인공림의 매미였다. 사람의 손에 의해 그 인생은 크게 바뀌었다.

매미 유충은 어디에서 어디로 날갯짓을 하며 날아가야 할까.

료타는 그 답을 찾아 숲 위로 시선을 던졌다.

우듬지 틈새로 우쓰노미야의 새파란 하늘이 조그맣게 보였다.

기온이 삼십육 도를 넘어섰다. 텔레비전에서는 쉴 새 없이 불볕더위라고 떠들어 댔다.

미도리는 류세이를 데리고 전철로 삼십 분가량 걸리는 특설 회장에서 열린 공룡 전시회를 보러 갔다. 미도리는 대체 뭐가 재미있는지 통 이해할 수 없었다. 그러나 류세이는 몹시 흥분해서 스테고사우루스 알의 화석이라는 것에 푹 빠져 있었다.

아침부터 나가서 족히 여섯 시간이나 그 회장에서 시간을 보냈다. 그동안에도 류세이는 공룡 팬 동료, 즉 공룡을 좋아하는 또래 사내아이를 찾아내 미도리는 나 몰라라 하고 신나게 회장 안을 뛰어다녔다. 그 남자아이의 엄마와 한동안 대화를 나눴는데 '사내아이들은 거칠어서 고역'이라는 부류의 얘기가 많았다. 그때마다 미도리는 정말 그럴까 하는 의구심에 조바심을 느꼈다. 그러나 곧바로 신경이 거슬리는 원인을 알아냈다. 미도리는 무의식중에 류세이가 아니라 게이타를 떠올렸던 것이다. 게이타는 거칠지 않았다.

그 남자아이 엄마랑 넷이서 점심을 먹었다. 그 자리에서는 그 엄마가 한 말이 뭔지 충분히 이해할 수 있었다. 그 남자아이와 류세이는 안정감이라곤 없었고 난폭한 데다 남의 말을 듣지 않았다.

류세이는 점심식사를 마친 후에도 그 애랑 계속 놀았다. 미도리는 차츰 그 자리가 거북해졌다. 남자아이 엄마한테 아이가 바뀐 사실이 밝혀질까 봐 두려웠다.

만약 안다면 어떤 반응을 보일까? 교환이라니 믿기지 않는다. 어떻게 그럴 수 있냐는 식으로 말할 것 같았다.

미도리는 이웃에 사는 친구 엄마에게도 류세이를 소개하지 않았다. 물론 게이타가 집에 없다는 얘기도 하지 않았다. 할 수 없었다. 상의할 수도 없었다. 모두 다 절실하게 마음을 써주겠지. 그러나 누구도 그 문제를 해결하는 당사자는 될 수 없다. 그리고 미도리 역시 아직 해결되지 않은 문제였다.

미도리는 몹시 지쳤다. 빨리 집에 돌아가고 싶었다.

집에 도착한 것은 세 시였다.

잠깐 낮잠을 자지 않겠냐고 권해하자 류세이는 게임을 하겠다고 했다.

미도리는 침대에 쓰러지자마자 땅속으로 빨려들 듯이 깊이 잠들어 버렸다.

침실 문이 활짝 열려 있었다. 잠이 들면서 이제는 너무 익숙해진 류세이의 게임 소리를 들은 기억은 난다. 그런데 눈을 뜨자 방 안은 이미 어스름해졌다.

시계를 보니 여섯 시가 지나 있었다. 세 시간 넘도록 자버린 것이다.

허둥지둥 일어나 거실을 들여다봤다. 쥐 죽은 듯이 고요했다.

류세이가 보이지 않았다. 늘 소파에 팽개쳐 두던 게임기가 없었다.

식탁 의자의 등받이에 걸려 있던 류세이의 배낭도 보이지 않았다.

현관으로 달려갔다. 신발이 없었다.

얼굴에서 핏기가 가시는 걸 실감할 수 있었다. 그대로 기절해 버릴 것 같았다.

"류세이!"

미도리는 평소 내본 적이 없는 큰 소리로 이름을 부르며 방마다 샅샅이 찾아다녔다. 어딘가에 숨어 있을지도 모른다.

목욕탕이다, 하는 생각이 들자 또다시 온몸에서 핏기가 가셨다. 욕조에는 어젯밤에 받아둔 목욕물이 그대로 남아 있었다. 평소에는 아침에 세탁이 끝나면 바로 빼는데 그날은 이른 아침부터 외출하는 바람에…….

류세이가 목욕탕에서 물놀이를 했을지도 모른다. 그러다 발이 미끄러져서…….

류세이가 욕조 속에 둥둥 떠 있는 모습이 뇌리에서 떠올라 비명을 지를 뻔했다.

목욕탕 문을 열었다. 그러나 아무도 없었다. 욕조 뚜껑을 열어봤다. 역시 아무도 없었다.

남은 건 다용도실뿐이다. 문을 열어봤지만 거기 있을 리가 없었다. 물건이 가득 들어차 류세이의 몸이 자그마해도 들어갈 공간이 없었다.

"류세이!"

대답은 없고 아무 소리도 들리지 않았다. 이제 갓 일곱 살이 된 남자아이가 이렇게까지 완벽하게 숨어 있을 리가 없다.

미도리는 현관에서 신발을 신고 밖으로 튀어 나갔다. 아동관도 이미 문을 닫은 시간이다. 밖에 나갔다면 공원이다.

경황이 없어 샌들을 신어버린 게 후회스러웠다. 몇 번이나 넘어질 뻔했다. 그러나 급한 마음에 정신없이 뛰었다.

공원 옆까지 간 미도리는 절망했다. 공원에서는 아이들 목소리가 들리지 않았다. 이미 날이 완전히 저물어 공원 조명이 켜져 있었다.

공원에는 인기척도 없었다.

경찰에 전화해야 한다. 이제는 그 방법뿐이다. 일이 커지겠지만 지금은 달리 방법이 없다.

분명 주머니에 전화기를 챙겨왔다고 생각한 순간, 주머니 속에서 휴대전화가 진동으로 울렸다.

허겁지겁 꺼내서 귀에 댔다.

"아아……."

미도리는 한숨을 내쉬었고 온몸에서 힘이 빠져나갔다. 공원 한가운데 그대로 주저앉고 말았다.

료타가 미도리의 전화를 받은 것은 차 안이었다. 우쓰노미야를 출발해서 잠시 후 수도고속도로로 접어들기 직전이었다. 미도리의 얘기를 듣고 곧바로 수도고속도로로 진입해 간에쓰 자동차도로를 지나 마에바시를 향해 달렸다.

꽤 서둘러서 차를 몰았음에도 료타가 사이키 집에 도착하자 여덟 시가 지나 있었다. 전파상 앞에 차를 세우고 가게 출입문을 열었다.

"실례합니다! 노노미야입니다."

그 소리를 듣고 거실에서 류세이와 놀고 있던 게이타가 환한 얼굴로 일어섰다.

사이키 가족의 저녁 식사가 끝나갈 즈음에 난데없이 류세이가 돌아온 것이다. 유다이와 유카리는 깜짝 놀랐다. 류세이를 일단 불단방으로 데려가서 불단을 향해 무슨 말인가를 했다.

잠시 후 류세이는 혼자 조금 늦은 저녁을 먹었고 한껏 신이 나서 크게 떠들어 대며 유다이 가족을 웃겼다. 야마토와 미유도 몹시 기뻐하며 류세이 곁을 떠나지 않았다.

유다이와 유카리는 게이타에게 아무 설명도 하지 않았다.

그러나 게이타는 이해했다. '미션'이 끝난 거라고. 류세이는 돌아왔고 아빠가 곧 데리러 올 거라고. 요즘에는 밤에 울지 않았고 야마토랑 미유랑 싸워도 거의 지지 않았다. 여름방학 학습지도 유다이가 이제 그만하라고 말릴 정도로 매일같이 열심히 해서 사십 일 치 국어와 산수 학습지를 일주일 만에 끝내버렸다.

이젠 강해졌고 우수해지기도 했다.

그러니 '미션'은 끝이다. 그래서 아빠가 데리러 온 것이다. 아마 엄마는 차에서 기다리겠지…….

"류세이!"

아빠가 부르는 소리가 들렸다.

그 목소리에 게이타는 자리에 주저앉고 말았다. 그리고 곧바로 방 안쪽에 있는 벽장으로 숨어들어 몸을 숨겼다.

아빠가 데리러 온 것은 내가 아니었다. 아빠 얼굴을 보고 싶지 않았고 자기 모습을 보이고 싶지도 않았다.

"아하, 어서 오세요."

유다이가 료타를 맞아들이고 사정을 설명했다.

"댁 맨션 옆에 공원이 있다면서요? 베란다에서 공원이 내려다보이는데, 연을 날리는 아빠와 아들이 보였고……. 그 모습을 보니 갑자기 연날리기를 하고 싶어졌다더군요."

"연날리기?"

료타의 표정이 험악해졌다. 유다이는 아이의 핑계를 곧이곧대로 다 믿어버린 것이다.

"어떻게 여기까지 왔습니까?"

료타의 질문에 부엌에서 나온 유카리가 대답했다.

"물어봤더니, 개찰구를 통과하는 어른 뒤를 따라서 들어온 모양이에요."

"그렇지만 어떻게 여기까지……."

류세이는 확실히 길눈이 밝았다. 그러나 도쿄에서 여기까지 오려면 적어도 두 번은 갈아타야 하고 게다가 신칸센을 타야 한다. 신칸센 개찰구는 어떻게 통과했을까. 아니, 애당초 그 길은 어떻게……. 미도리와 한 번 전철을 타고 온 적이 있었다. 그때 오는 길을 기억해 뒀을까…….

"이 녀석이 그런 방면으로는 정말 묘하게 똑똑하단 말이죠……."

유다이가 은근히 자랑스러워하듯 류세이를 칭찬했다. 그 말에 료타는 화가 치밀었다.

"그런 걸 칭찬해서 어쩌자는 겁니까. 야단을 쳐야죠. 안 그러면 또다시 몇 번이고 이런 짓을 저지를 거 아닙니까."

그러자 유카리가 부엌에서 나오며 거친 목소리로 받아쳤다.

"잠깐만요. 그럼, 배가 고프다는 아이를 야단쳐서 내쫓으란 말인가요? 어떻게 그럴 수 있죠!"

"뭐, 그야 그렇지만……."

불만을 말하는 듯한 료타의 답변은 모호했다.

유다이가 중재하듯이 료타에게 말을 건넸다.

"으음 그 뭐냐, 별로 잘 안 풀릴 것 같으면, 일단 이쪽으로 돌려보내셔도……."

료타는 말문이 막혔다. 반론의 여지는 없었다.

유카리가 내처 다그쳤다.

"네, 그래요. 우리는 류세이랑 게이타 둘 다 받아도 전혀 문제없어요."

이 말에는 료타도 꼼짝달싹할 수 없었다. 입장이 역전되고 말았다.

료타는 얼굴이 일그러졌다.

"괜찮습니다. 내가 어떻게든 해볼 테니까."

가까스로 그렇게 말했어도 결국 책임을 은근히 미도리에게 전가하는 말투가 되고 말았다.

"류세이! 집에 가자, 류세이!"

료타는 방구석에 숨어 있는 류세이를 불렀다. 물론 게이타의 얼굴을 볼 생각도 없었고 말도 건네지 않았다. 괜히 집 생각만 나게 하면 안 된다. 이런 상황에서는 엄격하지 않으면 자신의 '선택'이 밑동부터 흔들리기 때문이다.

류세이는 가고 싶어 하지 않았다. 거의 흐느껴 울다시피 해서 감당하기 버거웠다. 유다이와 유카리가 가까스로 설득해서 차에 태워줬다.

료타는 사이키 집 안으로는 들어가지 않았다. 게이타의 모습은 어디에서도 보이지 않았다.

게이타 나름대로 '미션'을 수행하려는 거라고 료타는 생각했다. 그것은 확실하게 '교육'시켰으니까.

"류세이."

료타는 운전하면서 뒷좌석에 앉아 있는 류세이를 불렀지만 대답은 없었다.

룸미러로 쳐다보니 말없이 창밖 경치를 내다보고 있었다. 더 이상 울지 않았다.

"아저씨랑 아줌마를 지금 당장 아버지, 어머니라고 안 불러도 돼."

료타가 말했다. 평소와는 다른 다정한 목소리였다. 류세이는 역시 아무 대답이 없었다.

료타는 더 말을 건네지 않았다. 무슨 말을 걸어야 할지 알 수 없었다.

사이키 가족 사이에서는 작은 소동이 벌어졌다. 게이타가 행방불명이라고 유다이가 소란을 떨었던 것이다. 그러나 미유가 금방 벽장 안에서 잠들어 버린 게이타를 찾아냈다.

벽장 안에서 땀을 흠뻑 흘린 뒤라 유다이가 서둘러 목욕물을 받아 아이들을 목욕시켰다.

게이타는 목욕탕에서 기운이 없었다. 전원이 꺼진 로봇처럼 표정이 없었고 등을 구부정하게 숙이고 있었다.

"게이타?"

유다이가 야마토와 미유와 함께 욕조 안에 몸을 담그면서 우두커니 서 있는 게이타를 불렀다. 게이타는 대답하지 않았다.

유다이가 욕조 물을 살짝 입에 머금고 게이타에게 자기 가슴을 찔러보라는 몸짓을 했다.

게이타는 별로 내키지 않는 표정을 짓다가 마지못해 시키는 대로 유다이의 가슴을 찔렀다.

그러자 유다이가 입에 머금고 있던 물을 게이타의 얼굴로 뿜어냈다.

"하하하하!"

유다이가 크게 웃었다. 미유와 야마토도 웃으며 "나도 해줘!" "나도, 나도!"라고 졸라댔다.

유다이는 웃으면서 게이타를 바라봤다. 게이타는 아주 살짝만 웃었다.

맨션에 도착했을 때, 류세이는 뒷좌석에서 완전히 잠들어 있었다. 열한 시가 가까운 시간이었다.

료타가 방까지 안고 가서 침대에 눕혔다.

울면서 두 사람을 맞이한 미도리는 료타에게 끊임없이 사과했다.

그 모습을 본 료타는 사이키 부부에게 자기가 했던 말이 부끄러워졌다.

내가 어떻게든 해볼 테니까? 할 일도 전혀 없으면서 주말에도 서재에만 틀어박혀 일하는 척했던 적이 분명 있었다. 류세이가 '난폭하게 굴었을' 때였다. 다루기 벅차면 미도리에게 미뤄버린 것이다. 그리고 속으로 사이키 가족에게 욕을 퍼부었다. 도대체 가정 교육을 어떻게 시킨 거냐고. 자기에게 유리한 것은 '핏줄'. 마음에 안 드는 것은 가정 교육 탓. 그 모습은 아버지 료스케와 매우 비슷했다. 자기에게 불리한 것은 모두 남에게 밀어버린다. 혐오했던 아버지의 모습 그대로였다.

사과하면서 우는 미도리는 노부코와 똑같았다. 료타는 어스름한 맨션 앞에서 몇 번이고 머리를 조아리며 사과했던 간호사 쇼코를 떠올렸다.

"그만 됐어. 당신 탓이 아니야."

료타가 미도리에게 말했다. 그 목소리는 거의 참회하는 사람의 그것처럼 온순하고 차분했다.

"내 탓이야."

료타의 말을 들은 미도리가 남편의 얼굴을 빤히 쳐다봤다.

료타는 미도리와 시선을 마주치지 않고 류세이의 잠든 얼굴을 내려다봤다.

미도리가 류세이의 머리로 손을 뻗었다. 머리를 부드럽게 어루만지며 눈을 감았다.

"이렇게 어루만지면 똑같아. 당신이랑."

지금까지 료타에게 하지 않았던 얘기다.

료타는 미도리의 손을 바라보다가 이윽고 갈라진 목소리로 말했다.

"나도 가출했었어. 엄마가 보고 싶어서……."

미도리는 숨을 들이켰다. 지금까지 한 번도 들어본 적이 없는 얘기였다. 원래부터 료타는 새어머니 얘기도 아버지 얘기도 절대 자기가 먼저 꺼낸 적이 없었다. 노부코가 새어머니라는 것도 결혼한 후에야 알았다. 친어머니는 단 한 번도 그 성품에 관한 얘기조차 들려준 적이 없었다.

"그때 아버지한테 붙잡혀서 다시 집으로 끌려갔지."

료타의 얼굴이 일그러졌다. 미도리는 료타가 혹시 울음을 터뜨리나, 하고 생각했다. 미도리는 료타가 우는 모습을 본 적이 없었다.

료타는 울지 않았다.

단지 기억을 떠올릴 뿐이었다. 집으로 다시 끌려온 어린 료타는 노부코 앞에 무릎을 꿇린 채 앉혀졌고 "엄마라고 불러"라고 다그치는 아버지에게 뺨을 몇 대나 맞았다.

노부코가 울면서 아버지를 말렸다. 그러나 아버지는 노부코를 밀쳐내고 미친 듯이 료타를 계속 때렸다.

그러나 료타는 절대 울지 않았고 마음속으로 굳게 맹세했다. 아버지가 시키는 대로는 절대 하지 않겠다고. 그리고 그 결심을 지금까지 고집해 왔다.

그러나 그것이 흔들리기 시작했다. 삼십 년 세월이 지나 료타를 밀어붙이며 움직이게 했다. 료타가 꿈에도 상상하지 못한 형태로.

12

そ し て 父 に な る

우쓰노미야의 기술 연구소에서는 오봉 휴가를 각자가 설정할 수 있다는 것을 료타가 알게 된 시점은 류세이의 가출 소동이 있던 다음 주였다. 료타는 오봉 휴가 자체를 잊고 있었다. 이미 몇 년이나 명절 계획을 세워본 적조차 없었다. 그러나 앞으로는 휴가를 마음대로 쓸 수 있다. 쌓이고 쌓인 유급 휴가와 재충전 휴가를 합하면 두세 달 동안 해외로 떠날 수도 있겠지.

그런데도 다른 부서와 균형을 맞춰야 해서 신청이 늦었던 터라 총무부에서 거의 반강제로 료타가 쓸 휴가를 정해버렸다.

8월 23일부터 주말을 끼고 27일까지였다.

미도리에게 연락하자 딱히 가고 싶은 곳은 없다고 했다. 그러나 류세이가 캠핑을 가고 싶다는 말을 했다고 전해줬다. 게다가 텐트를 치고 침낭에서 자고 싶다고 했다고.

료타는 충분한 시간을 들여 컴퓨터로 캠핑장을 검색했다. 그러나 설비를 잘 갖춘 도쿄 인근 캠핑장은 인기가 많아 거의 다 예약이 차 있었다. 조금 멀리 나가면 예약이 가능한 곳도 있었다. 하지만 료타의 차에는 제대로 된 캠핑 설비를 실을 수가 없었다. 빈손으로 가서 캠핑용품 한 벌을 현장에서 다 빌릴 수 있는 시설도 있었다. 료타는 아무래도 너무 손쉽고 간단한 건 싫었다.

그 후로도 한동안 캠핑 관련 사이트를 검색해 보다가 이번에는 그냥 넘기기로 했다. 역시 제대로 된 장비부터 갖추기로 했다. 그러면 정말 즐거울 것 같았다. 병원에서 받은 위자료를 소비하는 방식으로는 나쁘지 않다.

결국 그날, 료타는 의욕이 넘쳐 오 인용 텐트와 접이식 의자, 낚싯대와 침낭을 인터넷으로 주문해 버렸다.

오봉 휴가에는 결국 아무 데도 나가지 않았다. 첫날에만 류세이가 괴물이 주인공으로 나오는 외국 애니메이션 속편을 보고 싶어 해서 셋이 같이 보러 갔다. 료타는 마지막으로 극장에서 영화를 본 게 언제였는지 기억나지 않았다. 학창 시절까지 거슬러 올라가야 할 것 같았다. 어린이용 영화인 줄 알았는데 료타는 소리를 내며 웃고 즐겼다. 심지어 스토리에 푹 빠져서 주인공인 작은 초록색 괴물에게 감정이입까지 하고 말았다.

료타는 그 작품이 너무나 마음에 들어서 돌아오는 길에 그 애니메이션 시리즈를 모조리 사들였다. 그런 행동에는 류세이도 뛸 듯이 기뻐했다. 그날은 가족 셋이 흥분 상태로 애니메이션에 푹 빠져 지냈다.

그것은 분명 류세이가 집으로 온 뒤 처음으로 즐겁게 보낸 시간이었다.

오봉 휴가 이틀째는 날씨가 좋아져서 아침부터 세탁과 청소로 눈코 뜰 새 없이 바빴다. 그때 배달시킨 물건이 도착했다. 택배 기사가 들고 온 커다란 짐은 료타가 인터넷으로 주문한 텐트와 의자였다. 류세이는 또다시 크게 기뻐했다. 그러나 그 주변에서 텐트를 치고 야영할 수는 없는 노릇이었다.

그러자 미도리가 "오늘은 집에서 캠핑하자"고 제안했다. 집 안에서 큰 소리를 내며 놀고 베란다에서 낚싯대를 드리우고 집 안에 텐트를 치고 그 속에서 셋이 나란히 자는 것이다.

미도리는 의욕이 충만해서 그 전에 빨래를 말리고 청소를 끝내두자며 서둘렀다. "좀 도와주려나?"라며 미도리가 장난을 치자 류세이가 "네!"라고 큰 소리로 대답했다.

물론 류세이는 세탁도 청소도 돕지 않았다. 좋아하는 장난감 총을 들고 침실에서 청소기를 돌리는 미도리를 뒤에서 겨냥하며 살며시 다가갔다. 그 모습이 침실 옷장 거울에 비쳐서 미도리에게는 훤히 다 보였다.

미도리는 청소기 노즐을 살며시 들어 올렸다. 이쪽에서 먼저 쏴주겠다고 중얼거린 미도리가 갑자기 돌아서며 류세이를 향해 쏘는 시늉을 했다.

"파파파파팡!"

류세이는 잠시 놀라기만 할 뿐, 곧바로 반격했다.

"팡! 팡!"

미도리는 류세이와 서로 총을 쏘며 느꼈다. 류세이가 일부러 미움을 사려고 못된 짓을 했다고 생각한 자신이 부끄러웠다. 류세이는 아직 어리다. 게이타랑 똑같은 어린애다. 단지 게이타보다 조금 강할 뿐이다.

료타는 서재에 있었다. 또다시 도망친 건 아니다. 첨부된 설명서만으로는 텐트 치는 방법을 잘 알 수 없어서 인터넷 동영상을 보고 있었다.

밖에서 미도리와 류세이의 목소리가 들려왔다. 아무래도 권총 놀이를 하는 모양이다.

"으윽, 당했다!"

미도리가 쿵 하고 쓰러지는 소리가 났다. 료타는 대단한 열연이라며 씁쓸하게 웃었다.

"다음은 아버지 차례네."

류세이의 목소리였다. 류세이가 처음으로 료타를 '아버지'라고 불렀다.

그러나 료타가 감상에 젖어 있을 시간은 없었다. 서재 문손잡이가 천천히 돌아갔기 때문이다.

료타는 총이 될 만한 물건을 찾기 위해 방 안을 둘러봤다. 자, 스테레오 리모컨…….

료타는 재빨리 움직였다.

기타를 거치대에서 빼서는 한쪽 무릎을 꿇고 문을 향해 조준했다.

문이 천천히 열리며 류세이의 모습이 보였다.

"팡!"

료타가 먼저 기타 총으로 류세이에게 총알을 날렸다.

"오 마이 갓!"

류세이는 빙글빙글 춤을 추다 바닥에 쓰러졌다.

"류짱, 류짱, 괜찮니? 정신 차려!"

미도리가 필사적으로 류세이를 안아 일으키려 했다. 미도리가 처음으로 "류짱"이라고 불렀다. 류세이는 "왜요?"라고 묻지 않았다.

류세이는 일어나자마자 료타를 향해 바로 총을 쐈다.

"팡!"

료타는 미도리와 큰 소리를 내며 바닥에 털썩 쓰러졌다. 비어버린 의자가 뱅글뱅글 돌아갔다. 서부극의 한 장면 같았다. 료타도 열연이었다.

"여보, 정신 차려요!"

이번에는 미도리가 료타를 도우려 했다. 지조 없는 총잡이였다.

그러나 그것은 함정이었다. 미도리는 류세이와 함께 료타에게 다가오더니 배 위에 올라타 간지럼을 태우기 시작했다.

"으윽, 그만해!"

료타는 크게 소리를 지르며 거칠게 반항했다. 미도리와 류세이 콤비는 가차 없었다.

베란다에서 하는 낚시는 접이식 의자 세 개를 나란히 늘어놓고 즐길 예정이었다. 그런데 류세이가 갑자기 낚싯대로 료타를 베었다. 그때부터 칼싸움이 시작되고 말았다.

미도리까지 합세해 마지막에는 또다시 미도리와 류세이가 료타를 간지럼 피우는 형국이 됐다.

텐트는 실제로 쳐보니 그리 복잡하지 않았다. 그래도 바람이 부는 야외에서 혼자 쳤다면 상당한 시간이 걸릴지도 모른다.

가족 셋이서 이십 분 정도 들여서 텐트를 다 쳤다. 인터넷 광고 문구는 '십 분이면 설치 OK'였던 상품이니 시간이 두 배는 걸린 셈이다.

침낭은 아직 주문하지 않았기 때문에 손님용 이불을 텐트 안에 펼쳤다.

셋이서 텐트 안에 누워서 뒹굴었다. 오 인용이라 널찍했다.

텐트 안에서 같이 뒹굴자 신기하게도 일체감이 들었다.

창밖으로 보이는 하늘을 올려다보며 석양이 차츰 밤으로 변해가는 모습을 지켜봤다. 류세이는 웬일로 말을 많이 했다. 마에바시까지 전철을 타고 갔던 얘기를 해줬다. 그것은 흡사 대모험이었다. 신칸센 개찰구를 거의 포복 전진하듯 빠져 나갔을 때 맛본 긴장감. 열차 안에서 차장한테 들키지 않으려고 화장실에서 화장실로 숨어 다닌 얘기.

그러나 절대 유다이와 유카리 얘기는 하지 않았다.

그날 밤, 도쿄 하늘에는 보기 드물게 아름다운 별이 떴다. 세 사람은 텐트에 드러누운 채 별이 총총 뜬 밤하늘을 올려다봤다.

"별자리 아니? 전갈자리, 물병자리……."

미도리가 별자리 이름을 말했지만 어디에 어떤 별이 있는지는 몰랐다.

"만두는 있어?"

류세이의 말에 료타와 미도리가 크게 웃었다.

"아!"

미도리가 갑자기 큰 소리를 냈다.

"별똥별이다. 소원을 빌자."

세 사람은 눈을 감고 소원을 빌었다. 류세이는 무척이나 정성스럽게 손을 맞잡고 비비며 소원을 빌었다.

"류짱, 무슨 소원을 빌었니?"

류세이는 난처해하는 표정을 지었다.

"에이, 가르쳐 줘라."

료타가 웃으며 말했다.

그러자 작은 목소리로 말했다.

"아빠랑 엄마가 있는 집으로 돌아가고 싶다고……."

료타와 미도리는 류세이의 얼굴을 들여다봤다.

류세이는 팔로 얼굴을 가려버렸다.

"죄송해요."

류세이의 목소리가 떨렸다. 울고 있는 것이다. 그 모습을 보이고 싶지 않아서 얼굴을 팔로 가렸다.

한계에 다다를 때까지 꾹꾹 참아왔겠지. 눈물을 보이지 않으려고.

료타가 류세이의 머리를 쓰다듬었다.

"됐어. 이젠 됐어."

류세이는 조용히 흐느꼈다.

류세이는 울면서 텐트 안에서 잠들어 버렸다. 잠들 때까지 료타와 미도리가 몸과 머리를 쓰다듬어 줬다.

류세이가 잠들자 미도리는 텐트에서 빠져나와 베란다로 나갔다.

료타도 뒤따라 나왔다.

"왜 그래?"

료타가 물었다.

미도리는 울고 있었다.

"류세이가 사랑스러워졌어."

동감이었다.

"그렇군…… 그럼, 울지 말아야지……."

료타가 말을 건네자 미도리가 고개를 저었다.

"그런데 게이타한테 미안해서, 그 애를 배신한 것 같고, 게이타도 지금쯤 그쪽에서……."

미도리는 오열 때문에 더는 말을 잇지 못했다. 그러나 그다음 얘기는 더 하지 않아도 안다.

료타가 미도리의 등에 손을 얹고 부드럽게 어루만졌다.

"이젠 됐어"라고 류세이에게 했던 그 말을 마음속으로 되풀이했다. 그렇지만 어떻게 해야 한단 말인가? 뭐가 '이젠 됐다'는 것일까? 무엇을 끝내려고 하는 것일까?

료타는 자문자답을 하며 울고 있는 아내의 등을 어루만졌다.

다음 날 아침, 혼자 일찍 눈을 뜬 료타는 방에서 카메라를 들고 나왔다.

텐트 안에서 머리를 붙이고 잠들어 있는 미도리와 류세이를 사진에 담았다.

아침 햇살이 비쳐서 역광이 걱정됐던 료타는 소파에 앉아 모니터로 사진을 점검했다.

그렇게 비교해 보니 류세이는 어딘지 모르게 미도리를 닮은 구석도 있었다. 그것은 당연한 일이다. 두 사람의 유전자가 섞였을 테니까.

료타는 텐트 안에서 거의 잠을 이룰 수 없었다. 어떻게 해야 할지 고민은 깊어졌던 것이다. 마땅한 답은 나오지 않았다.

카메라 모니터로 옛날 사진을 봤다. 이제 슬슬 컴퓨터로 옮겨야겠다고 생각했다.

그러다 료타의 손이 멎었다. 마지막 날에 그 강변에서 사이키 가족과 노노미야 가족이 찍은 사진이 있었다. 미도리 앞에 서 있는 게이타. 평소에는 안 닮았다고 느꼈던 게이타가 자기를 닮은 것처럼 보였다. 료타와 게이타가 같은 각도로 머리를 살짝 기울이고 있었기 때문이다.

그것은…….

분명 지난 육 년 동안 함께하는 사이에 게이타가 료타를 닮아버린 것이다. 뭔가를 가르쳤던 기억도 없다. 그러나 어느새 고개를 살짝 기울이는 버릇이 옮은 것이다.

다시 그 앞에 있는 사진을 봤다.

그것은 정글짐에서 게이타가 찍은 료타의 사진이었다. 초점이 살짝 흐렸다. 그 작은 손으로 셔터를 누른 것이다. 그것만으로도 가슴이 미어졌다.

또 한 장. 거기에는 정글짐에서 브이 표시를 한 게이타가 찍혀 있었다.

그리고 또 한 장.

거기에는 맨발바닥이 찍혀 있었다. 발바닥 안쪽으로 희미하게 얼굴이 비쳤다. 료타였다. 소파에서 잠든 료타의 발을 찍은 모양이다. 또 한 장. 서재에서 책상 앞에 앉아 일하고 있는 료타의 뒷모습이었다. 빛이 부족해 사진이 어둡게 찍혔다. 또 한 장. 소파에 앉아 자료를 읽고 있는 료타의 등.

침대에서 잠든 료타의 얼굴. 세면대 앞에서 잠옷 차림으로 이를 닦는 료타의 뒷모습. 거실에서 찍었겠지.

침대에서 잠든 료타와 미도리…….

게이타가 찍은 것이다.

료타가 알아채지 못하게 게이타가 찍은 사진들이었다.

이 카메라에는 '게이타 기억 속의 아빠'가 찍혀 있었다.

북받쳐 오르는 슬픔에 가슴이 찢어질 것 같았다.

"아침 어떡할까?"

잠이 깬 미도리가 텐트에서 얼굴만 내밀고 소파에 있는 료타에게 물었다.

료타가 울고 있는 것처럼 보였다.

"먹을까……."

미도리가 다정한 미소를 지으며 말했다.

료타는 아무렇지 않은 척 숨길 수가 없었다. 흘러넘친 눈물이 양 볼을 타고 흘러내렸다.

이제는 멈출 수가 없었다.

결국 류세이를 깨워서 아침도 먹지 않고 곧장 차를 타고 나갔다. 아침 먹을 기분이 아니었다. 류세이도 가는 곳을 말해주자 바로 나갈 채비를 하고 현관 밖으로 뛰어나갔다.

이제 아무런 생각도 없었다. 그저 마에바시를 향해 차를 몰았다. 앞뒤 상황은 아무래도 좋았다. 오로지 게이타가 보고 싶을 뿐이다.

쓰타야 상점 앞에 차를 세운 료타는 류세이와 미도리와 함께 가게 출입문을 열었다. 이제 갓 아홉 시가 조금 지난 무렵이다.

가게에는 유다이가 있었다. 책상 앞에서 뭔가를 수리하고 있는 것 같았다. 그 옆에 게이타가 서 있었다. 옆에 서서 유다이가 수리하는 모습을 지켜보고 있었다.

"오오, 어서 오세요."

유다이는 료타 가족을 보고도 놀라는 기색이 없었다. 연락도 없이 료타 가족이 밀어닥쳤는데도 마치 당연하다는 듯이 웃었다. 어쩌면 유다이는 이렇게 되리라는 걸 알고 있었을지도 모른다. 미도리는 문득 그런 생각이 들었다.

"전구라도 나갔습니까? 몇 와트로 드릴까?"

유다이가 농담을 건네며 웃었다.

"다녀왔습니다."

류세이가 울먹이는 목소리로 말했다.

"어서 와라."

유다이가 역시나 만면에 미소를 머금고 대답했다.

류세이의 목소리를 듣고 유카리가 가게 안쪽에서 쿵쿵 발소리를 내며 튀어나왔다.

"류, 어쩐 일이니?"

유카리가 맨발로 뛰어나와 류세이를 끌어안았다.

"게이타."

료타가 말을 건넸다. 조심스러운 목소리였다.

그러자 게이타의 얼굴이 울상이 되더니 쏜살같이 뛰기 시작했다. 료타 부부에게서 도망치려는 듯 가게 뒷문으로.

"게이타!"

료타와 미도리가 동시에 외쳤고 료타가 게이타를 쫓아갔다.

게이타는 뒤뜰을 지나 큰길을 향해 달려갔다. 료타가 그 뒤를 따라갔다.

게이타는 아케이드 상점가까지 가자 더 이상 달리지 못했다. 지쳤겠지. 그래도 료타는 막다른 데까지 몰아붙이지 않았다. 적당한 거리를 유지한 채 게이타 뒤를 따라 걸어갔다.

게이타는 한 번도 돌아보지 않았다. 게이타의 분노가 료타의 몸에 절절하게 스며들었다.

아케이드를 빠져나가자 벚나무 가로수가 펼쳐졌다. 길 한가운데 커다란 벚나무가 중앙 분리대처럼 늘어서 있었다.

게이타는 분리대 오른쪽을 걸어갔다. 료타가 왼쪽에서 말을 걸었다.

"게이타, 미안해. 아빠가 네가 보고 싶어서 약속을 깨고 만나러 와버렸어."

그러나 게이타는 고개를 살짝 숙이고 땅만 바라보며 굳은 표정으로 계속 걸었다.

"아빠는 아빠도 아니야."

게이타의 말에 심장이 오그라들었다. 최근 몇 달간의 괴로움, 아니, 그 전부터의 괴로움이 그 한마디에 담겨 있었다.

"그렇지. 하지만 육 년 동안은……. 육 년 동안은 아빠였어. 많이 부족하긴 했어도 아빠였잖니."

게이타는 여전히 고개를 숙인 채 료타에게 눈길을 주지 않고 걸었다.

"장미꽃, 잃어버려서 미안해."

료타의 그 말에 게이타가 살짝 반응을 보였다. 그거면 충분했다. 게이타가 종이접기로 만들어 준 장미꽃. 그것이 어딘가에 방치돼 버린 것이다. 그것을 발견한 사람은 게이타였겠지.

얼마나 상처를 입었을까. 아빠를 위해 만든 장미꽃이 쓰레기 조각처럼 바닥에 떨어져 있는 모습을 보고.

"미안해. 미안……."

게이타는 여전히 고개를 숙이고 있었다. 그러나 걷는 속도가 조금 느려졌다.

"카메라……. 그 카메라로 사진도 많이 찍어줬던데."

그 사진은 게이타가 료타에게 보내는 선물이었다.

료타는 솟구치는 눈물을 필사적으로 참아내며 말을 이었다.

"게이타, 그리고 피아노 말인데. 최선을 다해서 열심히 했는데 야단쳐서 미안해. 사실은 아빠도 어릴 때 피아노를 중간에 그만뒀거든."

게이타는 여전히 얼굴을 보여주지 않았다. 사과해야 할 잘못은 산더미 같았다. 이루 다 할 수 없을 정도다. 그러나 그걸 다 털어놓는다고 해도 게이타가 과연 용서해 줄까.

료타가 큰 소리로 말했다. 품위 없어 보일 정도로.

"게이타, 이젠 미션 따윈 끝났어!"

료타의 말에 게이타가 료타를 힐끗 쳐다봤다.

벚나무 가로수는 거기서 끝났다.

료타는 게이타를 바라보며 돌아섰다. 게이타는 계속 걸어가려 했다.

료타가 게이타의 머리에 손을 얹었다.

게이타가 고개를 숙인 채 멈춰 섰다.

료타는 지금까지 이루 헤아릴 수 없을 정도로 게이타를 많이 안았다. 갓난아기 때도, 걸음마를 뗀 후에도 졸라댈 때마다 안아줬다.

료타가 게이타 앞에 무릎을 꿇었다.

그러나 이쪽에서 뭔가를 전하고 싶은 마음으로 안아준 적은 없었다. 말로는 표현할 수 없는 마음을 게이타에게 전하고 싶어서 안는 것은 처음이었다.

료타는 작고 가냘픈 게이타의 몸을 끌어안았다. 힘껏 끌어안았다.

게이타의 몸은 딱딱하게 굳어 있었다. 작은 막대기처럼 딱딱했다.

료타는 아이를 끌어안았다. 계속 끌어안았다. 언제까지고 품

속에 안고 있을 작정이었다.

게이타의 몸에서 힘이 빠지는 게 느껴졌다.

게이타의 작은 손이 살며시 료타의 등 뒤로 돌아갔다.

료타는 게이타의 등을 쓰다듬었다. 속마음이 좀 더 전해지길 바라듯이 몇 번이고 몇 번이고 아들의 등을 쓰다듬었다.

"아, 왔다!"

류세이가 가게 앞에서 큰 소리를 지르며 달려갔다. 그 뒤를 미도리가 쫓아갔다.

두 사람이 달려가는 앞쪽에는 료타와 게이타가 있었다. 료타는 게이타의 어깨에 손을 얹고 가게를 향해 걸어갔다.

"어서 와."

미도리가 눈물이 글썽거리는 눈으로 게이타에게 미소를 지었다.

게이타가 활짝 웃었다.

가게 앞에서는 유다이와 유카리, 야마토와 미유가 기다리고 있었다.

유다이가 집 안을 손으로 가리켰다.

"안으로 들어가실래요?"

"네."

료타가 살짝 인사를 하고 게이타와 미도리를 데리고 가게를 향해 걸어갔다.

료타는 찰싹 달라붙어서 장난을 치는 야마토와 미유에게 역습을 가하면서 줄곧 생각에 잠겨 있었다.

다 함께 캠핑을 가면 즐겁겠지. 그러려면 일단 차부터 새로 바꾸자. 가능하면 두 가족이 모두 탈 수 있고 짐도 가득 실을 수 있는 팔 인승 자동차가 좋다.

텐트도 오 인용짜리를 하나 더 사고……. 아니, 큰 텐트를 사야 한다. 작은 텐트 두 개면 재미가 없다. 열두 명이 잘 수 있는 대형 텐트가 있었다. 거기서 다 함께 대충 누워 자면 된다.

캠핑만이 아니다. 좀 더 자주 오가자.

그러나 도쿄에도 놀러 오라고 말해도 그 맨션에서는 다 자기는커녕 앉기도 힘들다.

그런 생각을 하니 지금까지는 마음에 들었던 맨션이 상당히 빛이 바래 보였다.

료타는 미도리의 친정집을 떠올렸다. 장모가 청소하기 벅차다고 투덜거렸던 그 넓은 집을.

료타는 상식 밖의 엉뚱한 생각을 하는 스스로를 보며 웃음이 나왔다.

그러나 그 생각은 료타의 마음속에서 자리 잡고 떠나지 않았다.

"으음, 스파이더맨이 거미인 거 알아?"

게이타가 료타에게 물었다.

"아니, 몰랐는데."

료타가 깜짝 놀란 척을 했다.

그 말을 들은 유다이가 하하하 큰 소리로 웃었다.

아이들 웃음소리도 들렸다.

이제는 누가 누구의 자식이고 누가 누구의 부모인지 분간하기 힘들었다.

옮긴이
이영미

아수대학교 국어국문과를 졸업하고, 일본 와세다대학교 대학원 문학연구과에서 석사 과정을 수료했다. 요시다 슈이치의 《악인》과 《캐러멜 팝콘》을 번역한 공로로 2009년 일본국제교류기금이 주관하는 보라나비 저작·번역상의 첫 수상자로 선정되었다. 우리말로 옮긴 책으로 오쿠다 히데오의 《공중그네》《면장 선거》《라디오 체조》, 무라카미 하루키의 《라오스에 대체 뭐가 있는데요?》《무라카미 하루키 잡문집》, 미야베 미유키의 《화차》《솔로몬의 위증》《오늘 밤은 잠들 수 없어》《꿈에도 생각하지 않아》, 히라노 게이치로의 《나란 무엇인가》, 이사카 코타로의 《불릿 트레인》 등 다수가 있다.

그렇게 아버지가 된다

1판 1쇄 인쇄 2024년 2월 27일
1판 1쇄 발행 2024년 3월 14일

지은이 고레에다 히로카즈, 사노 아키라
옮긴이 이영미

펴낸이 양원석
편집장 김건희
디자인 [★]규
영업마케팅 조아라 정다은 이지원 박윤하 한혜원

펴낸 곳 ㈜알에이치코리아
서울 금천구 가산디지털2로 53, 20층(가산동, 한라시그마밸리)

편집문의 02-6443-8902
도서문의 02-6443-8800
홈페이지 http://rhk.co.kr
등록 2004년 1월 15일 제2-3726호

ISBN 978-89-255-7549-0 (03830)